COBALT-SERIES

後宮詞華伝

笑わぬ花嫁の筆は謎を語りき

はるおかりの

集英社

後宮詞華伝

笑わぬ花嫁の筆は謎を語りき

目次

登場人物紹介

高《こう》嵐《らん》快《かい》

凱帝国《がいていこく》の皇帝にして、夕遼の異母弟。今では賢帝として務めを果たしている。

飛《ひ》翠《すい》大《だい》長《ちょう》公《こう》主《しゅ》

皇帝の叔母に当たる。以前、淑葉が仕えていた女性《ひと》でもある。おっとりとした美人。

高《こう》夕《せき》遼《りょう》

皇帝の異母兄で、恵兆王《けいちょうおう》と呼ばれる。書画の蒐集が趣味で、知識も深い。封土の恵兆国へ出向いている間に交わされていた淑葉との結婚に不満があるようで……!?

素《そ》秀《しゅう》

夕遼に仕える文官。いつも涼しい顔をしている。

琴《きん》鈴《れい》

淑葉の侍女で、唯一の理解者。淑葉をとても慕っている。

李《り》淑《しゅく》葉《よう》
継母から冷遇されるうちに、笑顔を失ってしまう。夕遼へ嫁ぐことで、救われるのではと淡い期待を抱いていたのだが!?
唯一のなぐさめは書に親しむことで、以前は能書の才があった。

イラスト／由利子

後宮詞華伝

笑わぬ花嫁の筆は謎を語りき

第一編

紅明《こうめい》の春芳《しゅんぼう》 雪のごとく降る

「……おまえは誰だ」

高夕遼《こうせきりょう》は思わず誰何《すいか》した。目の前の女に向かって。

年の頃は十八、九だろう。卵型の細面《ほそおもて》は梔子《くちなし》の花びらのように白い。長い睫毛《まつげ》に縁取られた瞳は水面《みなも》のように清らかで、慎《つつ》ましい唇はさながら桜桃《おうとう》の粒だ。

李花《りか》の刺繡《ししゅう》が映える上襦《じょうじゅ》、艶《つや》やかな紅裙《こうくん》、腕にかけられた朝霞《あさがすみ》のごとき披帛《ひはく》。豊かな濡羽色《ぬればいろ》の髪で作られた大ぶりの髻《もとどり》は翡翠《ひすい》の簪《かんざし》と銀の歩揺《ほよう》で飾られている。すべての色彩が見事に調和し、椅子《いす》に腰かけて琵琶《びわ》を抱えている女を天帝の寵妃《ちょうひ》のように見せていた。

確かに美しい女である。——しかし。夕遼は彼女がどこの誰なのかまったく知らなかった。

ここは夕遼の邸《やしき》で、二人がいるのは内院《なかにわ》の四阿《あずまや》であるにもかかわらず。

「誰なんだ、おまえは」

答えがないので再び聞く。女は蛾眉《がび》をくいとはねあげた。そのとき気づいたのだが、女が表情を変えたのはそれが初めてだった。四阿に入ってきた夕遼を見ても、かすかな笑みすら浮か

べず、驚いた様子もなかった女が今初めて眉《まゆ》を動かし、いぶかしむ体《てい》を見せて答えた。

「あなたの妻ですわ、殿下」


太平を謳歌《おうか》する凱《がい》帝国の後宮。三千の美姫《びき》が妍《けん》を競う女の園はまさに春の盛りだ。

「主上《しゅじょう》、ご覧になって。わたくし、鳥のように飛んでいますわ」

「私のほうが高く漕《こ》いでいるわ。そうでしょう、主上」

色とりどりの衣に身を包んだ妃嬪《ひひん》たちが鞦韆《ぶらんこ》を漕いではしゃいでいる。満開の杏林《きょうりん》で大勢の佳人《かじん》が風と戯《たわむ》れる様は仙境《せんきょう》の光景のようだ。普段なら詩心がわいて一編詠《よ》むところだが、今日はそれどころではない。夕遼は一幅《いっぷく》の絵のような景色を横切り、まっすぐに皇帝のもとへ向かった。妃嬪たちをのんびり眺めていた皇帝がこちらに気づいて笑顔を向ける。

「やあやあ、兄上。久しぶりだね」

今上帝《きんじょうてい》、高嵐快《らんかい》は夕遼の異母弟にあたる。御年二十二。すらりとした長身の美青年だ。五爪《ごそう》の龍が飛翔する深衣《しんい》に朱色の膝蔽《ひざおお》いを合わせて大帯を締めた姿は、若いながら威厳がある。

「そろそろ帰るんじゃないかと思って酒宴の用意をしておいたよ。今夜は土産話《みやげばなし》を肴《さかな》に……」

言いさして嵐快はにやりとした。山水が描かれた扇子《せんす》を開いて口元を隠す。

「いや、今夜はやめておこう。兄上は新妻と甘い時間を過ごしたいだろうからね」

「そのことで話がある」

夕遼は弟を促して、鞦韆ではしゃぐ妃嬪たちから離れた。

「四ヶ月ぶりに邸に帰ったら、見知らぬ女が住み着いていて、しかも俺の妻を名乗っている。……いったいどういうことだ？」

「書簡を送っただろう？　兄上が留守の間に婚儀は済ませておくって知らせたはずだけど」

「花嫁が別人じゃないか。俺が娶《めと》りたかったのは李香蝶《りこうちょう》だぞ。あの女じゃない」

事の発端は四ヶ月前、夕遼が封土《ほうど》である恵兆国《けいちょう》へ赴《おもむ》く直前のことだ。

夕遼は叔母《おば》の女官を務めている李香蝶に求婚するつもりだと嵐快に打ち明けた。

『とうとう兄上が結婚か！　それはめでたい。ぜひとも俺に月下氷人《げっかひょうじん》を任せてくれ』

嵐快がそう言うので、本件を任せて恵兆国に赴いた。そして二月《ふたつき》後、皇宮から書簡が届いた。

金泥《きんでい》で龍鳳《りゅうほう》の図案が描き出された藤紙《とうし》に、のびのびとした嵐快の手跡《しゅせき》が躍っていた。

　兄上の結婚のことだけどね、宮中の卜者《ぼくしゃ》に婚儀にふさわしい吉日を占わせてみたんだよ。そうしたら、困ったことになった。兄上が戻る頃には吉日が過ぎてしまうんだ。この機を逃せば華燭《かしょく》の典は早くても一年後にしか挙げられない。それじゃあ兄上は都合が悪いだろう？　一日も早く結婚したいと言っていたし。悩んだ末、婚儀は代理の花婿を立てて先に済ませておくことにしたよ。兄上が任国から帰ったら、可愛《かわい》い新妻が出迎えてくれるというわけだ。素晴らしいじゃないか。その日を楽しみにしながら職務に励《はげ》んでくれ。

代理を立てて花婿不在で婚礼を挙げることは、大昔では普通のことだった。昨今ではあまり例を見ないが、任国で恵兆王として働いている間に吉日が過ぎてしまって一年後まで結婚できないのは困るから、留守中に華燭の典が挙げられること自体に不満はなかった。

夕遼は恵兆国での仕事を終え、意気揚々《ようよう》と帰路についた。可愛い新妻が待つ王府に一日も早く帰りたくて強行軍で馬を走らせた。長旅の果てに我が家の門をくぐるなり、鞍上《あんじょう》から飛び降りて花嫁の紅閨《へや》に急いだが、出てきたのは新妻ではなく、彼女の侍女《じじょ》だった。

『王妃様は内院で琵琶《びわ》の練習をなさっています』

夕遼は鮮やかな杏花《きょうか》が咲き乱れる内院へ行き、拙《つたな》いながら愛らしい琵琶の音色に導かれて四阿に駆けこんだ。とたん、呆然《ぼうぜん》とした。そこにいたのは、李香蝶ではなかったのだ。

「あの女は誰なんだ？」

「李香蝶の異母姉、李淑葉《しゆくよう》だ」

嵐快は扇子をゆるりと動かした。

「年は十九。名前通りの淑《しと》やかな美人だ。歌舞音曲《かぶおんぎよく》は苦手だが、裁縫《さいほう》は問題なくできるらしい。性格は物静かで慎《つつし》み深い。宮仕えの経験もあるので礼儀作法《れいぎさほう》はきっちり身についている」

「そんなことはどうでもいい。なんで妹ではなく姉が嫁《とつ》いできたのかと聞いている」

「卜者に兄上と李香蝶の相性を占わせてみたんだよ。結果は最悪だった。結婚しても互いに愛情は長続きせず、子宝にも恵まれない不幸な結婚になると出た」

「だから何だ。俺は占いなんか信じないぞ」

「俺はそこそこ信じるよ。で、李香蝶がだめなら彼女の姉妹ではどうかと思ってさ。李家にはもう一人、令嬢がいたことを思い出して試しに占わせてみた。結果に驚いたよ。最高の良縁だって卦《け》が出た。愛情深い夫婦になり、子宝に恵まれて末永く幸せに暮らすと。弟としては兄上には幸せになってほしいからね。そういうわけで姉のほうを嫁がせたんだ」

　褒めてくれと言わんばかりに得意げに胸をそらされ、夕遼は深々と溜息をついた。

「状況は理解した。おまえのお節介《せっかい》のせいで結婚をやり直す必要があるということだな」

「やり直す？　わざわざ良縁を捨てて、不幸な結婚に走るっていうのかい」

「卜占《ぼくせん》の結果がどうであれ、俺が妻にしたいのは李香蝶だ。姉とはすぐに離縁して……」

「それはやめたほうがいいな」

　嵐快ははらはらと散り落ちる薄紅《うすべに》色の花びらを扇子であおいだ。

「華燭の典の後ですぐに離縁すると、次の結婚に障《さわ》りがある。新妻が病気になったり、生まれてくる子が一年と経たずに死んでしまったり、家に悪霊が憑《と》りついたり……と縁起《えんぎ》が悪いんだ。婚礼から離縁まで少なくとも半年は期間を開けるのが慣例だよ」

「面倒なことになったな……」

夕遼は舌打ちした。招かれざる花嫁と同じ邸で暮らす羽目《はめ》になるとは。

「まあまあ、そう腹を立てずに。姉だって妹に負けず劣らず美人なんだからいいじゃないか」

「いいわけあるか」

能天気に笑う弟が憎たらしくて、軽く睨《にら》みつけた。

「あんな無愛想な女は願い下げだ」

李淑葉は表情のない人形のような女だった。愛嬌《あいきょう》があって可憐《かれん》な妹とは大違いだ。

「半年後……いやあと五ヶ月だな。今年の秋には離縁する」


恵兆王・高夕遼は夕餉《ゆうげ》の時間になっても王府に帰ってこなかった。

「殿下、ずいぶんお帰りが遅いですねぇ」

李家から連れてきた侍女の琴鈴《きんれい》が銅製の器《うつわ》から雪霞豆《せっかとう》の粥《かゆ》をたっぷりすくい、陶器《とうき》の碗《わん》に盛った。食卓についた淑葉はかすかに湯気の上がる白い粥を見て小さく溜息をつく。

(また雪霞豆……)

雪霞豆という真珠《しんじゅ》色の豆はとても栄養があり、特に新婦はよく食べるようにと昔から言われている。食べれば食べるほど身籠《みごも》りやすくなるのだそうだ。世間の花嫁のように、淑葉も婚礼の夜から毎晩食べさせられているが、独特の臭《くさ》みが苦手なので好きではない。

「久しぶりに主上《しゅじょう》に謁見《えっけん》なさったんだもの。積もる話があるのよ」

淑葉は白玉の匙《さじ》で雪霞豆粥をすくい、しぶしぶ口に運んだ。

昼間、恵兆国より帰京した皇兄・高夕遼は四阿《あずまや》にいた淑葉を誰何《すいか》した後、皇宮に行くと言って出かけていった。日が暮れてもいっこうに帰ってこないので、先に食事に手をつけている。

「今夜は皇宮にお泊まりになるのかもしれないわね」

「そんな！　今日は殿下と王妃様の初夜なのに、帰ってこないなんてありえないですよ！」

琴鈴は思いっきり顔をしかめた。淑葉は無表情のまま雪霞豆粥を胃袋に流しこむ。

「妻は赤の他人だけれど、弟君は血のつながった家族なのよ。殿下は幼少の頃から主上と仲睦《なかむつ》まじいご兄弟だと聞いているわ。主上を優先なさるのは当然のことよ」

「でも、新婚なんですよ。王妃様は一月も殿下のお帰りを待っていたんだから、もっとかまってくださるべきじゃないですか。せめて夕餉の時間には間に合うように帰ってくるとか」

琴鈴は自分が花婿に放っておかれる花嫁であるかのように腹を立てている。

「殿下にとっては結婚なんてたいしたことじゃないのよ。王府に帰っていらしたとき、私が誰なのか分かっていらっしゃらなかったわ。きっと自分が結婚したこともお忘れだったのね」

「んー、それもよく分からないんですよねぇ？　普通、自分が誰と結婚したか忘れます？」

「古書に曰《いわ》く、殿方《とのがた》の結婚は通り道だそうよ。女の結婚は目的地だけれど」

結婚は目的地。淑葉にとってもそうだ。

李家の正妻の娘として生まれた淑葉は、少なくとも十歳までは幸せだった。良家の令嬢だった母は愛情を注いでくれたし、自分が持っている教養のすべてを淑葉に与えてくれた。父は愛《あい》妾《しょう》の家を渡り歩いていてほとんど邸に寄りつかなかったが、母がいたので寂しくなかった。

十歳のときに母が病で亡くなった。それが悪夢の始まりだ。

喪《も》が明けるよりも早く、父は愛妾の許氏《きょし》を後妻にした。許氏は父との間に娘を一人、息子を二人産んでおり、父は数人の愛妾の中で許氏を最も可愛がっていたらしかった。

新しく李家の女主人になった許氏は継子である淑葉をとことん嫌った。

まず、母屋《おもや》にあった淑葉の房《へや》は異母妹のものになった。淑葉は使用人の房に追いやられ、母の調度品《ちょうどひん》や装身具《そうしんぐ》は尽《ことごと》く取り上げられ、仕えてくれる侍女も減らされた。

衣はもう繕《つくろ》いようがないほどぼろぼろになってても買いかえてもらえず、許氏に命じられて下《げ》女《じょ》同様に働き、食事はその日の残り物、硬くて冷たい床に薄っぺらい褥《しとね》を敷いて眠る毎日。

許氏の仕打ちはあんまりだと父に訴えたが、無駄だった。「淑葉が自分に懐かないから、つい冷たく当たってしまう」と許氏が涙ながらに言えば、父は許氏の味方になり、「死んだ母親のことは忘れて、許氏を母親として慕《した》え」とかえって淑葉を叱りつけるのだった。

辛《つら》い日々の中で淑葉を慰めてくれたのは大好きな書法だった。

書法は亡き母が教えてくれた。いろんな形の文字を覚えるのは楽しかったし、覚えた文字を筆先から作り出すのはもっと面白かった。嫁入り道具として母が持ってきた名筆の臨本を見ながら臨書《りんしょ》していると、一日があっという間に過ぎた。

初め、許氏は書法の道具を取り上げなかった。筆や硯《すずり》がどれほど高価なものか、読み書きのできない許氏には分からなかったのだ。

『これは値打ちものだそうね。おまえには上等すぎるわ』

ところがあるとき、許氏は淑葉の硯や筆を取り上げて自分の娘の香蝶の持ちものにした。

淑葉より二つ年下の香蝶は大の勉強嫌いだった。書法の道具になど見向きもしない。それでも許氏は値打ちがあるものは全部、淑葉から奪わなければ気が済まなかったのだろう。書具を奪われた淑葉は地面に文字を書いてわずかな慰めとしていたが、十四のとき、転機が訪れた。

『飛翠大長公主《ひすいだいちょうこうしゅ》様が代筆の女官を探していらっしゃるそうだ』

父は皇帝の叔母《おば》に当たる飛翠大長公主が女官を探していると聞き、淑葉を宮中に売りこむことにした。淑葉は久しぶりに豪華な襦裙《じゅくん》を着せられ、後宮で飛翠大長公主に謁見して、求められるままにいくつかの名文を臨書した。それが気に入られて後宮女官になった。

飛翠大長公主に仕えた一年間は今思い出しても最も幸福な時期だった。

大好きな筆や硯に毎日触れられたし、洗練《せんれん》された紙に穂先を滑《すべ》らせることができた。おっとりとした飛翠大長公主は女官たちにとても優しくしてくれたから、何の不満もなかった。

ずっと飛翠大長公主に仕えられたらいいのに……そんな夢を抱いたのがいけなかったのか。

宮仕えを始めて一年後、淑葉は後宮を辞さなければならなくなった。飛翠大長公主に求められた能書の才が綺麗《きれい》さっぱり消えてしまったからだ。美しい文字が書けないのなら、淑葉は女主人の役に立つことができない。暇乞《いとまご》いをして実家に帰るしかなかった。

その後は以前よりいっそうひどい暮らしになった。房は物置になり、夜中に叩き起こされて掃除や洗濯を言いつけられたり、絶対に終わりそうにない量の繕い物を命じられたりした。不手際があれば容赦《ようしゃ》なく許氏に叩かれ、食事を抜かれ、雑用の量を増やされた。

耐えきれずに邸を飛び出して道観《どうかん》に逃げこんだことは一度や二度ではない。そのたびに許氏に連れ戻され、逃げ出したことを後悔するような目に遭《あ》わされるのだった。

苦しみに満ちた生活が淑葉の表情を削《そ》ぎ落としていった。どんなに辛くてもめそめそするのはいやだった。泣きわめいたところでますます惨《みじ》めになるだけだし、状況が好転するわけでもない。泣きたいときは涙を殺して押し黙った。暴言を吐かれても、理不尽な仕打ちを受けても、少しも応えていないというふうに無表情を装った。それが許氏へのささやかな抵抗《ていこう》だった。

いたずらに年月が過ぎていき、気がつけば十九になっていた。娘は十六、十七で結婚するのが一般的だから、とっくに行き遅れの域に入っている。もとより、父は役立たずの長女をさっさと片付けたがっていたのだが、縁談が舞いこむたびに許氏がつぶした。

『卜者《ぼくしゃ》に診《み》てもらったのだけれど、淑葉は嫁げば悪妻になるそうよ。夫に嫌われ、嫁ぎ先の親族に疎《うと》まれ、子も産めず、いずれは離縁されて実家に突き返される定めとか。そんな娘を嫁に出すつもり？　李家の恥になるだけよ。嫁入り支度《じたく》を調《ととの》えるお金がもったいないわ』

許氏は淑葉を憎んでいるくせに嫁には出したがらなかった。手元に置いて一生飼い殺しにするつもりなのだろう。許氏の悪意に気づいていても、どうしようもなかった。

逃げてもすぐに捕まる。父が嫁入り支度を調えてくれなければ嫁ぐこともできない。いっそ金持ちの妾《めかけ》になろうかと考えることもあったが、結局は勇気が出なくて行動に移せなかった。

このまま無為《むい》に年老いていくのだろうと半《なか》ば諦めていた矢先だ。二度目の転機が来た。

『主上《しゅじょう》が淑葉を恵兆王に嫁がせると仰《おお》せだ！』

今年の初頭、父が皇帝の詔書《しょうしょ》を持って帰ってきた。龍鳳《りゅうほう》の透かし模様が入った最高級の藤紙《とうし》には、李淑葉を皇兄である恵兆王・高夕遼に嫁がせると記されていた。

今度ばかりは許氏も妨害できなかった。何しろ皇帝の勅命《ちょくめい》である。あれよあれよという間に嫁入り支度が調えられた。花婿の夕遼が恵兆国にいる間に婚礼を挙げるということで、皇帝は側近の宦官《かんがん》を代理花婿として派遣し、盛大な華燭《かしょく》の典が執《と》り行われた。

恵兆王府に嫁いできて一月《ひとつき》が経った。夕遼の母親は王府に住んでいないため、恵兆王府の女主人は事実上、淑葉である。ここでは誰にもいびられずに済むし、食事は十分に与えられるし、夜中に叩き起こされてきつい仕事を言いつけられることもなく、柔らかい褥《しとね》で眠れる。

実家は地獄、ここは桃源郷《とうげんきょう》。淑葉は結婚によって平穏な生活という目的地にたどりついた。

（あとは書法の道具さえあれば……）

悪筆《あくひつ》のおまえには無用の長物だと言って、父は嫁入り道具から文房四宝《ぶんぼうしほう》を外した。

「……殿下は、書法の道具をくださるかしら」

「頼めばくださいますよ」

琴鈴は甘酢あんがたっぷりかかった揚げ鯛《たい》をよそってくれた。鯛は淑葉の好物だ。

「殿下は書画の蒐集《しゅうしゅう》が趣味だとか。ご自身も能書家《のうしょか》でいらっしゃるそうですし、王妃様の書法好きも理解してくださるはずです」

琴鈴が歯を見せてにかっと笑うので、少しだけ励《はげ》まされた。

淑葉は夕遼の妻になれたことを大いに喜んでいるのだが、その最大の理由は彼が書に通じているという評判だ。夕遼に事情を話せば、淑葉が水のように欲している文房四宝を与えてくれるかもしれないし、彼が蒐集したという古今《ここん》の書画を見せてもらえるかもしれない。

（それにあのことにも……気づいてくださるかも）

期待に胸を膨らませて夕遼の帰京を待っていたが、肝心《かんじん》の彼はなぜ淑葉が恵兆王府にいるのか理解できない様子だった。想像していたより、前途多難《ぜんとたなん》のような気もする。

「殿下が早くお帰りになるといいですね」

そうね、と答えて、甘酢あんが絡んだ鯛を銀の箸《はし》で口に運ぶ。

皇帝がどういう意図で淑葉を夕遼に嫁がせたのかは知らないが、せっかくの幸運を無駄にしてはならない。夕遼とうまくやっていけるように、できる限りの努力をしよう。

料理をゆっくり味わっていると、別の侍女《じじょ》が食堂に駆けこんできた。

「殿下がお戻りになりました」

「そう。じゃあ、お出迎えしなくてはね」

淑葉は席を立った。琴鈴を連れて食堂を出る。心持ち早足で長廊《ちょうろう》を渡って内院《なかにわ》に出ると、垂《すい》花門《かもん》のほうから二つの人影が近づいてきた。どちらも上背《うわぜい》のある男である。

かすかな月明かりの中、暗がりを切るように歩いてくる男が高夕遼だ。

「お帰りなさいませ、殿下」

紺《こん》色の深衣《しんい》に丈の長い外衣《がいい》を羽織《はお》った長身が近づいてくる。足音に合わせて佩玉《はいぎょく》が揺れ、皇兄の身分を示す冠の玉飾りが鳴った。端整な顔立ちは月光の下だと冷酷《れいこく》に見える。

高夕遼。先帝の長子《ちょうし》で、皇帝の異母兄。皇位にはつかなかったものの豊かな恵兆国を封土《ほうど》として賜《たまわ》っており、皇帝の信頼が厚く、後宮への出入りすら許されている雲の上の貴人。

片や李家は、皇帝の外戚《がいせき》となり、高官を多く輩出した過去を持ちながら、今ではすっかり落ちぶれている。李家の官吏《かんり》は借金のために邸《やしき》を手放し、朝廷の末席にしがみつく有様。

そんな李家の長女がどうして彼の花嫁に選ばれたのだろう？　本当に不思議だ。

「出迎えになど来なくていいぞ」

すれ違いざま、夕遼は淑葉に視線を投げた。彼の瞳は瑠璃《るり》のように青い。母親が北方の異民族・砂烏《さう》族出身だからか、掘りの深い美貌《びぼう》はどことなく異国人風だ。

夕遼はそのまま立ち去ろうとしたが、途中で思い出したように立ち止まり、振り返った。

「臥室《しんしつ》には行かないから先に休め」

淑葉は呆然《ぼうぜん》とした。返事をする前に、夕遼は衣の裾《すそ》を翻《ひるがえ》す。彼の側近らしき青年が淑葉に一礼して、足早に夕遼のあとを追いかけた。

「どういうつもりなんでしょうか。初夜なのに花嫁の閨《ねや》に来ないなんて」

琴鈴が不満そうに唇を尖らせる。淑葉はうつむいて両手を握りしめた。

「長旅で疲れていらっしゃるんでしょう。仕方ないわよ」

自分に言い聞かせるようにつぶやくと、許氏の金切《かなき》り声《ごえ》が耳元でよみがえった。

『卜者《ぼくしゃ》に診てもらったのだけれど、淑葉は嫁げば悪妻になるそうよ。夫に嫌われ、嫁ぎ先の親族に疎まれ、子も産めず、いずれは離縁されて実家に突き返される定めとか』

でたらめだ。許氏は淑葉を手元に置いて飼い殺しにしたかったから、こんなことを言ったのだ。そう思う一方で、じわじわと体の内側が不安に蝕《むしば》まれていった。


一夜明け、夕遼は朝餉《あさげ》の席で淑葉と顔を合わせた。髻《もとどり》に華奢《きやしゃ》な金簪《きんしん》を挿し、緋桃《ひとう》の花びらをまとったような襦裙《じゆくん》を着た姿は麗《うるわ》しいが、貼りつけたような無表情に変わりはない。

互いに無言で食事を始めた。重苦しい空気が食卓を支配している。

「昨日、叔母上《おばうえ》の宮で香蝶に会った」

淡々と空腹をなだめた後、夕遼は沈黙を破った。

「おまえの身を案じていたぞ。この結婚のために、姉は恋人と無理やり別れさせられた。きっと心苦しい毎日を過ごしているだろうと」

匙《さじ》を持った淑葉の手が止まった。小さな翡翠《ひすい》の耳飾りがかすかに揺れる。

「私に恋人なんていません」

「今は、か？　過去には何度か男と駆け落ちしようとして許氏に連れ戻されたそうだな」

香蝶によれば、淑葉は多情な女だという。男を邸に連れこみ、幾度も駆け落ちしようとした。あまりにも身持ちが悪いから、十九になるまで縁談がまとまらなかったとか。

「多情な女なら少しは愛想よくしたらどうだ。色目を使うのは得意だろう。それとも俺に色目を使うのはいやか？　俺が蛮族《ばんぞく》の血を引いているから」

淑葉は夕遼に嫁ぐことに抵抗《ていこう》していたそうだ。蛮族の血が入った男に身を任せるのはいやだと愚痴《ぐち》をこぼしていたと、香蝶が話していた。どうりで淑葉がにこりともしないはずだ。確かに夕遼には異民族の血が入っている。それが不快だというなら夫婦にはなれない。

「そのようなことは思っていませんわ」

「別に無理して否定しなくてもいい。おまえが俺をどう思っていようと、俺はおまえを妻だと認めないし、今後もおまえの閨には近寄らない。五ヶ月後には離縁するからそのつもりでいろ」

「……五ヶ月後？」

淑葉はおずおずと顔を上げた。涙でも見せれば可愛《かわい》げもあるが、仮面のような表情だ。

「そんな……困りますわ。もし、実家に帰されたら……」

「好きに男を連れこめるぞ。おまえもそのほうがいいんじゃないか」

夕遼は席を立ち、振り返らずに食堂をあとにした。

「殿下は王妃様に冷たすぎますよ」

夕遼が執務室で朝廷の文書に目を通していると、側仕《そばづか》えの素秀《そしゅう》が唐突《とうとつ》にそう切り出した。

「卜占《ぼくせん》で決まったとはいえ、曲がりなりにも主上《しゅじょう》の勅命《ちょくめい》でまとめられた縁組でしょ。夫として最低限の務めは果たさないとまずいんじゃないですか？」

素秀は長椅子《ながいす》に寝転がって、夕遼が裁可《さいか》した文書を面倒くさそうに確認している。この男は姿勢を正して働くということができない。いつもだらしなく寝転がって働いている。

「最低限の務めなら果たしているぞ。王府に住まわせてやって、毎朝、同じ円卓で食事をとっている。手違いで嫁いできた花嫁なんだからこれで十分だろう」

初夜から一月《ひとつき》の間、慣例として夫婦は朝餉をともにしなければならない。まったく迷惑な慣習ではあるけれども従っている。重苦しい朝餉の空気に耐えたのは今日で五回目だ。

「肝心《かんじん》なことをお忘れですよ。王妃様の紅閨《へや》に行っていないでしょう」

「当たり前だ。いずれ離縁する女に手をつけてどうする」

「王妃様が身持ちの悪い方だから避けているんですか？」

「そういうわけじゃない」

夕遼は手元の文書に恵兆王の印章を捺《お》した。

「俺は李香蝶を娶《めと》りたかった。なのに手違いがあって李淑葉が嫁いできた。だから淑葉を離縁して改めて香蝶を迎えたい。ただそれだけのことだ」

香蝶に心惹《ひ》かれたのは、彼女が可憐《かれん》な美少女だったからではない。彼女が見目麗《みめうるわ》しいのは事実だが、その姿形以上に夕遼が惹かれてやまないのは、彼女の手跡《しゅせき》だ。

仙界の竹林を流れる清水のような楚々《そそ》とした麗筆《れいひつ》。四年前、初めてそれを見た。

恵兆国で発生した蝗害《こうがい》の対応に追われていた頃のことだ。叔母《はは》である飛翠大長公主から書簡が届いた。内容は夕遼を労《ねぎら》うものだった。連ねられた温かい励ましの言葉は仙筆でつづられたかのような凜《りん》とした筆跡によって、さらに貴《とうと》いものへと昇華されていた。

その書簡を読んだときから、夕遼は叔母に恋慕《れんぼ》を抱くようになった。

むろん、叔母に対して恋情を抱くのは邪《よこしま》なことだと理解していたけれど、湧き水のように清らかな筆跡を眺めれば眺めるほど想いが募った。禁忌《きんき》の恋ゆえに、自分は生涯、妻を娶らないだろうと心に決めた昨年の暮れ——禁忌の恋は禁忌ではなくなった。

一目で夕遼を虜《とりこ》にした書簡は、叔母が直接書いたものではないことが明らかになったのだ。

『恥ずかしいから黙っていたけど、妾《わらわ》は悪筆なの。書簡は女官に代筆させているわ』

叔母は恥ずかしそうに打ち明けて、代筆の女官として李香蝶を紹介した。

翌日、夕遼は香蝶を娶ると決めた。

「俺は李香蝶の手跡に惚《ほ》れたんだ。まるで仙女が書いたような筆遣いに心をつかまれた。ゆえに、同じ李家の娘だから姉でもいいだろうということにはならない」

「はあ……。臣には姉も妹も同じように見えますけどねえ」

素秀が確認し終わった文書を小卓に積み上げていく。

「単純な話だ。書もたしなまない無教養な女には興味が持てない。淑葉の嫁入り支度《じたく》を調べさせたら、書法の道具が一つもなかった。筆一本、紙一枚だぞ？　信じられるか？　姉は手習いが嫌いだったと香蝶が言っていたが、どうやら本当らしいな」

貴族令嬢が嫁入り支度として筆の一本も持ってこないとは、呆《あき》れるばかりだ。

「あれで宮仕えの経験があるだと？　どうせ宮中で男あさりでもしていたんだろう。無教養で身持ちの悪い女は嫌いだ。よって李淑葉を正妻として遇しない。納得したか？」

（無教養で、身持ちの悪い女）

その表現通りの誰かを思い出し、夕遼は眉間《みけん》に皺《しわ》を寄せた。苛立《いらだ》ちを紛《まぎ》らわすように政務に没頭していると、下官が執務室に入ってきた。びくびくしながら、最悪の知らせをもたらす。

「冷宮《れいきゅう》より使者がいらっしゃっています。かの御方がご成婚のお祝いを殿下にと……」

冷宮──もっとも聞きたくない単語の一つだ。


（……私ではなかった……）

淑葉は池に面した四阿《あずまや》の円柱に寄りかかって溜息をもらした。

つい先刻、夕遼の執務室のそばまで行った。

五ヶ月後に離縁するという考えを改めてもらえないか頼んでみようと思ったのだ。勇気を振り絞《しぼ》って執務室のそばまで行ったものの、気おくれしてしまい、なかなか中に入れなかった。

淑葉は身持ちの悪い女だという香蝶が吹きこんだ嘘を信じているせいか、夕遼は淑葉にとても冷たい。仕事の邪魔だと追い払われそうで怖かった。

執務室の外でぐずぐずしていると、半分開かれた窓から夕遼の声が聞こえてきた。

『俺は李香蝶を娶りたかった』

苛立《いらだ》ちまじりの言葉に頭を殴《なぐ》られた。夕遼の態度がそっけないのは香蝶が嘘を吹きこんでいたせいではなかった。彼は初めから香蝶と結婚するつもりだったのだ。それなのに手違いがあって、淑葉が嫁《とつ》いできた。今までなぜ彼が帰京した日に淑葉を見て「おまえは誰だ？」と言ったのか分からなかったけれど、その理由はこの結婚が間違いだからなのだ。

夕遼はまだ何か言っていたが、それ以上聞きたくなくて、淑葉は執務室から離れた。

とぼとぼと内院《なかにわ》を歩き、四阿に入った。奇《く》しくも帰京した夕遼に誰何《すいか》された場所だ。

あの日、淑葉は琵琶《びわ》の練習をしていた。夕遼がやがて任国から戻ってくるというので、彼に求められたら上手に弾けるよう、稽古《けいこ》していたのだった。

(……そんなことをしても何の意味もなかったのに)

夕遼が王府で待っていてほしかったのは香蝶だった。淑葉ではなく。

「王妃様、こんなところで何をなさっているんですか?」

琴鈴が声をかけてきた。琴鈴は李家で唯一、淑葉に味方してくれた侍女《じじょ》だ。気心が知れた仲だが、夕遼が言っていたことを話そうかと思ってやめた。余計な心配をかけたくない。

「花を眺めていたのよ。さすがは皇族のお住まいね。杏花《きょうか》の紅が青い空と緑の池に映えて、まるで春が織り上げた錦《にしき》のようだと思わない?」

「春の錦なんて素敵だわ。うっとりするような景色ですね」

琴鈴が淑葉の隣に並んだとき、左から右にさあっと風が吹き抜けた。

青い空と緑の池を背景にして紅の花びらが舞うように散り落ちる。春爛漫《らんまん》の艶《あで》やかな景色が寒々しい雪景色に見えるほど、淑葉の心は冷え切っていた。

五ヶ月後に実家に帰されてしまう。そのことを考えれば泣きわめきたいのに、涙は一粒も出てこなかった。今まで涙を殺しすぎたせいだろう。泣き方を忘れてしまった。

第二編　玉人《ぎょくじん》の涙　欄干たり

「ねえ、聞いた？　王妃様、まだ一度も夜伽《よとぎ》をしてないんですって」

李《り》家出身の若い侍女が掃き掃除をする手を止めて同輩たちにひそひそ囁《ささや》いた。

「朝餉《あさげ》の席ではお二人とも一言もしゃべらないそうよ」

「殿下は王妃様がお気に召さないんだわ。美人だけど、まるきり愛想がないもの」

「あれでかなりの男好きだって聞いたわよ。何度も駆け落ちしようとしたんだって」

侍女たちの噂話《うわさばなし》から逃れるように、淑葉《しゅくよう》は内院の奥まったところへ行った。

周りに誰もいないことを確かめ、躑躅《つつじ》の茂みの陰にしゃがみこむ。

（ここならゆっくり書けそう）

淑葉は古くなった簪《かんざし》を出して、先端で地面に字を書いた。昨今ではほとんど使われない玉命《ぎょくめい》文《ぶん》という複雑な書体で母が好きだった詩を書き出す。

艶麗《えんれい》な詩句で春の優雅な情景を生き生きと描き出した古詩。「千華万葉《せんかばんよう》　爛漫たり」で始まるこの詩は独特な趣《おもむき》のある玉命文で書くといっそう格調高く感じられるようになる。

最後まで書き上げ、淑葉は立ち上がった。木漏《こも》れ日《び》に浮かび上がる文字を眺める。

(前はちゃんと書けていたのにね……)

文字の作りが不安定で、お世辞《せじ》にも達筆とは言い難い出来だ。飛翠大長公主《ひすいだいちょうこうしゅ》に仕えていた頃の手跡《しゅせき》とは似ても似つかない。口惜《くちお》しいが、今の淑葉にはこれが精いっぱい。

(……書法の道具なんて、もらえるわけがないわ)

書に通じる夕遼《せきりょう》なら自分に理解を示してくれる、彼となら親しくなれるはずだと勝手に期待していた。夕遼が望んでいたのは異母妹だったなんて思いもしなかったから。

五ヶ月経ったら、実家に帰される。許氏《きょし》が支配する邸《やしき》での惨《みじ》めな暮らしが待っている。

──逃げよう。ここ数日じっくり考えてそう決意した。

逃げるならば、恵兆王府《けいちょう》から李家に連れ戻される道中が最後の機会だ。路銀《ろぎん》を貯めて、逃亡に必要なものをそろえておこう。琴鈴《きんれい》を置いていくわけにはいかないから二人分だ。

行先はとりあえず、李家からできるだけ遠い場所にある道観《どうかん》。残りの五ヶ月で心ある道士がいる道観を探しておかなければ。しばらく女道士として働いて、それから──。

「そこで何をしている」

いきなり肩をつかまれ、淑葉は文字通り飛び上がった。驚いた拍子に文字を書くのに使っていた簪を落としてしまう。聞き覚えのある低い声は夕遼のものだ。

「……も、申し訳ありません、殿下」

淑葉はしゃがみこんだ。地面に書いた文字を両手でかき消そうとする。

「おい、やめろ」

ぴしゃりと言われてびくっとした。動けなくなってそのままの体勢で固まっていると、夕遼が隣に屈みこむ。彼が身にまとっている高雅《こうが》な墨《すみ》の香りが鼻腔《びこう》をくすぐった。

「これは……林登《りんとう》の『春節《しゅんせつ》』じゃないか」

地面に残っている文字を見て、夕遼は心なしか声を弾ませた。

「おまえが書いたのか」

「……はい」

「なぜ林登の詩を知っている？　林登の詩は臨書《りんしょ》の手本の中で最も難しいものの一つだ。手習い嫌いのおまえが知っているはずはないが」

「手習いは好きですわ」

正直に答えると、夕遼がいぶかしげにこちらを向いた。

「手習いが好きなら、なぜ嫁《とつ》いでくるときに書法の道具を持ってこなかった？」

「……父が持たせてくれなかったものですから」

「持たせてくれなかった？　李家は硯《すずり》を買えないほど貧しいのか？」

淑葉は口を開きかけて黙りこんだ。本当のことを話すのは父を非難するようで気が咎《とが》める。

「貧しいはずはないな。香蝶《こうちょう》は美しい硯を持っている」

「ええ……香蝶は紅糸石《こうしせき》の硯を使っていますわ」

紅糸石と呼ばれる赤い石は、加工すると表面にうっすらと黄色い縞《しま》模様が浮き出る。その優美な文様が文人たちに愛されており、紅糸石といえば高級な硯の代名詞だ。

「香蝶は持っているのに、なんでおまえは書具を持たせてもらえなかった？」

「……おまえは悪筆《あくひつ》だから書具など必要ないだろうと……父が」

「妙筆《みょうひつ》とは言えないが」

夕遼は淑葉が書いた拙《つたな》い文字を視線でなぞった。

「玉命文を完璧《かんぺき》に書いている。玉命文は作りがややこしいから慣れていても間違えやすいのに、きちんと硯を鏡、藍《あい》を池と書いている。悪筆と言い捨てるのは惜しい出来だ」

玉命文は千年前に作られた書体なので、後世の新しい文字には対応する形がない。

例えば〈硯〉や〈藍〉という字は玉命文で表せないため、それぞれ千年前から存在する〈鏡〉や〈池〉という文字で代用する。林登は四十年前に活躍した詩人だ。彼の詩を玉命文体で記すには、文字の書きかえを使いこなす必要がある。間違えずに書けたのは嬉しい。

（……今なら、もしかしたら……書法の道具が欲しいと言ってもいいかしら）

淑葉はそわそわした。土のついた手を絹の手巾《しゅきん》で拭く。

「あ、あのっ……殿下、お、お願いが……」

「実に味わい深い形だ。独特の歪みの中に美しさが……ん？　何か言ったか？」

夕遼がこちらを向くからどきっとしてしまった。肩が触れ合うような距離に彼がいる。考えてみれば、男の人とこんなに近づいたことはない。緊張が加速して舌がもつれた。

「も、もしよろしければ……ど、どんなものでも、構いませんので、硯を……」

「あー、殿下。こんなところにいたんですか」

突然、頭上から間延びした男の声が降ってきた。おそるおそる見上げると、夕遼の側近の青年が立っていた。名は素秀《そしゅう》といったか。李家出身の侍女《じじょ》たちが好みの美男だと噂していた。

「後宮から皇太后《こうたいごう》様の使者がお見えになっていますよ。火急の用らしいのでお急ぎください」

「分かった。すぐ行く」

夕遼は袖《そで》を払って立ち上がる。近くにいた下男を呼んで地面を指さした。

「この文字を消さないように見張っていろ。あとで紙に書き写させる」


「まあ、それは残念でしたね」

琴鈴が青磁《せいじ》の茶杯《ゆのみ》に黄茶《きちゃ》を注いだ。月兎茶《げつとちゃ》という銘柄《めいがら》で、柔らかい香りが心地よい。

「でも、殿下は私が書いたものに目をとめてくださったの。次にお会いしたときにお願いすれば、書法の道具を持つことを許してくださるかもしれないわ」

今夜の淑葉はいつになく饒舌《じょうぜつ》だった。昼間、夕遼と話をしたからだ。彼は淑葉が書いた玉命文を褒めてくれた。わざわざ紙に書き写させると言っていたから気に入ってくれたに違いない。

月兎茶のほのかな甘さにほっと一息ついたときだ。侍女がしずしずと房《へや》に入ってきた。長い袖で隠した両手に黒漆《くろうるし》塗りの箱を持っている。牡丹唐草《ぼたんからくさ》の螺鈿《らでん》文様に彩られた美麗《びれい》な箱だ。

「王妃様、殿下からの贈り物です」

「贈り物？」

淑葉は聞き返した。初めての夜伽《よとぎ》の後には夫から妻に贈り物が与えられると聞いているが、淑葉は夜伽をしていないので、もらえるはずもない。

「宝玉《ほうぎょく》かしら？　それとも化粧具《けしょうぐ》かしら？」

侍女から箱を受け取り、琴鈴は瞳を輝かせた。ふたを開けて中身を見るなり、あっと声を上げる。何だろうと淑葉も箱をのぞきこんだ。とたん、心臓が止まりそうになる。

硯、筆、墨、水滴《すいてき》、筆筒《ふでづつ》、墨床《ぼくしょう》、文鎮《ぶんちん》、筆置き。どれも一級品だった。

蓮《はす》の葉の形の硯は北方で産出される祥霞江緑《しょうかこうりょく》石で作られたものだ。さまざまな種類の筆は兎《うさぎ》や鹿、山羊《やぎ》の毛を使った豪華な品で、筆軸《ふでじく》には銀文字でめでたい詩句が刻まれている。

墨は良質な古墨。水滴は鮮やかな五彩磁《ごさいじ》。孔雀《くじゃく》の彫刻が風雅《ふうが》な沈香《じんこう》の筆筒。

水晶の墨床は細部の彫刻が美しい。琥珀で鵞鳥《がちょう》を彫った文鎮、青花磁《せいかじ》の筆置きには得も言われぬ気品がある。溜息が出るような逸品ぞろいの書具に見惚《みと》れるばかりだ。

「殿下がこちらも王妃様にと」

別の侍女が朱漆塗りの箱を琴鈴に渡した。蒔絵《まきえ》で胡蝶《こちょう》が描かれたふたを開けると、気を失いそうになった。仙女《せんにょ》が紡《つむ》いだ絹糸で織り上げたかのような生成《きな》り色の紙がたくさんおさめられている。東方の小国でしか取れない珍重な竹で作られた紙だ。

触ってみると溜息が出るほどしっとりしていて、かすかに雅《みやび》やかな香りがした。名だたる文人が求めるという貴重な紙を手に取っているなんて……夢でも見ているのだろうか。

「本当に……殿下が私にくださるとおっしゃったの？」

信じられない気持ちでいっぱいだったが、侍女はあっさりうなずいた。

「王妃様が書具をお持ちでないということなので、使い古しの道具でよければと」

使い古しとは思えない立派な品々だ。普段から丁寧《ていねい》に手入れされていたのだろう。

「……殿下はどちらに？　お礼を申し上げなくちゃ」

「もう臥室《しんしつ》に入っていらっしゃいます。お礼は明朝になさったほうが――」

最後まで聞かずに、淑葉は房を飛び出した。


寝支度《ねじたく》を済ませ、夕遼は牀榻《しんだい》に腰をおろした。

（気に入っただろうか）

淑葉に書具を届けさせた。手習いが好きなら心がわきたつような品を選んだのだが、彼女の細面《ほそおもて》に喜色が現れる様は想像できない。そもそも淑葉は笑ったり、怒ったりすることがあるのだろうか。彼女はいつだって無表情だ。感情を面《おもて》に出すことを恐れているみたいに。

（……香蝶は嘘をついていた）

姉は手習いが嫌いだという香蝶の言葉はまるきり嘘だった。

手習いが苦手なら、淑葉は玉命文《ぎょくめいぶん》など書けるはずがない。それもあれほど正確に書けるというのは彼女が書法に親しんでいる証拠だ。にもかかわらず、李家の主人は淑葉が悪筆《あくひつ》だという理由で彼女の嫁入り道具には書具を含めなかった。何とも愚かしい父親だ。

淑葉と香蝶は異母姉妹である。父親は淑葉の母親より香蝶の母親をより大事にしているのだろう。父親の愛情の偏《かたよ》りのせいで蔑《ないがし》ろにされているのなら、淑葉は憐《あわ》れな娘だ。

（だからこそ、恋人と駆け落ちしたがっていたのか？　それとも駆け落ち自体が嘘か）

香蝶が淑葉は手習い嫌いだと偽っていたことを考えると、後者の線が濃厚かもしれない。

淑葉は蛮族《ばんぞく》の母親を持つ夕遼《とつ》に嫁ぐのをいやがっていたと香蝶に聞いていたので、淑葉が自分の前でにこりともしないのはこの結婚が不満だからだろうと考えていたが、どうやらそれも違うのではと思えてきた。ここ数日、淑葉の様子を見てきた高家《こう》の侍女によれば、彼女は夕遼のそばにいないときもやっぱり無表情なのだそうだ。

無愛想なのはもともとの性格なのかもしれない。だとしたら、彼女は――。

（……誰か来る）

暗がりの向こうで臥室の扉がそっと開かれる音がした。素秀だろうか。いや、素秀なら声をかけてくるはずだ。夕遼はにわかに殺気立ち、牀榻に立てかけてあった剣を手に取った。

「……殿下、起きていらっしゃいますか」

闇に溶けて消えそうな女の声。淡い燭光《しょっこう》が夜着姿の淑葉を映し出す。

「こんな時間に何の用だ」

淑葉はうつむいている。結われていない黒髪が垂れ、細面《ほそおもて》に影を作っていた。

「書法の道具をいただいたので、お礼を申し上げたくて……」

「ああ、あれか。余りものの寄せ集めだが、気に入ったか」

「はい……とても」

浮かれた声音《こわね》ではない。はしゃいでほしかったわけではないが、軽く肩すかしだ。

「本当にありがとうございます。五ヶ月後にはお返ししますわ」

「返す必要はない。書法が好きなのに道具を持っていないというから、俺の持ちものから適当に見繕《みつくろ》っただけだ。気に入ったのなら、実家に持って帰ればいい」

夕遼は剣をもとの場所に戻した。淑葉は夜着の袖口を握りしめる。

「お返ししたほうがいいと思います。実家に持って帰っても取り上げられてしまうので」

「取り上げられる？　父親にか？」

淑葉は何か答えかけて口を閉ざした。深々と頭を下げて踵《きびす》を返す。一瞬、彼女の白い横顔が燭光に照らされた。白磁《はくじ》のような顔は表情が削《そ》ぎ落ちていて作り物めいていたが、今夜はいつもと違っていた。笑みなど一度も浮かべたことのなさそうな頬《ほお》が涙で濡れていたのだ。

「待て」

夕遼は思わず牀榻《しんだい》を離れて彼女の腕をつかんでいた。反射的に振り返った淑葉と視線がかち合い、息をのむ。彼女の黒くつやつやした瞳はぽろぽろと滴《しずく》をあふれさせていた。

「なぜ泣いているんだ？」

夕遼が尋ねると、淑葉は瞬きした。おそるおそる自分の目元に触れる。指先に涙が触れると、淑葉は視線を泳がせた。今初めて自分が泣いていることに気づいたみたいだ。

「申し訳ございません、殿下。見苦しいところを……」

「責めているつもりはない。なんで泣いているのかと聞いたんだ」

「なぜとおっしゃられても……」

「俺がおまえを泣かせるようなことを言ったか？」

淑葉は夕遼を見上げ、ゆるりと首を横に振った。

「書法の道具をいただいたからでしょうか。何年も触れられなかったので、すごく嬉しかったのですわ。胸がいっぱいになって、それで涙があふれてしまったのかもしれません」

「自分のことなのに、他人事《ひとごと》のように言うんだな」

責めるような口調に聞こえてしまったのだろうか。淑葉は下を向いた。

「怒っているわけじゃないぞ。誤解するな」

気まずい。夕遼はつかんでいた淑葉の腕を放す際、彼女の手を見た。爪が短い。形は整えられているが、長い爪を自慢にする一般的な貴族令嬢の指先とは、だいぶ違っている。

「手が荒れているな」

「……ごめんなさい」

淑葉は手を引っこめた。涙が顎先《あごさき》を伝ってしたたり落ちる。とめどなく、はらはらと。いよいよ気まずくなってきた。まるで夕遼が彼女をいじめて泣かせているかのようだ。

「とりあえず、突っ立ってないで座れ」

淑葉を長椅子《ながいす》に座らせ、涙を拭くのに使えそうな布を探す。褥《しとね》は問題外だし、牀榻の帳《とばり》だって論外だ。窓の紗幕《しゃまく》を引きちぎるわけにはいかず、抽斗《ひきだし》をあさっても手巾一枚見つからない。仕方ないので蚕宝紙《さんほうし》を引っ張り出した。蚕《かいこ》に似た植物から作られた蚕宝紙は繊細で破れやすいが、薄絹のように柔らかい。折り畳《たた》めば手巾と同様に使えるはずだ。

「これで涙を拭け」

夕遼は折り畳んだ蚕宝紙を淑葉に渡した。淑葉は受け取ったが、いっこうに涙を拭こうとしない。透明な滴が絶えずぽたぽたとこぼれ落ちて、彼女の夜着を湿らせた。

「涙を拭けと言っているのになぜ言うことを聞かない？」

「……蚕宝紙は宮中でも使われる名紙だとうかがっていますわ。そのような貴重な紙で涙を拭くなんて、後宮の妃嬪《ひひん》たちですらためらうでしょう」

淑葉は大切そうに蚕宝紙を撫《な》でている。夕遼は彼女の隣に座った。

「こちらを向け」

夜着の袖《そで》で淑葉の目元をそっと拭った。淑葉はおとなしくされるままになっている。注意して優しく触れないと壊れそうなくらい華奢《きゃしゃ》な顔だ。

「おまえは李家で大事にされていなかったようだな」

書法が好きなのに、硯《すずり》や筆を与えられなかったこと。文房四宝《ぶんぼうしほう》を持って帰れば取り上げられるということ。そして貴族令嬢らしくもなく、爪が短く、指先が荒れていること。

蝶よ花よと育てられたのではないことは明らかだ。

「殿下……素晴らしい贈り物をいただいておきながらなおも要求があるのかと呆《あき》れられてしまうかもしれないのですが……」

淑葉は言いにくそうに濡れた睫毛《まつげ》を伏せた。

「離縁した後も私を王府に置いていただけないでしょうか？　もちろん、王妃としてではありません。使用人としてです。煮炊《にた》きは苦手ですが……針仕事と掃除はできます。繕い物は得意ですし、機織《はたお》りにも慣れていますわ。水汲《みずく》みや薪《まき》拾いもできますし、新しい仕事も一生懸命に覚えます。何でもしますから……どうか私を王府に置いてください」

潤んだ瞳に見つめられると胸が痛んだ。彼女が挙げた仕事はすべて使用人たちの仕事だ。

貴人や富豪の邸《やしき》で働く使用人は多くが奴婢《ぬひ》である。つまり、淑葉は李家の長女として生まれ

ながら——しかも正妻の娘であるのに——奴婢同然の暮らしをさせられていたのだ。

「実家に帰りたくないのか」

淑葉は口を開きかけたが、言葉をのみこんだ。

「正直に言え。悪いようにはしない」

淑葉は夕遼を見上げた。感情の読めない瞳がわずかに揺らぐ。

「……はい」

喉《のど》に引っかかった返答が彼女の境遇を物語っている。分かった、と夕遼はうなずいた。

「離縁後は使用人として王府に置いていただけるのでしょうか」

「その件については再考する」

拒否されたと思ったのか、淑葉は唇をきつく引き結んだ。

「心配するな。帰りたくないと言っているのに実家に突き帰すほど、俺は非情じゃない。実家に帰らずに済む方法を検討《けんとう》しよう」

香蝶が姉に関して嘘をついていたことも検《あらた》める必要がある。

彼女が平気で嘘をつくような人間なら、求婚自体考え直さなければならない。香蝶の麗筆《れいひつ》は魅力的だけれども、嘘で人を貶《おとし》める性悪《しょうわる》な女を妻にしたいとは思わない。

「なんで泣く？」

泣きやんだはずの淑葉の瞳から新たな涙があふれ、夕遼はうろたえた。袖口で拭ってやるが、水晶のような滴《しずく》は次から次にあふれて止まらない。

「なんで泣いているのかしら……」

淑葉は大きな目をぱちくりさせた。心底、不思議そうにしている。

「自分で分からないのか」

「はっきりとは……。たぶん、悲しいからではありませんわ。辛《つら》いからでも……」

「じゃあ、嬉しいからか？　書法の道具をもらったときみたいに」

「ええ、きっとそうですわ。実家に帰らなくていいと言われて、胸がいっぱいで」

淑葉は合点《がてん》がいったというふうにうなずいた。

変わった女だ。自分の感情が瞬時に自分で理解できないとは。

(だから表情が出ないのか)

何かに不満があるからあえて無愛想にしているのではなく、愛想をよくする方法を知らないのだろう。何せ涙に触れて初めて自分が泣いていることに気づく有様なのだから。

それほどひどい扱いを受けてきたということかもしれない。

夕遼が感情を押し殺さなければならなかった彼女の境遇についていくつかの仮説を立てている間、淑葉は折《たた》り畳まれた蚕宝紙《さんほうし》をじっと見つめていた。あたかもそれが生まれたばかりの我が子であるかのように、愛《いと》おしそうに撫《な》でている。

ふいに、口角がくいと上がった。

「笑ったのか……？」

「いいえ、笑っていませんが」

淑葉が顔を上向けた。口元ににじんだ笑みは跡形もなく消えている。

「いや、笑ったぞ。この目で見たんだ。間違いない」

「まあ……そうですか」

「そうですかじゃない。もう一度笑ってみろ」

夕遼が顔をのぞきこむと、淑葉は無表情で視線を返した。

「どうやって笑えばいいのか分かりません」

「簡単だろう？　笑えばいいんだ。例えば、こんなふうに」

夕遼は唇の端を上げて笑顔を作ってみせた。淑葉の眉《まゆ》はぴくりともしない。彼女の頰をつまんで半《なか》ば無理やり口角を上げさせたが、笑顔にはならなかった。

「私が笑えば、殿下は喜んでくださるのでしょうか」

「そうだな。おまえはいつもつまらなそうな表情をしている。笑っているのを見たい」

「では、笑います」

淑葉が宣言するので、夕遼は白い頰から手を放した。待ってみたが、期待したことは起こらない。彼女は艶《つや》やかな赤い唇を引き結び、夕遼を見上げてときおり瞬きするだけだ。

「笑えていないぞ」

「頑張っているのですけれど……笑っているように見えませんか？」

見えないと言うと、淑葉は叱責《しっせき》されたようにうなだれた。

「俺の顔を見ろ」

眉をくいくいと動かしたり、唇を歪めたりしておどけた表情をしてみせた。

笑わせようと滑稽《こっけい》な動きをしたのに、淑葉からは何の反応もない。

「よし、笑い話をしよう。ある文士が詩作にふけっていた。しかし、頭が冴えず、何も浮かんでこない。墨《すみ》を食べると文章が上達すると聞いて、買ったばかりの古墨をガリガリ……」

いくつかの笑い話を披露したが、淑葉はくすりともしなかった。それどころか、話の中でどの部分が面白みとされているのか的確に指摘してみせる。おかげで場が白ける一方だ。

「まいったな。どうしたらおまえは笑うんだ……？」

さあ、と淑葉は小首をかしげた。夕遼は眉間《みけん》に皺《しわ》を寄せて考えこみ、はたと気がついた。棚《たな》の抽斗《ひきだし》からありったけの蚕宝紙を取り出し、淑葉の膝の上にどさっとのせる。

「全部やる」

「ぜ、全部……？　で、でも、こんな高価なものを……」

「いいから受け取れ」

淑葉は目を瞬かせた。からくり仕掛けの人形のようにぎこちなく蚕宝紙の束を見下ろす。

「触ってみろ。紙面がなめらかで宮中の絹のようだぞ」

夕遼が促すと、淑葉はおずおずと蚕宝紙の表面に触れた。細い指が何かを確かめるような動きで紙面を滑《すべ》る。その上質な感触がそうさせたのか、彼女の口元がふわりと緩《ゆる》んだ。微笑《ほほえ》んでいる。断じて見間違いではない。蚕宝紙に触れて、淑葉は笑ったのだ。

「自分の口元に触ってみろ」

「えっ……？　は、はい……」

淑葉は何が何だか分からない様子で自分の口に手を当て、驚いたふうに目を見開いた。

「それが笑うということだ。覚えておけ」

夕遼はいつの間にか笑っていた。新しい発見に満足していたからだ。

（李淑葉は紙を与えると笑う）

それも愛らしく。さながら冬を耐え抜いた梅花が早春の風に誘われてほころぶように。

この日、淑葉に関する知識がずいぶん増えた。

翌日から淑葉は書に没頭した。朝から晩まで机に向かい、筆先が乾くことがない。書くものは母に教わった詩文や諺《ことわざ》だ。単に思い浮かんだ言葉を書きつづることもある。高鳴る心音のように穂先が躍り、書くことをやめられなかった。

筆を動かしながら朝を迎える日も少なくないので、そのたびに琴鈴に呆《あき》れられた。

「王妃様。朝餉《あさげ》のお時間ですよ。お支度《したく》をなさらないと」

「もうちょっと待って。あと一枚分書いてから」

淑葉は呼吸を整えて穂先を滑《すべ》らせた。天宮にかかる霞《かすみ》のような蚕宝紙に書いても紙面に穴が開かずに済むのは、墨と筆の質が極めて良いためだ。楷書《かいしょ》で書き上げた文章はちっともにじんでいない。青みを帯びた墨の色が蒼天のように爽《さわ》やかでうっとりしてしまう。

「ねえ見て、琴鈴。よく書けているでしょう？　『涙』の右払いは特に自信があるの。今までで一番うまくいっていると思うわ。筆が手に馴染《なじ》んできた感じがして……」

「はいはい、書法の時間はおしまいです」

琴鈴が手から筆を強引に奪い、淑葉を机から引き離した。

「待って。筆を片付けなくちゃ」

「他の者に命じておきます」

「私が殿下からいただいたものなんだから、私が片付けるべきだわ」

「片付ける前に二、三枚書くっていうのはだめですからね」

琴鈴に見張られていたので、片付けるついでに何枚か書くことはできなかった。

睡魔に襲われつつ着替えを済ませ、食堂へ行く。長廊《ちょうろう》を渡る途中で何度も欠伸《あくび》が出て噛《か》み殺すのに苦労した。黄金の孔雀《くじゃく》が描かれた朱塗りの扉の前で夕遼と合流する。

「昨夜はきちんと休んだだろうな？」

「……え、ええ……ぐっすり休みましたわ」

とっさに嘘をついてしまった。罪悪感に駆られ、淑葉は目をそらした。

『書法が楽しくてしょうがないのは分かるが、徹夜はするな。体に毒だ』

五日前、淑葉が朝餉の席でうとうとするので、夕遼は心配してそう言ってくれた。彼の心遣いに従って今夜こそは早く寝ようと毎晩思うのだが、気がついたときには朝になっている。

「本当にぐっすり寝たのか？」

夕遼が扇子《せんす》の先で淑葉の顎《あご》をすくい上げた。瑠璃《るり》のような瞳と間近で視線が絡まり、心臓が驚いた。最近知ったのだが、彼の瞳はとても綺麗《きれい》だ。

「……ごめんなさい。嘘をつきました」

「だろうな」

夕遼は笑って扇子を引っこめた。

（……殿下は怖い方だと思っていたけど）

初夜を拒絶されたときから夕遼を恐れていた。彼は香蝶ではなく淑葉が嫁《とつ》いできたことに苛《いら》立《だ》ち、淑葉に対して冷淡だった。招かれざる花嫁を視界に入れないようにしていた。

けれど、それはすでに過去のことだ。書法の道具をもらった夜から何かが変わった。

夕遼は淑葉を視界に入れてくれるようになり、話しかけてくれるようになった。朝餉の時間には著名な書家について意見を交わすし、この頃では夕餉《ゆうげ》すらともに食べる日もある。

（笑うとお優しそうに見えるわ）

話をしていると、夕遼が頻繁《ひんぱん》に笑顔を見せてくれる。厳しい表情のときとは打って変わり、笑みを浮かべた夕遼は親しみやすく、そばにいてもびくびくすることはなくなった。

「嘘をついたのはよくないが、正直に打ち明けたことは評価する。よって褒美《ほうび》をやろう」

夕遼が後ろに立つ素秀に目配せした。素秀は手にしていた竹簡《ちくかん》を淑葉に手渡す。

竹簡は歴史に紙が登場する以前に使われていた書物の形状だ。細長く削《けず》った竹の札を紐でつないで巻物状にしてある。それなりの分量があればずっしりと重いのが難点だ。

「こ、これは……『緑水帖《りょくすいじょう》』ではありませんか⁉」

何気なく開いてみて冒頭の一文を読むなり、鼓動がどくんと鳴った。

古《いにしえ》の能書家《のうしょか》・呂安居《りょあんきょ》は星の数ほどの作品を書いたと言われているが、現存するものは片手で数えられる程度だ。子女に宛《あ》てた書簡集『緑水帖』は中でも稀少価値が高い。

「『緑水帖』の竹簡本は初めて見たわ……」

淑葉は『緑水帖』の比較的新しい写本を手本に臨書《りんしょ》したことがある。だが、それは紙に書かれたもので、竹簡ではなかった。こちらのほうがより古い。

「殿下の蒐集品《しゅうしゅうひん》ということは、ひょっとして真筆《しんぴつ》では……！」

「あいにく、写本だ。何遥来《かようらい》が臨書したものでな、方々探し回ってやっと見つけたんだ」

「何遥来……！　それならば、真筆でなくても十二分に素敵ですわ」

呂安居を敬愛していたことで有名な何遥来は、書聖《しょせい》の作品をより正確に写し取ることに情熱を注いでいた。何遥来の写本は真筆の次に優れているといわれている。

「貸してやる。好きに臨書しろ」

「まあ、本当ですか⁉」

ふつふつと湧き上がってくる喜びが口の端をかすかに引っ張り上げた。たぶん笑っている。書法に関して嬉しいことがあれば自分は笑えるらしいということを夕遼が教えてくれた。

「だんだん笑い方がそれらしくなってきたな」

夕遼は淑葉の片頰《かたほお》をふにっとつまんだ。

「貸出期間は十日間だ。十一日目の朝には返せよ」

「はい。少しでも上達するようにたくさん臨書しますわ」

淑葉が『緑水帖《うんぬんん》』の文面に目を落としたとき、素秀が口を挟んだ。

「貸出期間が云々とケチケチなさらずに差し上げればいいじゃないですか。どうせ『緑水帖』の写本なんか腐るほど持っていらっしゃるんですから」

「素秀、おまえは何遥来の写本にどれほど価値があるかちっとも分かっていないな。何遥来といったら呂安居研究の大家《たいか》だぞ。苦労して手に入れたものをおいそれとくれてやれるか」

「殿下のおっしゃる通りですわ。何遥来の写本は千金に値するもの。ましてや著名な『緑水帖』の写本ならばなおさら、易々と他人に譲《ゆず》り渡してはいけません」

淑葉が夕遼の味方につくと、素秀は「驚いたなあ」とつぶやいて顎を撫《な》でた。

「臣の知らぬ間に、お二人はすっかり意気投合《いきとうごう》されているようで。よかったよかった。そのご様子なら離縁の話はとうに流れたんでしょうねぇ？」

「それとこれとは話が別だ」

夕遼はすげなく突っぱねた。そのきっぱりとした態度が胸に突き刺さる。

（……何を期待しているの？）

離縁をやめると言ってほしいのだろうか。夕遼が結婚したかった相手は香蝶で、この結婚は間違いなのだから、淑葉が離縁されるのは当然のことなのに。

夕遼に続いて食堂に入り、円卓に向かい合って座る。侍女《じじょ》たちが料理を運んできた。

朝は野菜や鶏肉を中心にしたあっさりした味付けの料理が食卓に並ぶ。琴鈴が銅製の器《うつわ》のふたを開けると、ふわりとよい香りが漂ってきた。雪霞豆粥《せっかとうがゆ》の臭《くさ》みのある匂《にお》いとは違う。

「今朝は雪霞豆粥じゃないのね」

淑葉は琴鈴が陶器《とうき》の碗《わん》によそってくれた粥を見下ろした。色鮮やかな人参《にんじん》と葱《ねぎ》と……何だろうか。細切りにした黒いものがとろとろの粥と絶妙に混ざり合っている。

「干した椎茸《しいたけ》の粥だ」

夕遼は自分の碗にも同じ粥をよそわせた。

「おまえがいつもまずそうに雪霞豆粥を口にしているから別のものを作らせた」

「そんなにおいしくなさそうに食べていましたか？」

「一口ごとに死にそうになっていたな。表情が変わりにくいおまえがそこまで顔色を変えるんだから相当まずいのだろうと、昨日俺も食べてみた」

味を思い出してしまったのか、夕遼は心底いやそうに顔をしかめた。

「ひどい味だな、あれは。人間の食い物じゃない」

「そこまでおっしゃらなくても……」

「実際、体が全力で拒否するような味だった。なあ素秀。まずかったよな？」

素秀も食べたのか。話を振られた素秀はさっと青ざめて口元を手で覆《おお》った。

「思い出させないでくださいよ。うっ……こみ上げてくるものが」

「おいおい、ここで催《もよお》すなよ。飯が食えなくなるだろうが」

夕遼に睨《にら》まれ、素秀は逃げるように出ていった。

「雪霞豆というやつはなんであぁもまずいのか……ん？　どうした⁉」

夕遼ががたんと席を立ち、慌ててこちらに来た。淑葉の傍《かたわ》らに膝をついて見上げてくる。

「まあ、殿下。いけませんわ。私などに跪《ひざまず》かれては」

「そんなことより、なんで泣いている？」

「泣いて……いますか？　あ……」

淑葉は自分の目元に触れてびっくりした。知らないうちに涙を流していた。

「俺がおまえを傷つけるようなことをしたか？」

「いいえ……」

『緑水帖』の写本を貸してもらって傷つくも何もない。

「雪霞豆粥が苦手だということを殿下は見抜いてくださったんだわと考えていたら、知らず知らずのうちに涙があふれていたようです」

嬉しかったのだろう。夕遼が自分を気遣ってくれたことが。

「おまえは妙なところで泣くんだな」

温かく笑って、夕遼は手巾で淑葉の目元を拭ってくれた。

「妙なところと申しますか、嬉しいことがあると泣いてしまうようです」

「嬉しいときは泣くんじゃない。笑うんだ」

「笑うというのが難しいのですわ」

神妙な面持《おももち》で考えこんでいると、夕遼に軽く頰をつねられた。

「難しく考えるな。焦らなくてもそのうちできるようになる」

彼に言われれば自然に笑うことができるようになるかもしれないと思えてくる。

夕遼が席に戻り、食卓を挟んで再び向き合った。

「冷める前に食べよう」

はい、と素直にうなずく。干し椎茸の粥を一口食べるなり、また涙があふれそうになった。

三日月が天頂で輝く時刻。淑葉の房《へや》からは明かりがもれていた。

「淑葉はまだ寝ていないのか」

軒《のき》に下がる吊り灯籠《どうろう》の下で、夕遼は淑葉の侍女の琴鈴に尋ねた。

「ええ、まだ起きていらっしゃいますわ」

琴鈴は困り顔で言った。

「毎日明け方まで机にかじりついていらっしゃるんですよ。閨《ねや》にお入りになってからもこっそり書いていらっしゃるし。殿下からも早く休むようにおっしゃってください」

淑葉に夕遼が冷たくしていた頃、琴鈴は会うたびに夕遼を睨みつけてきた。今ではにこやかに接してくれる。女主人を慕《した》っているのだろう。信頼できる侍女がいるのはよいことだ。

「房に通してくれ。休めと言ってこよう」

夕遼は琴鈴に案内されて淑葉の房に入った。思えば淑葉の房に入るのはこれが初めてだ。といっても奥にある閨ではなく、身支度《みじたく》をしたり書き物をしたりする表の房なのだが。

枳《からたち》の花と鴛鴦《えんおう》が鮮麗に描き出された屏風《びょうぶ》の陰から顔を出してみると、淑葉が机に向かっていた。夜着にも着替えておらず、こちらに背を向けて一心不乱に筆を動かしている。

足音を殺して近づく。集中しているのか、淑葉はまるきり気づかない。

それをいいことに、夕遼は後ろから彼女の手元をのぞきこんだ。

(筋はいいのだが、なぜ文字の形が整わないのだろう)

淑葉は何遥来の『緑水帖』を臨書《りんしょ》していた。手習いが好きだと本人が話していたように、筆遣いは堂《どう》に入《い》っている。けれど、筆の動きが不安定で、紙面に現れる墨跡《ぼくせき》は不格好だ。あたかも書く途中で何かに引っかかって邪魔されているかのように払いが途切れ、はねが歪み、偏《へん》の傾きがずれ、右上がりが急になってしまう。

ここまで熱心に手習いしているのに生まれながらの悪筆《あくひつ》とは不運なことだ。

(……生まれながらの悪筆?)

妙筆《みょうひつ》とは言い難い手跡《しゅせき》である。しかし姿勢は完璧《かんぺき》だし、筆の構え方も能書家《のうしょか》のそれだ。筆先が彼女の指先のように見えるほど、筆と手、手と腕、そして体全体に一体感がある。起筆《きひつ》する寸前までは何の不安要素もないのだ。ところが、穂先が紙の表面に触れるや否《いな》や、筆と体の一体感が崩れてしまう。誰かが彼女の腕を叩いたみたいに。

「悪くないな」

一段落したようなので声をかけると、淑葉がびくっとして筆を落とした。

書き上がったばかりの紙に筆が転がり、墨の痕がでたらめに残る。

「すまない。せっかく書き上げた作品が汚れてしまったな」

「い、いいえ、いいんです。作品というほどのものではありませんから」

淑葉は慌てて紙を折り畳《たた》もうとした。夕遼は彼女から紙を取り上げて鑑賞する。

「作品と呼んで差し支えない出来栄えだ。文字の作りこそ安定していないが、一筆一筆に息遣いが感じられる。臨書として見れば点が辛《から》くなるが、意臨《いりん》としては上等だな。臥《ふ》せっている息子を気遣う呂安居の文章が形だけのものではなく、心を伴《ともな》って伝わってくる」

決して流麗《りゅうれい》ではないものの、不思議な魅力を感じる手跡だ。

「褒めていただくほどの出来ではありませんわ」

淑葉は夕遼の手から紙を取り返そうとする。夕遼はひょいと避けて触らせない。

「気に入った。これは俺がもらおう」

「えっ……そ、そんなもの、差し上げられません」

「ただではだめだというなら、銀一両ではどうだ？」

「……銀一両⁉」

淑葉は勢いよく眉《まゆ》をつり上げた。よい傾向だ。感情が面《おもて》に出ている。

「お金をいただくわけがないでしょう。拙《つたな》い筆跡ですのに」

「拙かろうと何だろうと俺が気に入れば価値ある作品になる」

「私の書き損じを殿下の蒐集《しゅうしゅう》品に加えるとおっしゃるのですか」

「好事家《こうずか》は、よいものを見れば手に入れずにはいられなくなるんだ」

「よいものなどではありませんと申しています」

淑葉はまたしても紙を取り返そうと手を伸ばしてきたが、夕遼はかわした。

「思ったより頑固だな。自分が泣いていることにも気づかないほどぼうっとしているくせに」

「そっ……それとこれとは別の問題でしょう。古今《ここん》の優れた書画を蒐集なさっている殿下がこんなものをお手元に置いていらっしゃると世間に知られたら、殿下の審美眼が疑われますわ」

「素人《しろうと》に笑われたところで痛くも痒《かゆ》くもない。真の風流人ならば、最高の買い物をしたと俺を称賛するだろう。のちの閨秀《けいしゅう》書家の書き損じを手に入れたとな」

淑葉は言い返そうとして、口をつぐんだ。心なしか怒っているように見える。

「怒っているのか？」

「いえ」

「機嫌が悪そうに見えるぞ」

「私はもともと無愛想なのに、機嫌が悪いかどうか分かるのですか」

「だんだん慣れてきた。今は怒っているな。その表情は初めて見たぞ」

目に焼きつけておこうとしてじっと見つめると、淑葉が視線をそらした。

「私のことを閨秀書家などとからかわれるからですわ」

「からかっていない。実際そうだ。おまえには素質がある。もっと稽古《けいこ》をすれば――」

「稽古をしたって無理ですわ。これ以上は上達しません」

淑葉は新しい紙を広げて『緑水帖』の臨書を再開した。

「おまえは叔母上《おばうえ》――飛翠大長公主に女史として仕えていたそうだな」

小さな肩がぴくりとはね、耳朶《じだ》を飾る黄水晶《きずいしよう》の耳飾りがちらちらと揺れた。

淑葉のことを素秀に調べさせた。淑葉は十四から十五歳の間、飛翠大長公主に女史として仕えている。女史とは宮中の記録を司《つかさど》る女官で、普通は書に長けた女人が選ばれる。

(叔母上はあえて麗筆《れいひつ》ではない淑葉を選んだのだろうか)

夕遼のように、彼女の独特な筆運びを好ましく思って？

「なぜ宮仕えを辞めた？　叔母上は仕えるに値しない主人だったか？」

「とんでもない。大長公主様はお美しくて、お優しくて、聡明で、本当に素敵な方でした」

「辞める必要はなかったはずだな」

「いえ、理由ならありました」

淑葉は手を止めた。筆を青花磁《せいかじ》の筆置きに置く。

「美しい文字が書けなくなったのです。女史としてお役に立てなくなり、暇乞《いとまご》いをしました」

「書けなくなった？　叔母上に仕えていた頃は達筆だったというのか？」

「……信じていただけないでしょうが」

淑葉は水滴《すいてき》で硯《すずり》に水をさした。ささいな所作《しよさ》が流れるようになめらかで美しい。

「どうして書けなくなったんだ」

「……病のせいですわ」

穏やかな燭光《しょっこう》に照らされる横顔からはどんな感情も読み取れない。

「大長公主様にお仕えしているとき、病にかかってしまい、お休みをいただいて実家で療養していたのです。やがて病は治りましたが……手跡はすっかり変わっていました」

「腕の病だったのか？」

夕遼は淑葉の右腕をそっとつかみ、肘まで袖《そで》をたくし上げてみた。白磁《はくじ》のような腕は強く握れば折れてしまいそうなくらい細いが、目に見える傷痕はない。

「何日も苦しんだ末に病が癒《い》えて、やっと大長公主様のもとに戻れると思ったのに……。まるで知らぬ間に書法の才覚が手から抜き取られてしまったかのようでしたわ」

淑葉の瞳は蠟燭《ろうそく》の火を映していた。一瞬泣きそうに見えたが、涙はこぼれなかった。

「もう遅い。そろそろ休め」

「その前にお願いしたいことが」

夕遼が袖をもとに戻すと、淑葉は机にまっさらな紙を広げてこちらを振り仰《あお》いだ。

「何か書いていただけないでしょうか」

「……俺がか」

「殿下は能書家《のうしょか》として有名でいらっしゃいますもの。ぜひご健筆《けんぴつ》を拝見したいのです」

淑葉がひたと夕遼を見据える。燭台《しょくだい》の明かりに濡れる表情には大きな変化がないが、純粋な興味に満ち満ちているのが瞳の輝きから感じ取れた。

「今夜は遅いし、後日にしよう」

「一文でもかまいませんわ。あるいは一言でも」

淑葉が筆を持って迫ってくる。夕遼は一歩後ろに下がった。

「……一筆書きたいのは山々なんだが、先程、酒を飲んでしまったんだ。酔っているときには筆を持たないことにしている。またの機会にしよう」

「まあ素敵ですわ！　名高き呂安居のように書に対して誠実でいらっしゃるのですね」

「……呂老師《せんせい》と比べられるほどではないが、せめてその精神だけでもまねようと思ってな」

酒に酔うと心が曇ると考えていた呂安居は、酒席ではどれほど求められても筆を持たなかった。おかげで暗君の怒りを買って左遷《させん》されたのだが、彼の書に対する厳格な姿勢は後世の人々の尊敬を集めている。淑葉も世人の例にもれず、呂安居を尊敬しているらしい。夕遼が呂安居を引き合いに出してごまかしたことに気がつかなかった。

「……殿下。今更ですが……私などが嫁《とつ》いできて申し訳ありません」

面《おもて》を伏せて、硬い声で続ける。

「殿下が娶《めと》るおつもりだったのは香蝶だったとは知らなくて、私……」

「結婚を勝手にまとめたのは主上《しゆじよう》だ。おまえが謝ることはない。むしろ、謝らなければならないのは俺のほうだ」

夕遼は淑葉の右手を取って掌《てのひら》で包んだ。

「香蝶の戯言《ざれごと》を鵜呑《うの》みにしておまえを教養のない女と決めつけ……のみならず、身持ちが悪い女と蔑《さげす》んだ。本当にすまなかった」

「殿下に謝っていただくなんて、かえって恐縮してしまいます」

淑葉がしきりに首を横に振るので、髻《もとどり》の金歩揺《きんほよう》がしゃらしゃらと鳴った。

「今となっては、なぜおまえをふしだらな女だと思いこんだのか分からない。おまえほど慎《つつ》ましい女はそうそういないだろうに」

香蝶を娶りたいという気持ちが日に日に薄れていく。反対に淑葉への関心が高まっていくのを自覚していた。彼女と過ごす時間に楽しみを見出《みいだ》していることは疑いようがない。

（いっそこのままでもいいのだろうか……）

離縁しなくてもいいのではという考えが頭に浮かんだが、即座に振り払った。

（一度あれだけはっきりと拒《こば》んでしまったのに、急に態度を変えて妻のままでいてほしいというのは、あまりに虫がよすぎるだろう）

最初の態度が悪すぎた。手違いによる結婚を強《し》いられたのは淑葉も同じなのだから、彼女には適切な配慮《はいりよ》をするべきだった。

（新しい嫁ぎ先を探してやるべきだな）

それが淑葉への償《つぐな》いになるだろう。

第三編

落花《らっか》枝に返り　破鏡《はきょう》再び照らす

この日、淑葉《しゅくよう》は内院《なかにわ》の四阿《あずまや》で臨書《りんしょ》していた。

夕遼《せきりょう》に「おまえは誰だ」と言われた四阿は、近頃ではお気に入りの場所になっている。

紅の杏花《きょうか》と緑の池。その色彩の対比が心を弾ませ、筆を躍らせるのだ。

（ずっとここにいられたらいいのに）

朝、目覚めるたびにそんなことを思ってしまう。夕遼と一緒に朝餉《あさげ》を食べ、日がな一日、書き物をして、夕遼に借りた本を読んで、彼が皇宮から帰ってきたら今日書いたものを見てもらって、古《いにしえ》の書家について意見を交し合って。自分に都合がよすぎる夢想だと分かっている。

夕遼が結婚したいのは淑葉ではなく、香蝶《こうちょう》だ。婚礼から半年、期間を開けないと離縁できないので、こうして淑葉を王府に住まわせてくれているだけ。それだけで十分すぎるほどありがたいのに、ずっとこんなふうに暮らしたいなどと厚かましい考えを抱くとは……。

雑念を振り払うようにまっさらな紙を広げ、起筆《きひつ》しようとしたとき。

「——王妃様！」

琴鈴《きんれい》が血相を変えて四阿に駆けこんできた。後ろから小柄な若い娘がついてくる。王府の侍《じ》女《じょ》ではないが、見覚えがある。どこで見たのかと記憶を探っていると娘が大声で言い放った。

「お嬢様、大変です！　奥方様が先の奥方様の書具を売り飛ばすとおっしゃっています！」

「……奥方様って、まさか……」

思い出した。娘は李《り》家に仕えている侍女だ。許氏《きょし》の身の回りの世話をしていたはず。

「つい先程、この者が大慌てで知らせに来たのです。許氏が今まで香蝶の房《へや》にしまっておいた王妃様の母君の書具を処分しようとしているって……」

琴鈴が早口で言う。李家の侍女は手にしていた小袋から筆を出した。

「お嬢様は先の奥方様の書具を大事になさっていたから、私、どうにかしなきゃと思って、やっとのことでこれだけ盗んできました。でも、硯《すずり》や墨床《ぼくしょう》は持ってこられなくて……」

李家の侍女から手渡された筆を見て、淑葉は胸が痛くなった。軸《じく》に杏花を詠《よ》んだ詩が彫られている小筆。信心深かった亡き母が写経《しゃきょう》をする際に好んで使っていた。

（……せめてお母様の書具だけは）

母の遺品はすべて許氏に取り上げられた。中でも母が遺《のこ》してくれた文房四宝《ぶんぼうしほう》は許氏が淑葉から奪い取って、香蝶に与えた。書法に関心のない香蝶は見向きもせず、奥の房にしまいこんで許氏にすら半《なか》ば忘れ去られていた。それを許氏はとうとう処分しようというのか。

「許氏はお母様の書法の道具をいつ処分すると言っているの？」

「今日の日暮れには目利《めき》きの商人が引き取りに来るから、高値で売り飛ばしてやるっておっしゃっていました。前妻が遺《のこ》した物がなくなればせいせいするって」

李家の侍女が肩で息をしながら答えた。いかにも許氏が口にしそうな台詞《せりふ》だ。

「日暮れまで時間がありません。もしお嬢様が先の奥方様の書具を取り戻したいとお考えなら、すぐに李家へまいりましょう」

李家の侍女は自分の母親の形見が奪われたかのように辛《つら》そうな顔つきをしていた。許氏に仕えてはいたが、淑葉を率先《そっせん》していじめていたわけではない。事が露見すれば許氏に罰せられるだろうにわざわざ王府まで知らせに来てくれたのだ。感謝したい気持ちになった。

「急いで殿下に知らせましょう。殿下が許氏から母君のご遺品を取り戻してくださいます」

「だめよ、琴鈴。お母様の書具のことで殿下を煩《わずら》わせるわけにはいかないわ」

淑葉は四阿を出ていこうとする琴鈴を呼び止めた。亡き母の書具が売り飛ばされるかもしれないという事態は、淑葉にとっては大事件だけれども、夕遼にとっては些末事《さまつごと》だ。離縁を前提とした仮の夫婦にすぎないのだから、彼をむやみにあてにしてはいけないと思う。

（お母様の遺品のことは私の問題だもの。私が何とかしなくちゃ）

いつか解決しなければならない問題だと分かってはいたが、許氏は香蝶の房に母の書具をしまいこんだことを忘れているだろうと踏んでいた。

冷静になるために墨を磨《す》る。どうやったら母の遺品を取り戻せるか思考を働かせた。

「でも、相手はあの傲慢《ごうまん》な許氏ですよ。王妃様の言うことを聞くかどうか……」

「私は仮にも恵兆王《けいちょう》の妃ですもの。王妃の印章を捺《お》した文書にはそれなりの効果があるわ」

広げた紙に母の遺品を引き取りたい旨《むね》を記した。

いくら許氏でも王妃の印章の威光には逆らえないはず。

「王妃の印章は房にあるから戻らないと。琴鈴、出かける支度《したく》をして」

「殿下に無断でお出かけになるのは……」

「書置きを残しておくわ。とにかく今は急がなきゃ」

淑葉は書き上げた文書を手に四阿を飛び出した。


「……四年前まで、李淑葉は書に長《た》けていた」

飛翠大長公主《ひすいだいちょうこうしゅ》の宮を出た後、夕遼は叔母《おば》に聞いた事実を反芻《はんすう》した。

「淑葉が宮中を辞してから間もなく、香蝶が宮中入りしている。香蝶は姉そっくりの文字を書くことで叔母上に重用された」

姉妹ならば筆跡が似ていても不思議ではないが……。

『似ているというより、瓜二《うりふた》つなの。淑葉が書くように香蝶も書いたのよ』

叔母に当時の淑葉が書いた文書と、のちに香蝶が書いた文書を見せてもらったが、叔母の言う通り瓜二つだった。あたかも同じ人物が書いたように特徴が一致する。

（線質までそっくりというのは偶然なのか……？）

太い線、細い線、硬い線、柔らかい線、深みのある線、あっさりとした線……筆先から生み出される線は無数の表情を持っている。人にはそれぞれ生まれ持った線質があると言われており、どんな能書家《のうしょか》でも他人の書をまねるときに自分の線質を完全に消し去ることは難しい。

香蝶は淑葉の線質であまたの名筆を残している。これは偶然か、香蝶の才能ゆえか。

（幼い頃、香蝶は手習いが大の苦手だったという話もある）

人をやって李家に探りを入れさせた。香蝶に仕えていた侍女の一人に話を聞いたところ、宮仕えをする前の香蝶は筆を持つのが大嫌いで、手習いの先生をよく追い返していたという。

それなのに十三で宮仕えを始めると、彼女は後宮一の麗筆《れいひつ》として知られるようになった。

「筆跡は似ていても性格はまるっきり反対じゃないですか」

のろのろと隣を歩く素秀《そしゅう》が欠伸《あくび》まじりに口を開いた。

「姉と違って妹は問題行動だらけですよ。これまでに何度も同輩の女官と取っ組み合いの喧嘩《けんか》をしてますし、しかも理由が男の取り合いだっていうんだから何とも言えません。上役の前では猫をかぶって、部下の前では威張り散らし、面倒な仕事は他人に丸投げし放題。部下の手柄は横取りするわ、失敗はもれなく人に押しつけるわで、女官たちには相当恨まれてますよ」

よくこんなのと結婚しようと思いましたねぇ、と感心したふうに言う。

「殿下って、この手の女に痛めつけられたい願望でもあるんですか」

「あるわけないだろ。単純に知らなかったんだ。香蝶の素行がこれほどひどいとは」

香蝶が姉について嘘をついていた件をきっかけに、彼女の身辺を調査した。すると香蝶の素行の悪さばかりが目につく。一見するとそつなく仕事をこなす真面目《まじめ》な女官のようだが、それは猫をかぶった表向きの顔。実際は自分より立場の弱い者に対して高慢で冷酷《れいこく》だ。お世辞《せじ》にも貞淑とは言い難く、頻繁《ひんぱん》に後宮を抜け出して外朝《がいちょう》の官吏《かんり》と逢瀬《おうせ》を楽しんでいる始末。

香蝶の筆が生み出す墨跡《ぼくせき》は仙女の裳裾《もすそ》のように美しいのに……。

「書は人柄を表すというのが持論だったんだがな」

「その持論、くしゃくしゃに丸めてポイしたほうがいいですよ」

素秀が紙切れをくしゃくしゃにしてポイ捨てする動作をした。

「あと、結婚は相手の人柄をちゃんと調べてから決めたほうがいいですね」

ぐうの音《ね》も出ない。

「それはそうと、能書家が病のせいで美しい文字を書けなくなったということがあったかな」

古今《ここん》東西の書家について詳しいつもりだが、前例は思いつかない。腕が動かせなくなる病にかかったというならともかく、淑葉の病は当時後宮で流行していた感冒《かんぼう》だ。

「李淑葉が後宮を辞した時期の記録を見ると、病が原因としか思えませんけどね」

「他の原因も考えられるぞ。当時、許氏は呪術師をたびたび邸《やしき》に呼んでいた」

李家の下男によると、ちょうど淑葉が里下がりしている時期、許氏は呪術師を邸に招いている。淑葉の病を治すために祈禱《きとう》をさせるというのが大義名分だったらしいが……。

「殿下は呪術師が李淑葉に何らかのまじないをかけたとお考えで？」

「可能性がないとは言えないだろう。香蝶が淑葉そっくりの字を書くというのは……」

億劫《おっくう》そうに視線を向けてきた素秀と目が合い、夕遼は全身がぞわっとした。

「おや。どうしました、殿下。臣《しん》めに見惚《みと》れていらっしゃるようですが」

「見惚れるというか……その恰好《かっこう》のおまえを見ると鳥肌が立つ」

後宮に出入りする許可をもらっているのは夕遼のみ。原則として男の同伴者を後宮に連れていくことはできないため、連れていくなら変装させる必要がある。後宮には宦官《かんがん》が多くいるから、変装するなら宦官の恰好でいいのだが、素秀はたいがい女官の変装をしてくる。華やかな襦裙《じゅくん》も女官風に結い上げた髪型も、やや濃いめの化粧《けしょう》も、もともと女顔だからか似合ってはいる。そうはいっても骨格は男なので、何というか……すこぶる無気味だ。

「臣めの艶姿《あですがた》にくらくらなさっているというわけで？」

「くらくらじゃない。ぞくぞくするんだ」

「それほど臣の女装が完璧《かんぺき》だとおっしゃりたいんですね。褒めていただけるのは嬉しいですけど、眺めるだけにしてくださいよ。臣めにそちらの趣味はないので、お触りは禁止です」

素秀は艶《つや》っぽく口元を袖《そで》で隠してふふふと笑う。夕遼はぞーっとして目をそむけた。

（早く帰って淑葉の顔を見ないとな……）

気色悪いものを見たせいで目がただれそうだ。淑葉のたおやかな姿で眼球を浄化しないと。

（……淑葉は十四から十五まで叔母上に仕えていたんだよな）

その間、彼女は仙人の筆を使って書いたような手跡《しゅせき》を残している。

（もしかして、俺が叔母上からもらった書簡を書いたのは……）

夕遼が見当違いの恋心を抱くきっかけになった叔母からの書簡。湧き水のように清らかな筆跡は女史として叔母に仕えている香蝶が書いたものだと思っていたが――。

「殿下」

後宮と外朝をつなぐ銀凰門《ぎんおうもん》を出たところで、下官《げかん》が駆け寄ってきた。

「王府から連絡がありまして、王妃様が李家にお出かけになりました」

母親の遺品が許氏に売り飛ばされそうになっているので、受け取りに行くそうだ。

「遺品が処分されそうだと知らせにきたのは、許氏の侍女《じじょ》か……」

許氏の、という部分が引っかかる。

「すぐに追いかける。馬を出してくれ」

二月《ふたつき》ぶりに実家の門前に立つと、淑葉の足がすくんだ。

「母君の遺品を取り返したら、とっとと王府に帰りましょう」

琴鈴がそびえ立つ家門を睨《にら》みつける。

「お嬢様、どうぞお入りください」

軒車《くるま》を門前に待たせ、淑葉は李家の侍女に案内されて門をくぐった。

許氏と顔を合わせることを想像すると、心臓が破裂しそうになる。一歩前へ進むごとに血の気が引き、この邸から逃げ出したくてたまらなくなった。

許氏は淑葉を蔑《さげす》み、足蹴《あしげ》にし、脅かし、淑葉からいろんなものを奪ってきた。怒りはある。恨みもある。けれど、それ以上に許氏への恐怖が強い。

許氏の怒鳴り声が耳にこびりついているし、叩かれたときの痛みが体に刻みつけられている。許氏を前にして怯《おび》えずにいられるかどうか……自信がない。

「あらまあ。誰かと思えば、薄汚い鼠《ねずみ》じゃないの」

母屋《おもや》へのぼる短い石段をのぼったとき、手前の堂《へや》から許氏が出てきた。

金刺繍《きんししゅう》で覆われた衣装は、後宮の妃嬪《ひひん》と見間違うほど豪華なものだ。黒々とした髪と、艶《つや》やかに化粧された高慢そうな美貌《びぼう》のせいで二十代半《なか》ばに見えるが、実年齢は四十路《よそじ》近い。

（……怖がってはだめ）

許氏がまとう濃厚な脂粉《しふん》の臭《にお》いに気おされて後ずさりたくなるのを必死で我慢する。

「お久しぶりですね、お義母様《かあさま》。お元気そうで何よりですわ」

「まあ驚いた！　あたしのことを覚えていたなんて。嫁《とつ》いで二月も経つのに何の連絡もないから、実家のことなんかとっくに忘れたんだと思っていたわよ」

許氏は忌々《いまいま》しそうに鼻を鳴らし、淑葉を上から下までじろじろ眺めた。

「恰好だけは立派だけど、綺羅《きら》をまとっていても鼠は鼠ね。おまえみたいな無愛想で冴えない行き遅れが李家の娘として皇族に嫁いだなんて、恥ずかしいったらないわ」

「失礼な！　お嬢様は恵兆王殿下に嫁いで王妃におなりになったのです。口のきき方には」

「琴鈴」

淑葉は今にも許氏に噛《か》みつきそうな琴鈴を止めた。

「今日はお義母様とお話をするために来たわけではないのです」

「じゃあ何をしに来たっていうの」

「亡きお母様の書法の道具を処分なさるおつもりとか。それらはもともと私のものです。返していただくためにこうして訪ねてまいりました」

淑葉が書き付けを広げてみせると、許氏は憎々しげに吐き捨てた。

「あれは香蝶のものよ。香蝶がいらないと言うから処分することにしたの」

「でしたら私が買い取りますわ」

目配《まゆ》せすると、琴鈴が銀銭の入った小袋を許氏に渡した。許氏は小袋の中身を確認して片方の眉をつり上げる。許氏の衣装代や化粧料代を一年分まかなえる額だ。

「お母様の書具はどちらに？」

「香蝶の房《へや》よ。買い取るならさっさと持っていきなさい」

許氏は腹立たしげな眼差《まなざ》しで堂に入るよう促した。淑葉は長裙の裾《すそ》を引きずり、琴鈴を連れて中に入った。香蝶の房は母屋の右奥にある。かつては淑葉の房だったところだ。

香蝶の房には小さな格子窓《こうしまど》からぼんやりと夕日が差しこんできていた。芍薬《しゃくやく》と胡蝶《こちょう》が描かれた衝立《ついたて》の向こうに机が置いてあり、その上に大きな木箱がのせられている。

木箱をのぞくと、ぞんざいに放りこまれた書法の道具が目に飛びこんできた。

（こんなふうに扱ってはいけないのに……！）

本来ならば箱に仕切りを作って保管するべき筆や硯《すずり》、墨床《ぼくしょう》や水滴《すいてき》などが一緒くたにされている。ごちゃごちゃしていて、手入れされた様子はない。母の形見と再会できた喜びよりも、大切なものが乱雑に扱われてきたことへの怒りと悲しみで胸の奥がちくちくした。

「琴鈴、絹の袋をちょうだい。一つ一つ……琴鈴？」

ついて来ていたはずの琴鈴がそばにいない。かと思うと、李家の侍女が三人近寄ってきた。

「……なっ、何……!?」

二人の侍女たちが両側から淑葉の腕をつかみ、三人目の侍女が紅の小瓶《こびん》を口に近づけて何かの液体を無理やり飲ませようとする。毒かもしれないと思い、必死で抵抗《ていこう》したものの、鼻をつままれては口を開けるしかない。その隙《すき》に甘ったるい液体を喉《のど》に流しこまれてしまった。

「何を飲ませたの……⁉」

淑葉は激しく咳《せ》きこんだ。侍女たちは何も言わずにそそくさと房を出ていく。

「おまえは人の妻でありながら実家で恋人と逢瀬を楽しむのよ」

衝立の陰から許氏がぬっと現れた。生き血を塗ったような唇で笑う。

「殿下はさぞかしお怒りになるでしょうねえ。夫の目を盗んで不貞《ふてい》を働く妻なんて恥だもの」

「何の話です？　私が、そんなこと、するわけ……」

突然、気が遠くなって淑葉は机にすがりついた。じわりと体温が上がるのを感じる。飲まされた液体の名残《なごり》が喉を火照《ほて》らせ、心臓がとくとくと鳴った。

「効いてきた？　男が欲しくなってきたでしょ？」

許氏が下卑《げび》た形に目を歪める。

「媚薬《びやく》を飲ませたのよ。おまえがたっぷり楽しめるようにね」

信じられない台詞《せりふ》と急激な体の変化が思考を引っかき回す。

「おまえのためにいい男を用意しておいたわよ」

衝立の後ろから丸々と太った男が出てきた。ぎらぎらとした両目で淑葉を舐《な》め回すように見る。恐怖が喉元までせり上がってきたが、舌が凍りついて悲鳴を上げることもできない。

「薄汚い鼠にもその気になれるっていう変わり者だけど、どう？　気に入った？」

「……こ、こんな、こと……どうして」

許氏に嫌われていることは知っていたけれど、ここまで卑劣《ひれつ》なことをするなんて。

「どうして？　呆《あき》れた！　本当にばかね！　そんなことも分からないなんて！」

許氏は荒っぽく木箱を傾け、中身を床にぶちまけた。耳障《みみざわ》りな音を立てて陶製《とうせい》の水滴が割れ、床に叩きつけられて硯にひびが入る。

「恵兆王に嫁ぐのは香蝶のはずだったのよ！　あの方は香蝶に気があったんだからね！　なのにおまえが横取りした！　あたしの可愛《かわい》い香蝶から王妃の座を盗んだのよ！」

「横取り、なんてしていません。私は、主上《しゅじょう》のご命令で、殿下に……」

「おまえがよその男と通じたと知れば殿下もお分かりになるでしょうよ！　おまえみたいな汚らしい娘は王妃にふさわしくないということがね！」

許氏は淑葉の言葉を弾き飛ばすように叫び、顎《あご》をしゃくって男に命じた。

「あの女はあんたのものよ。好きなだけ可愛がってやりなさい」

許氏が房から出ていく。淑葉は追いかけようとしたが、男が行く手をふさいだ。

（初めから、こういうつもりだったんだわ……）

母の遺品を餌《えさ》に淑葉を呼び出し、媚薬を飲ませて男に襲わせ、あとで淑葉が密通したと夕遼に知らせる。許氏の下劣な企《たくら》みをようやく理解し、淑葉は歯の根が合わないほど震えた。

もし、今日のことが夕遼に知られたらどうなるだろう。

許氏の罠《わな》だったのだと淑葉が真相を正直に話したとして、彼は信じてくれるのか。

帰京して間もない頃の冷酷《れいこく》だった彼に立ち返って、「香蝶が言っていた通りだ。おまえはやっぱり身持ちの悪い女だったんだな」と激昂《げっこう》するのではないだろうか。

彼は離縁後に淑葉が実家に帰らずに済むよう取り計らうと約束してくれたが、不貞を働いた女に配慮《はいりょ》してやる義理はないと約束をなかったことにするのではないだろうか。

夕遼の怒りを買えば、淑葉は離縁されて実家に帰される。今回の件が醜聞《しゅうぶん》として世間に広がれば再嫁《さいか》先など見つからないから、死ぬまで許氏の支配下で暮らすことになる。

悪夢だ。地獄の日々が一生続くなんて。

「こっ、来ないで……！」

近くの台に置かれていた水注《すいちゅう》をつかんで男に投げつけた。震える手で闇雲《やみくも》に投げたせいか男には命中せず、水注は虚《むな》しく床に転がった。

（……どうして開かないの⁉）

窓に飛びついて開けようとしたけれど、びくともしなかった。外側から釘が打ちつけられているのかもしれない。許氏のことだ、決して逃げられないように細工したのだろう。

「い、いやっ……触らないで！」

男に後ろから抱きすくめられて総毛立った。生臭《なまぐさ》い息が頬《ほお》にかかり、全身に嫌悪感がみなぎる。なりふり構わず渾身《こんしん》の力で抵抗したものの、易々と床にねじ伏せられてしまった。

男がのしかかってくる。汗臭い巨体に押しつぶされそうになった。

（私……泣いているわ……）

涙が目尻からあふれていることに気がついた。夕遼に素晴らしい書法の道具をもらったときとは違う。実家に帰らなくて済むように手配すると約束してもらったときとも違う。雪霞豆粥《せっかとうがゆ》の代わりに干し椎茸《しいたけ》のおいしい粥を用意してもらったときとも、全然違う。

恐ろしさと悔しさがないまぜになった涙だった。李家の侍女を信用するべきではなかった。夕遼に相談するべきだった。自分の浅はかな行動がこの事態を招いたのだ。

（飲まされたのが毒だったらよかったのに）

戦慄が心臓を凍らせ、絶望に視界を黒く塗りつぶされる。淑葉は惨《むご》い現実を追い出すように目を閉じた。涙が目尻からこぼれる。直後、のしかかってくる暑苦しい巨体が消えた。

「淑葉！」

太い声で名を呼ばれ、ぱっと目を開ける。こちらを見下ろしているのは興奮した獣のような男ではなく、険しい面持《おもも》ちの夕遼だった。男の巨体は壁際に力なく転がっている。だらりと舌を出して目を回しているのは、蹴《け》られたからだろうか、殴《なぐ》られたからだろうか。

「……殿下」

夕遼の秀麗《しゅうれい》な容貌《ようぼう》には怒気がみなぎっていて、淑葉はすくみ上がった。早く状況を説明しなければ。弁解しなければ。焦れば焦るほど舌がもつれて、言葉にならない。

「帰るぞ」

夕遼は淑葉を抱き起こした。ゆったりした大袖《おおそで》の外衣《がいい》を脱いで、小刻みにわななく体をすっぽり包んでくれる。そのまま抱き上げられそうになり、淑葉は慌てた。

「ま、待ってください……お、お母様、の、書具を……」

床に散らばった筆や硯《すずり》を拾おうとする。手が震えてつかむことができない。

「素秀、これを全部拾って持ってこい」

夕遼は壁際で伸びている男に縄をかけていた素秀に命じた。淑葉を抱き上げて房《へや》を出る。

「殿下！　男を連れこんでいたのは淑葉です！　あたしは……」

許氏がびくびくしながら言う。夕遼は鋭く一瞥《いちべつ》を投げた。

「おまえが許氏か。なるほど、香蝶は母親に似たんだな」

ぞっとするほど冷たい声に頰を叩かれ、許氏は蒼白になって口をぱくぱくさせた。

「殿下……わ、私、あ、あんなことに、なるとは……」

逞《たくま》しい腕にしっかりと抱かれて運ばれながら、淑葉は必死で声を絞《しぼ》り出す。

「何も言うな」

夕遼は低く囁《ささや》いた。こちらを見下ろしてそっと目を細める。

「もう大丈夫だ」

力強い声音《こわね》が胸に染み入り、涙が頰を伝う。

今、流しているのは安堵《あんど》の涙だとぼんやりした頭で考えた。

「気分はよくなったか」

夕遼が椅子《いす》に腰をおろした。牀榻《しんだい》を照らす紅灯の光が涼やかな眉目《びもく》を濡らす。

「ええ。頭痛は消えましたし、食事もいただきました」

淑葉が褥《しとね》の上に半身を起こして答えると、夕遼は安心したふうに笑顔を見せた。

李家での騒動から二晩経った。極度の恐怖で凍りついた体は媚薬《びやく》の効果で調子を崩し、淑葉は高熱と頭痛に襲われた。夕遼が医者を呼んで治療を受けさせてくれなかったら、今日も寝込んでいたかもしれない。適切な治療が功を奏して、今夜は自分で食事をすることもできた。

「私だけでなく、琴鈴も元気になりました。ありがとうございます」

あの日、琴鈴は香蝶の房に入る直前、下男に捕まったそうだ。強い眠り薬を飲まされて意識を失っていたが、素秀が恵兆王府まで運んでくれたという。

「おまえに尋ねたいことがある。誰に対する配慮《はいりょ》もいらない。偽らず、事実を答えてくれ」

夕遼がまっすぐにこちらを見る。瑠璃《るり》に似た瞳が淑葉だけを映していた。

「四年前、書の才能を失った頃……何があった？」

「先日お話しした通りですわ。病にかかって実家に帰りました。療養して……」

「許氏は邸《やしき》に呪術師を招いていた」

どくんと心臓がざわめいた。淑葉は錦の衾《ふとん》を両手で握りしめる。

「そいつに何かされたせいで、おまえは書の才能をなくしたんじゃないのか」

やっと聞いてもらえた。ずっとこの日を待っていた。できることなら何もかも話してしまいたい。だが、答えを口にしようとすると、喉《のど》がすぼまって全身にじわりと冷や汗がにじむ。

「……ごめんなさい。話せません」

「誰かに配慮しているからか？　もしくは、話せないこと自体も呪術師の仕業《しわざ》か」

夕遼が後者の台詞《せりふ》を言ったとたん、淑葉は頭を上げてこくこくとうなずいた。

「真相を話そうとすると、体が拒否するようだな」

「はい……。息ができなくなって、苦しくなって……だから誰にも言えません」

「書くことはできるか？」

淑葉は首を横に振るしかなかった。うんざりするほど試してみた。そのことについて書こうとすると、誰かに腕を叩かれたみたいに筆がぐらぐらと揺れて読める字にならない。

「おまえを助けたい」

夕遼が衾《ふとん》を握りしめた淑葉の手に大きな掌《てのひら》をかぶせた。

「何か手掛かりがあればいいんだが……」

優しいぬくもりが肌を通して心に染みこんでいく。その感覚を味わうように深呼吸して瞼《まぶた》を閉じると、熱い滴《しずく》がすっと頰を流れた。彼が助けたいと言ってくれたことに胸が詰まる。

「できる範囲内で書いてみますわ」

淑葉は夕遼に支えてもらって牀榻《しんだい》を出た。閨《ねや》をあとにして房に入り、硯箱にしまってある書具を取り出す。古墨《こぼく》を磨《す》り、生成《きな》り色の紙を広げて、母の形見の細筆を持つ。

言いたいことを直接書くことはできない。言葉をひねって書くしかないが、難解すぎては読み解いてもらえない。悩んだ末、淑葉は一つの考えに至った。

呼吸を整える。一度目を閉じて、また開く。一気呵成《いっきかせい》に筆先で紙面をなぞった。

破鏡《はきょう》再び照らす

本来の文は「破鏡再び照らさず」だ。割れた鏡は元のようにものを映すことができないということから派生して、一度失われたものは元に戻らないという意味で使われる。

「照らさず」を「照らす」に変え、さらに千年前の書体である玉命文《ぎょくめいぶん》で記した。

その真意に――気づいてくれるだろうか。

しばし、夕遼は黙りこんで墨跡《ぼくせき》を眺めていた。燭光《しょっこう》が彼の瞳を赤く染める。

「鏡の特徴は？　色や形を言えるか」

瞳が潤むのを感じた。夕遼は分かってくれたのだ。

「色は紅、形は桃の葉です」

「それは後宮にあるんだな？」

淑葉がうなずくと、夕遼は微笑した。頼もしげな笑みが淑葉の胸を熱くする。

「落花枝に返り　破鏡再び照らす――四年前の李淑葉を取り戻そう」

正しくは「落花枝に返らず」だ。散り落ちた花は二度と枝には戻らないという意味になるが、夕遼は「破鏡再び照らす」に合わせて「返らず」を「返り」に置きかえた。

散り落ちた花が枝に戻り、割れた鏡が元のようにものを映す。

元来の意義をひっくり返した言葉は、「すべてが元通り」と解釈できるだろうか。

「殿下……ありがとうございます」

「まだ礼を言うのは早いぞ」

夕遼が苦笑した。淑葉はふるふると首を横に振る。

「私の秘密に気づいてくださって、助けたいとおっしゃってくださって、筆意を読み取ってくださって……それだけで私は幸せですわ」

たとえ一生、書法の才能が戻ってこなくてもいいと思えるくらいに。


後宮――飛翠大長公主の住まい、露華宮《ろかきゅう》。

「よく来てくれたわね、淑葉。ずっと会いたいと思っていたのよ」

叔母《おば》は少女のように浮かれて淑葉に駆け寄り、親しげに白い手を握った。

（こうして見ると、姉妹のようだな）

おっとりと微笑《ほほえ》む叔母と緊張気味に受け答えする淑葉を眺め、夕遼は目を細めた。

叔母は漆《うるし》のように黒い髪で頭頂部に三つの輪を作っていた。髱《たぼ》は耳の後ろで丸く膨らませ、数種類の絹花《きぬばな》と房飾りのついた金簪《きんしん》で髻《もとどり》を彩っている。

朱子織《しゅすおり》の上襦《じょうじゅ》には吉祥花文が映え、ひだを寄せた薄紫の裙と調和していて佳麗《かれい》だ。四十路《よそじ》とは思えないほど若々しく、控えめな化粧《けしょう》で華やいだ容貌《ようぼう》は三十手前にしか見えない。海棠《かいどう》と戯《たわむ》れる春燕《しゅんえん》の模様が優婉《ゆうえん》な襦裙《じゅくん》に身を包んだ淑葉と並ぶと、仲のいい姉妹のようだ。

「最後に会ったときは十五だったわね。あの頃はまだ幼かったけれど、すっかり大人になって」

叔母は妹が愛《いと》しくてたまらない姉のようにやんわりと微笑した。

「あなたが夕遼に嫁《とつ》いだと聞いて、とっても嬉しくなったのよ。聡明で奥ゆかしいあなたなら、申し分ない王妃になるだろうと思ったから」

「大長公主様は私を買いかぶっていらっしゃるのです」

淑葉が恥ずかしそうに下を向くと、叔母はちらりと夕遼を見た。

「宗室《そうしつ》の一員になったのだから、妾《わらわ》とあなたは叔母と姪《めい》の関係よ。もし夫に不満があったら遠《えん》慮《りょ》なく叔母上に告げ口なさい。妾がこの子を叱りつけてやるわ」

「お手柔らかに願いますよ。叔母上に叱られるのはこたえます」

夕遼は苦笑した。叔母は庚申薔薇《こうしんばら》が縫《ぬ》い取られた団扇《うちわ》で口元を隠して笑う。

「淑葉は妾によく仕えてくれたもの。お返しに今度は妾が助けてあげなくちゃ。あなたの味方はしないからそのつもりでいてちょうだいね、夕遼」

「肝《きも》に銘《めい》じます」

「そ、そんな……。大長公主様は殿下の味方をなさってください。殿下こそ、行き届かない妻に不満をお持ちでしょうから」

淑葉が慎《つつ》ましく睫毛《まつげ》を伏せる。夕遼は彼女の柳腰をそっと抱き寄せた。

「不満などあるはずもない。おまえといると楽しいし、心癒《いや》される」

図らずも本音が口をついて出た。淑葉ははっとしたふうに面《おもて》を上げる。

「……本当に、そう思っていらっしゃるのですか？」

「本当だとも。昨夜もずいぶん楽しんだ。おまえが一生懸命で可愛《かわい》かったな」

「あっ……そ、そのことは大長公主様にはおっしゃらないで」

昨夜は彼女の琵琶《びわ》の演奏を聞いたのだ。拙《つたな》いながらも懸命に琵琶を爪弾《つまび》く淑葉がいじらしくてたまらなかったのだが、淑葉は音楽が苦手なのが恥ずかしいのか、うっすらと頰《ほお》を染めた。

「まあ仲睦《なかむつ》まじいこと。結婚当初はうまくいっていないなんて噂《うわさ》も聞いていたけど、噂は嘘だったのね。よかったわ。香蝶もそう思うでしょう。淑葉は幸せそうね」

叔母がふふふと笑って、傍《かたわ》らに控えている女官に目を向けた。

「え、ええ……。心配していたので安心しましたわ」

香蝶は幼さをわずかに残した顔に引きつった笑みを浮かべた。

髪を頭頂で左右にねじり上げ、法螺貝《ほらがい》の形に結った双螺髻《そうらけい》には、大ぶりの挿頭花《かざし》と身動きするたびにしゃらりと鳴る金歩揺《きんほよう》が挿されている。筒袖《つつそで》の短衣に合わせた長裙《ちょうくん》の模様は花吹雪《はなふぶき》。長裙を胸部まで引き上げ、帯は脇の下を通して鳩尾《みぞおち》のやや上で結んでいる。

後宮女官の装いは似たり寄ったりだが、香蝶はかなり派手だ。

「香蝶、おまえの言っていた通り、淑葉は淑《しと》やかで才気にあふれた女人だ。自慢の姉だな」

「は、はい……殿下。姉は私の憧れです」

香蝶が口元をぴくぴくさせて困惑気味に微笑む。夕遼は珍しく宦官《かんがん》の恰好《かっこう》をしている素秀に視線を投げた。素秀が漆塗りの箱を恭《うやうや》しく香蝶に差し出す。

「今日はおまえに贈り物を持ってきた。淑葉がどうしてもと言うのでな」

「……姉様が……？」

香蝶が鋭い目つきで睨《にら》んでくるので、淑葉はびくっとした。

「そ、そう、なの……。私が……」

「先日、淑葉に硯を贈ったんだが、あまり喜ばなかった。わけを聞いてみたら、自分だけがこんなに素晴らしいものを独り占めするのはいけないと言うのだ」

夕遼は淑葉の手を握った。堂々としていろと目線で励《はげ》ます。淑葉は小さくうなずいた。

「『緑水帖』に曰《いわ》く、姉妹は古《いにしえ》の姉妹女神のように桃一つでも分け合わなければならないというでしょう。先人の教えに従って殿下からいただいた寵恩《ちょうおん》を妹に分けなくてはと思ったの」

淑葉は素秀に歩み寄り、箱のふたを開けた。

「私がいただいた硯と色や形が似ているものを探したわ。殿下が下さったものは素晴らしすぎて、まったく同じものは見つからなかったけれど、形は似ているわよ」

「あら、青金石《せいきんせき》の硯じゃない。深みのある青が綺麗《きれい》。夜空のようだわ。素敵ねえ、香蝶」

叔母が箱をのぞきこんで微笑する。香蝶は追従笑《ついしょうわら》いをした。

「硯さえも分け合うなんて、あなたたちは皆の模範となる姉妹ね。あっ、そうだわ。早速この硯を使って、香蝶に何か書かせましょう。出来上がったものを妃嬪《ひひん》たちに見せて、あなたたちの美談を妾が講釈するわ。淑葉と香蝶のように、あなたたちも仲良くなさいって」

「そっ、そんな……私と姉様のことを美談だなんて、買いかぶりすぎですわ」

「いいえ、美談は美談よ。後宮の妃嬪たちだって、同じ殿方《とのがた》に嫁いでいるんだから姉妹同然なのよ？　なのに後宮には嫉妬《しっと》が渦巻《うずま》いて争いが絶えないわ。硯を分け合う李姉妹のように、妃嬪たちも主上《しゅじょう》の寵愛《ちょうあい》を快《こころよ》く分け合わなければならないと教えてあげなくちゃ」

「で、でも、妃嬪たちの手本になるなんて恐れ多いですわ。姉様だって」

「さあ、書き物の支度《したく》をしてちょうだい。後宮一の能筆家が腕前を披露してくれるわよ」

露華宮の女官たちは優秀だ。あっという間に書き物の支度が調《ととの》えられた。

「何を書いてもらおうかしらねえ」

みるみる青ざめていく香蝶をよそに、叔母は団扇を顎先《あごさき》にあてて小首をかしげた。

「破鏡《はきょう》再び照らさず……ではいかがでしょうか」

淑葉がおずおずと声を上げた。

「昔、離縁する際には化粧台の鏡を割って夫婦の縁が切れた証《あかし》としていました。その故事から『破鏡再び照らさず』という成句ができたので、妃嬪たちの戒《いまし》めになるかと」

「嫉妬《しっと》が過ぎて主上の怒りを買えば、二度と寵愛は戻らない。そういうことね？」

「姉妹として仲良くするようにと言っても、妃嬪たちは互いを敵視し合うことをやめないでしょう。けれど、主上の寵愛をなくすかもしれないと思えば、自制が働くはずですわ」

「打てば響くようだわ。長く宮中を離れていたけれど、才気は衰えていないわね」

叔母は嬉しそうに頰を緩《ゆる》め、淑葉の腕を軽く叩いた。

「あなたのような才女が家庭に引きこもっているなんてもったいないわ。また戻っていらっしゃいな。妾のそばで力になってくれたら助かるわ」

「露華宮には有能な女官が大勢おります。私などではお役に立てないでしょう」

淑葉は曖昧《あいまい》に微笑《ほほえ》んで返答を濁《にご》した。叔母はくるりと香蝶に向き直る。

「さて、香蝶。『破鏡再び照らさず』と書いてちょうだい。妃嬪たちを戒めるつもりでね」

香蝶は肩を強張《こわば》らせながら筆を執《と》った。叔母、夕遼、淑葉だけでなく、露華宮の女官たちの注目を浴びて緊張しているらしく、ささいな動きがぎこちない。何度か深呼吸を繰り返した後、金箔《きんぱく》を散らした紙に危なっかしい手つきで文字を書きつづった。

真っ先に紙を手に取ったのは叔母だ。さっと目を通し、怪訝《けげん》そうに柳眉《りゅうび》をひそめる。

「香蝶ったら、どうしたの？　いつもの書きぶりと全然違うわよ」

叔母は女官たちに紙を渡した。女官たちは紙面を見るなり、ざわざわと騒ぎ出した。

「ひどい出来ね。香蝶が書いたものとは思えないわ」

「ここ、字が間違っているわよ。これじゃあ『鏡』じゃなくて『鉢』だわ」

「筆順もめちゃくちゃだし……はねや払いが不格好でみっともないわね」

女官たちにいぶかるような目を向けられ、香蝶は動揺《どうよう》した。

「き、今日は調子が悪いみたい。きっと使い慣れていない硯《すずり》のせいですわ。普段使っている硯だったら、もっと綺麗に書けるはずです」

「あらそうなの？　じゃあ、その硯で書いてみて」

叔母が命じると、女官が香蝶の硯を持ってくる。表面にほのかな黄色い縞《しま》模様が現れた紅糸《こうし》石《せき》の硯だ。形は桃の葉。淑葉が言っていた紅色で桃の葉の形の鏡とは、まさにこれだ。

数日前、淑葉が玉命文《ぎょくめいぶん》で書いた「破鏡再び照らす」という成句。

最初見たときはなぜわざわざ難解な玉命文で書いたのだろうと疑問に思ったが、はたと気がついた。その仕掛けこそが、彼女が話したくても話せないことを暴く鍵《かぎ》なのだと。

千年前に作られた書体である玉命文では、後世の文字を書き記せない。だから後世の文字を玉命文体で表そうとすれば、千年前から存在する文字に言いかえる必要がある。

この言いかえの規則性を頭に叩きこんでいないと玉命文は使いこなせない。

それを踏まえて「破鏡再び照らす」を解釈した。〈破〉は「壊す」の意、〈再び照らす〉は「元に戻る」の意。そして〈鏡〉は「硯」の言いかえである。

(玉命文で硯と書く場合は、鏡で代用するのが決まりだ)

すなわち、淑葉が玉命文体で書いた「破鏡再び照らす」は「硯を壊せばまた元通り美しい字を書けるようになる」という意味になる。

香蝶は常に同じ硯を使うと聞いていた。他の硯は絶対に使わないと。香蝶が愛用する硯の特徴というのが、淑葉が言った鏡の特徴――色は紅で、形は桃の葉――と一致する。

「できましたわ」

香蝶は紅糸石の硯を使って書いた文字を得意げに見せた。

清水のように流れる筆致は後宮一の能筆家の名に恥じない出来栄えだった。

「今日は調子が悪いと言っていたのに、硯でここまで変わるとはな」

女官から紙を受け取り、夕遼は香蝶の手跡《しゅせき》をじっくりと眺めた。

「香蝶、おまえのその硯を譲《ゆず》ってくれないか」

「えっ⁉　ど、どうしてですか⁉」

「世の人は俺を能書家《のうしょか》だともてはやすが、実のところ俺は度し難いほどの悪筆《あくひつ》でな。人前で書法を披露できずに口惜《くちお》しい思いをする。しかし、その硯を使えば悪筆が治るかもしれない」

「でも、夕遼。あなたが書いたものは仙筆《せんぴつ》で書いたもののように素敵よ」

「代筆させているんですよ。本当に俺が書いたものは人に見せられない代物《しろもの》です」

妾《わらわ》とおんなじなのね、と叔母は噴き出した。

「そういうことなら、あなたには香蝶の硯が必要ね。これを使えば調子が悪くても妙筆《みょうひつ》になるようだから。香蝶、その硯を恵兆王に差し上げなさい」

「でっ、でもっ、私、これがないと……！」

香蝶はしどろもどろになる。叔母《おば》は無邪気ににっこりした。

「あなたは生まれつき書の才能があるわ。今日はたまたま調子が悪くて筆先がぶれてしまったけれど、明日になれば勘が戻ってきて淑葉にもらった硯で美しい字が書けるようになるわよ」

追いつめられて色を失い、香蝶は口をぱくぱくさせた。

「私からもお願いするわ」

淑葉が言うと、香蝶はきっと異母姉を睨《にら》みつけた。淑葉は一瞬怯《ひる》んだが、目をそらさない。姉妹の睨み合いは十数秒続き、唐突《とうとつ》に終わった。香蝶はきつく唇を噛《か》み、面《おもて》を伏せた。

王府に帰るなり、夕遼が紅糸石の硯を叩き割ってくれた。

それを見届けた後、淑葉は駆け足で房《へや》に急いだ。硯箱を出して書き物の支度《したく》を調《ととの》える。慌てすぎて水滴《すいてき》を取り落としそうになりながらも、何とか墨《すみ》を磨《す》り、筆鋒《ひっぽう》を墨液《ぼくえき》に浸した。

すがすがしい墨の香りを胸いっぱいに吸いこんで吐き出す。夕遼は窓辺に立ち、こちらを眺めている。彼の静かな眼差《まなざ》しが適度な緊張感をもたらし、書く姿勢が整った。

玉命文で「破鏡再び照らす」と記す。筆を置き、目を閉じた。

数秒待って瞼《まぶた》を上げる。生成《きな》り色の紙に浮かび上がった墨跡を見ると、気が抜けてふらっとした。すかさず夕遼が駆け寄ってきて、体を支えてくれる。

「これがおまえの手跡か」

夕遼は噛みしめるようにつぶやいた。

「たおやかな線質には気品と華があるな。字形は綿密だが、まるでひらひらと散り落ちる花びらのような軽やかさをまとっている。見事だ……実にいい」

弾んだ声で惜しげもない賛辞の雨を降らせ、淑葉の右手を握る。

「自分の手跡を奪われて、四年もの間よく耐えたな」

労わりの言葉と掌《てのひら》から伝わるぬくもりが胸を熱くする。

「四年前、里下がりしていた頃……私は自室だった使用人の房で寝こんでいました」

紅糸石の硯が粉々になったことで、淑葉の舌は自由になった。ようやく真実を語れる。

「看病してくれていた琴鈴が薬を買いに行った後、呪術師が来て……私の右手のすべての指に傷をつけ、数滴ずつ血を採りました。それを紅糸石の硯に染みこませ、私に口封じを」

呪術師は淑葉にまじないをかけた。紅糸石の硯の秘密を決して口外しないように。

『秘密をしゃべりたければ紅糸石の硯を壊すことだ。硯が壊れれば何もかも元通りになるぞ。まあ無理だろうがな。じきに妹がおまえの後釜《あとがま》におさまる。綺羅《きら》をまとって女史様と呼ばれるようになるんだ。片やおまえは襤褸《ぼろ》をまとって継母の奴婢《ぬひ》として生きていくしかない』

自分の手跡で妹が称賛されるのを仰《あお》ぎ見ながらな、と呪術師はせせら笑った。

「快復して後宮に戻ったとき、大長公主様に助けを求めようとしました。でも、話せなかったのです。実家で何をされたのかも、どうすれば元通りになるのかも……」

常にそばにいてくれた琴鈴にも打ち明けることができず、もどかしかった。

「誰かに話したくて、話せなくて、どうしようもなくて……諦めるしかないと思うのに、諦めきれなくて……殿下が気づいてくださらなかったら、私は……」

声が途切れ、淑葉は下を向いた。涙がこぼれ落ちて、久しぶりに見た自分の墨跡が滲《にじ》む。

「俺の前では泣いてばかりいるな、淑葉」

夕遼が手巾で目元を拭ってくれる。優しい仕草がますます涙を誘う。

「あなたの前でしか泣けないのです……。今まで必死で涙を殺してきました。許氏の前でめそめそしたくなかったから。そのせいで泣き方を忘れていたのに、あなたのそばにいると」

勝手に涙があふれてきて、と途切れ途切れに言葉をつむぐ。

「だったら好きなだけ泣け。全部吐き出せばいい。今まで殺してきた分も」

耳元で響いた温かい声音《こわね》が何かを壊したのだろうか。

淑葉は自分を抱いてくれる頼もしい腕にすがって泣きじゃくった。


「起きたか」

寝ぼけ眼《まなこ》に夕遼の端整な面差《おもざ》しが映り、淑葉ははっとした。長椅子《ながいす》に座って夕遼に寄りかかっていた。ついさっきまで昼間だったのに、格子窓《こうしまど》から差しこんでくるのは落陽だ。

「っ……ご、ごめんなさい」

泣き疲れて寝ていたらしい。涙で化粧《けしょう》が崩れている。無様《ぶざま》な面《おもて》を見られたくなくてうつむく。

「ぐっすり寝ていたな。そんなに疲れていたか」

「久しぶりに後宮へ上がったので……気疲れしました」

「今日はもう何もする気になれないなら無理強《じ》いはしないが」

夕遼が膝の上で握りしめていた手に掌《てのひら》を重ねてきた。

「おまえに見せたいものがある。書斎に来てくれないか」

「はい。あ、その前に身なりを整えさせてください」

「身なりを整える？　書斎に行くのに正装でもするつもりか？」

「正装はしませんが……みっともない顔をしているのでお化粧を直す時間をいただければと」

ふいに夕遼が視界に飛びこんできた。淑葉の顔を下からのぞきこんできたのだ。瑠璃《るり》のような瞳と視線が絡まり合って息をのむ。彼が微笑《ほほえ》むと、心臓が止まりそうになった。

「雨に濡れた梨花《りか》の風情《ふぜい》だな。直すところなんかないじゃないか」

「いっ、いえ……このままでは房の外に出られませんわ」

右腕を上げて袖《そで》で面を隠す。やけに胸が騒がしくて、戸惑ってしまう。

「じゃあ化粧を直してから来い。俺は書斎で待っている」

夕遼が房を出ていく。入れ替わりにやって来た琴鈴が淑葉を見て目をぱちくりした。

「どうなさったんですか、王妃様。お顔が真っ赤ですよ」

「真っ赤……？　まあ、本当だわ……。変ね、風邪《かぜ》でも引いたのかしら」

淑葉は両頰《りょうほお》に掌をあてて、あまりの熱っぽさにびっくりした。


「王妃様がいらっしゃいました」

椅子の背にもたれて竹簡本《ちくかんぼん》を読んでいると、素秀が紫煙《しえん》をくゆらせながら現れた。煙管《きせる》をくわえた気だるそうな副官の姿にむっとして、夕遼は眉間《みけん》に皺《しわ》を寄せる。

「煙管をくわえて書斎をうろつくなと何度言えば分かるんだ。もし火が書に燃え移ったら」

「あーはいはい、分かってますって。すぐ出ていきますから。王妃様、お通ししますよ」

面倒くさそうに踵《きびす》を返して、水墨《すいぼく》で描かれた四君子の屏風《びょうぶ》の向こうに消える。入れ替わりに淑葉がなよやかな足取りで歩いてきた。艶《つや》やかに化粧をほどこした美貌《びぼう》は、先刻まで童女のように泣きじゃくっていたのが嘘のように澄ましている。それが少しばかり口惜しい。

「泣き顔のほうが好きだな、俺は」

ぽつりと本音をつぶやくと、優雅な所作《しょさ》で拱手《きょうしゅ》していた淑葉が怪訝《けげん》そうに夕遼を見た。

「化粧を直したおまえも綺麗《きれい》だが、涙で化粧が落ちていた顔も愛らしかったぞ」

淑葉は大きな瞳を瞬かせ、しどろもどろになりながら言った。

「……わ、私にお見せなりたいものとは何でしょうか」

「これだ」

夕遼は机上に置いていた書簡を取った。淑葉を手招きする。

「見てみろ。この書簡を書いたのはおまえだな？」

淑葉はほっそりとした手で書簡を開いて、さっと目を通した。蝗害《こうがい》の対応に追われる夕遼を気遣う叔母《おば》からの書簡だ。代筆したのは香蝶だと思っていたが。

「ええ、私の筆跡です。大長公主様のお言葉を書かせていただきました」

「やはりそうか！」

夕遼は椅子を弾き飛ばす勢いで立ち上がった。淑葉のそばに行って彼女の手を握る。

「結婚しよう」

「えっ……結婚、ですか？ ……結婚なら……もうしていますが」

「そうだな。そうだったな。おまえは俺の妃だ」

わき上がってくる喜びのままに抱きしめると、淑葉は体を強張《こわば》らせた。

「い、今はそうですが、いずれ離縁なさるおつもりでしょう？」

「離縁はしない」

きっぱりと言い切り、夕遼は叔母の書簡と淑葉を交互に見た。

「俺はこの手跡《しゅせき》の美しさに一目惚《ひとめぼ》れして、叔母上に恋い焦がれた。叔母上の直筆だと思っていたからな。あとになって叔母上の書簡は香蝶が代筆していると聞き、この清らかな手跡は香蝶のものだと思いこんで、香蝶に求婚しようと決めたんだ」

丁寧《ていねい》に書簡を折りたたみ、きょとんとした淑葉を見下ろす。

「だが、本当の書き手は淑葉――おまえだった。離縁などしたくない。おまえを手放すつもりはない。このままずっと俺のそばにいてくれ」

淑葉は何も言わない。無言でこちらを見ている。沈黙が長すぎて不安になった。

「……いやか？」

結婚当初に冷たくしたのが原因で、嫌われてしまったのだろうか。

「いやというか……思いもよらないことを言われて、困っていますの」

「ひょっとして、おまえは離縁したかったのか」

淑葉はふるふると首を左右に振った。髻《もとどり》に挿した金歩揺《きんほよう》がしゃらしゃらと踊る。

「私も……ずっとあなたのおそばにいられたらと、思っていたのですが……」

「意見が一致したということだな！」

夕遼が両肩をつかんで瞳をのぞきこむと、淑葉はぎこちなくうなずいた。

「よし。俺たちは『離縁をしない』で合意した。では、次の用件だ。推薦状《すいせんじょう》を書こう」

「……推薦状？」

「おまえが女史として宮仕えに復帰できるよう、俺が推薦するんだ」

夕遼は机に向かい、竹簡本《ちくかんぼん》を片付けた。硯箱《すずりばこ》を出して書き物の準備をする。

「私が……宮仕えを？　ですが、私はあなたに嫁《とつ》いだ身で」

「結婚していても女官にはなれる。戻って来いと叔母上もおっしゃっていただろう」

「……私などが大長公主様のお役に立てるでしょうか」

「苦労して取り戻した書の才能だぞ。使わなくてどうする」

方形の古墨《こぼく》を手に取った。流麗《りゅうれい》な金文字で幽光《ゆうこう》と彫られている。

「『書訓《しょくん》』に曰《いわ》く、才知を墨とすれば、世は硯――続きを知っているか」

「人は水……だったかしら」

先人の言行を引用して初学者を教え諭《さと》す学問の入門書『書訓《しょくん》』は、手習いの手本に使われる書物の代表格なので、教養のある淑葉なら当然知っているだろう。

「才能を墨とするならば、世は硯であり、人は水滴《すいてき》で硯にさす水である」

夕遼は硯に水をさして古墨を磨《す》る。

「墨を硯と水で磨けば美しい墨液《ぼくえき》になる。墨液を己とし、筆を好機とし、料紙《りょうし》を人生とするならば、おまえはいったい何を書くか」

有名な『書訓』の至言を用いて、淑葉の心に揺さぶりをかける。

淑葉は正真正銘《しょうしんしょうめい》の麗筆《れいひつ》だ。なればこそ、彼女の筆致は夕遼が独り占めするのではなく、しかるべき場所で磨かれなければならない。硯と水がなければ、墨は単なる煤《すす》の塊《かたまり》なのだから。

「……殿下」

燭台《しょくだい》の炎がためらいがちにゆらりと揺れる。室内は張りつめた静寂に包まれた。

淑葉はすっと頭を上げる。花のような面差《おもざ》しには、ほのかな高揚《こうよう》が見て取れた。

「非才の身ながら、いま一度——大恩ある大長公主様にお仕えしたく存じます」


凱《がい》王朝三賢帝の後宮に仕え、のちの世に数々の名筆を遺《のこ》した才媛《さいえん》は、このとき恵兆王・高夕遼の正妃として知られているのみであった。

第四編　黄昏《こうこん》の珠楼《しゅろう》　佳人の影を見ず

淑葉《しゅくよう》が後宮女官として復職してから七日目の午後。

四阿《あずまや》で写経《しゃきょう》をしていた飛翠大長公主《ひすいだいちょうこうしゅ》がふうと息をついて筆を置いた。

「さて、写経はおしまい。呉成妃《ごせいひ》に会いに行くわ」

「呉成妃ですか。主上《しゅじょう》が最も寵愛《ちょうあい》なさっているという？」

淑葉は古墨《こぼく》を磨《す》る手を止めた。飛翠大長公主は大げさに驚いてみせる。

「あら、淑葉。もう知っているの。耳が早いわね」

露華宮《ろかきゅう》の女官たちと顔合わせした際、妃嬪《ひひん》の評判を聞き出して後宮の勢力図を一通り頭に入れておいた。三千の美姫《びき》たちの力関係を把握《はあく》していないと、後宮勤めは務まらない。

「呉成妃は大変寵愛が深く、現在ご懐妊《かいにん》中とうかがっておりますわ」

「そろそろ五ヶ月ね。この頃、体調が思わしくないみたいだから、朝礼を休ませていたの」

上級妃は毎朝、皇后《こうごう》の宮で朝礼に出るのが決まりだ。皇后が空位の場合は、次位の皇貴妃《こうきひ》が、皇貴妃も空位の場合は、第三位の貴妃が上級妃を迎え、まるで姉が妹を労《いたわ》るように、皇帝の夜《よ》伽《とぎ》をした妃を賞し、身重の妃を気遣い、病気の妃には見舞いをする。

……というのは建前《たてまえ》。実際は妃嬪たちが互いに火花を散らし合う場だ。

「妾《わらわ》としては体を一番大事にしてほしいんだけど、そう長い間、朝礼を休ませるわけにもいかないのよねえ。怠《なま》けさせるなって程貴妃《ていきひ》がうるさいものだから」

皇后、皇貴妃が空位のため、事実上、後宮の女主人は貴妃である。程貴妃は六年前、皇帝の即位とともに入宮《にゆうきゆう》し、皇子を産んだ。高官を多く輩出《はいしゆつ》している実家の権勢に加え、今のところ皇子を産んだ唯一の妃であることも手伝って、飛翠大長公主でさえ気を遣う相手だ。

「程貴妃は規則に厳しい方ですから」

「厳しすぎるのよ。体調が悪くても朝礼には出るべきだって言い張って譲《ゆず》らないし」

「私が以前お仕えしていたときは、程貴妃に不調を訴えられず、無理をして朝礼に出て御子《みこ》を流してしまわれた方がいらっしゃいましたね」

「あなたが辞めた後にも何人か……ね。だから呉成妃の場合はそんなことにならないように、出産が無事に終わるまで、彼女のことは妾《わらわ》に任せてもらうよう主上にお願いしたのよ」

身籠《みごも》った妃嬪はそうでない妃嬪よりも、心身が危険にさらされる可能性がぐっと高まる。

毎日の食事はもちろんのこと、袖《そで》を通す衣服、手を触れる調度《ちようど》、身に着ける宝飾品、寝起きする住まい、そばにいる使用人たち。それらすべてに細心の注意を払わなければ、我が子を喪《うしな》うか、自分の命ごと喪う。後宮で無事に出産するというのは難儀《なんぎ》なことなのだ。

「それが程貴妃は気に入らないみたい。今度は妾が呉成妃を特別扱いするって文句を言うんだから。特別扱いも何も主上の御子を身籠っているんだから大事にして当然でしょうに」

はあ、と飛翠大長公主は李花が縫《ぬ》い取られた団扇《うちわ》の陰で溜息をついた。

「愚痴《ぐち》っぽくってごめんなさいね。あなたは口が堅いから、つい本音が出るのよ。他の女官たちの前では絶対言えないわ。程貴妃に筒抜《つつぬ》けになって、あとでいやみを言われるもの」

露華宮の女官たちがおしゃべりというのは事実だ。小休憩をするための控えの房《へや》では、ときおり顔ぶれを変えつつ、手のすいている女官たちがぺちゃくちゃと舌を動かしている。

「じゃあ、蛍琳宮《けいりんきゆう》に行くわ。あなたも来て、淑葉」

「私のような新参者がお供してもよろしいのでしょうか」

寵妃《ちょうひ》を見舞うなら古参の女官のほうが適任なのではと言うと、女主人はからりと笑った。

「よろしいに決まっているでしょ。あなたを紹介しに行くのよ」


凱《がい》帝国の後宮では皇后の下に十二人の妃がいる。

皇貴妃、貴妃、麗妃《れいひ》、賢妃《けんひ》、荘妃《そうひ》、敬妃《けいひ》、成妃《せいひ》、徳妃《とくひ》、順妃《じゅんひ》、温妃《おんひ》、柔妃《じゅうひ》、寧妃《ねいひ》。

まとめて十二妃と呼ぶ。

その下に九嬪《きゅうひん》がいる。昭儀《しょうぎ》、昭容《しょうよう》、昭華《しょうか》、婉儀《えんぎ》、婉容《えんよう》、婉華《えんか》、明儀《めいぎ》、明容《めいよう》、明華《めいか》。

朝礼に顔を出す上級妃は、十二妃と九嬪である。

呉成妃は十二妃の第七位。呉家は古くからの武門だ。兄である呉将軍は若輩《じゃくはい》ながら幾多の遠征で目覚ましい戦功を挙げており、歴戦の老将たちを差し置いて軍政の中心にいる。二年前、呉将軍は蛮族討伐《ばんぞくとうばつ》で華々しい戦果を持ち帰った。皇帝は呉将軍に褒賞《ほうしょう》を与えようとしたが、呉将軍は褒賞を固辞する代わりに妹・彩燕《さいえん》の入宮をねだった。

呉彩燕は当時十七歳。呉徳妃として後宮入りした。

鳴り物入りで入宮したわりに、一年ほどはひっそりと暮らしていたが、男装して狩り場にもぐりこんだことから皇帝の目にとまり、のちに成妃に昇格して蛍琳宮を与えられた。現在、皇帝に最も寵愛されている妃である。

「淑葉、呉成妃はどんな人だと聞いているの？」

宦官《かんがん》が抱える輿《こし》に揺られながら、飛翠大長公主が尋ねた。淑葉は輿のそばを歩いている。後宮の貴人は輿で移動する。担《かつ》ぎ手は宦官で、女官は翳《さしば》や絹傘《きぬがさ》を持ってついていく。

「お転婆《てんば》で、大らかで、食いしん坊でいらっしゃるとうかがっております」

「うまく言いかえたわね。本当はじゃじゃ馬で、がさつで、大飯食らいって聞いたんでしょ」

その通りだったので、淑葉は言い返さなかった。

「まあ、だいたい合っているわ。あなたとは正反対の子ね。言葉を飾ることが苦手で、思ったことがそのまま口に出るから誤解されることも多いけど、根はいい娘よ」

「大長公主様に目をかけていただけるなんて、呉成妃はお幸せでいらっしゃいますね」

「どうかしら。妾は主上の叔母《おば》というだけで何の力もないわ。夫がいないから夫の親族をあてにすることもできない。片や、程貴妃は班太后《はんたいこう》が後ろ盾だもの。勝ち目はないに等しいわ」

飛翠大長公主は十五歳で北方の異民族に嫁《とつ》いだ。老齢の夫との間に子をもうけていたが、凱軍との戦いで夫ともども亡くした。

その後、祖国に戻り、大長公主に封じられた。

豊かな所領を与えられているので裕福ではあるが、皇帝の生母で、弟が丞相《じょうしょう》を務めている班太后に比べれば、後ろ盾としては心許《こころもと》ないかもしれない。

「それで私を呉成妃に引き合わせるとおっしゃったのですね」

恵兆王《けいちょう》の妃である淑葉が味方に付くことは、夕遼《せきりょう》を味方に引き入れたも同然だ。

「察しがよくて助かるわ」

飛翠大長公主は茶目っ気たっぷりにふふふと笑った。

「あなたが恵兆王妃になってくれてよかったわ。香蝶《こうちょう》じゃ、ちょっと頼りにできないわねと思っていたのよ。あの子って、かなりうかつな性格だから味方に置くと危なっかしくて」

香蝶の名を聞くと苦い気持ちになる。淑葉の復職と入れ替わりに香蝶は暇乞《いとまご》いをして実家に帰った。そのことについて同情はしないし、今後もこちらから連絡を取るつもりはない。

蛍琳宮の前で輿が止まった。淑葉は輿から降りる女主人の手を支える。

「大長公主様はなぜ呉成妃にお目をかけていらっしゃるのですか」

「趣味が合うからよ。妾も遠乗りや狩りが好きだもの。剣は使えないけど、弓術なら呉成妃にだって負けないわ。あの子が懐妊する前は二人でよく騎射《きしゃ》したのよ」

鋪地《ほち》が敷き詰められた小道を歩く。数種の敷石で図案化された梅と鵲《かささぎ》が表されている。

「呉成妃の出産が済んだら、妾たちの騎射をあなたにも見せ……」

丸くくりぬかれた洞門《どうもん》をくぐると、紫木蓮《しもくれん》の内院《なかにわ》が広がっていた。高貴な香りを運ぶ穏やかな風が頬《ほお》を撫《な》でる。その心地よい感触を味わっていると、飛翠大長公主が立ち止まった。

「……何をしているの、あの子は」

前方に注がれる女主人の視線を追いかけ、淑葉は目を細めた。

（男の人……？）

紫木蓮の下で、細身の青年が木剣を振るっていた。風を切る動きは長年鍛錬《たんれん》を積んできた武人のものだ。軽やかで無駄がなく、頭頂でまとめた黒髪が動作に合わせて軽やかに舞う。

「大長公主様、なぜ後宮に殿方《とのがた》が……？　ましてやここは主上の寵妃のお住まいで……」

「……その寵妃なのよ。男のなりをして剣の稽古《けいこ》なんかしているのが」

淑葉が驚愕《きょうがく》して固まると、飛翠大長公主は頭が痛いと言いたげに額に手を当てた。

「あっ！　まずい、着替えないと」

呉成妃がこちらに気づき、くるりと背を向けて殿舎に走り出そうとした。

「お待ちなさい。着替えなくていいわ」

飛翠大長公主は長い長い溜息をつきながら、呉成妃に歩み寄った。呉成妃は気まずそうに振り返って笑顔を作る。化粧《けしょう》っ気のない容貌《ようぼう》はこざっぱりしていて美しかった。

「これはこれは天界一の美女であらせられる西王母《せいおうぼ》かと思えば、大長公主様でしたか」

「お世辞《せじ》はいいから手に持っているものを寄越しなさい」

飛翠大長公主は呉成妃が後ろ手に隠していた木剣を奪い取った。

「まあ、なんて重いの！　懐妊中にこんなものを振り回すなんて！」

「一番軽いのですよ。それにちょっと体を動かしていただけだし」

「ちょっとじゃなかったわよ。今朝は気分が悪くて戻したって聞いたけど、大丈夫なの？」

「げえげえ吐いたらなんかすっきりしちゃって。軽い体操でもしようかなと思って、外に出てたんですよ。ほら、適度な運動は子を丈夫にするって太医《たいい》も言ってたでしょ」

呉成妃は手巾《しゅきん》で荒っぽく汗を拭った。腹部は目立たないが、膨らみつつあるのが分かる。

「あのねえ、呉成妃。適度な運動というのは、ずっしりと重い木剣なんか」

「ん？　こちらの美人は新しい女官ですか？　初めまし……あっ、もしかして恵兆王妃？」

呉成妃が淑葉に顔を近づけてくる。淑葉より背丈が拳一つ分高い。切れ長の目元が凛々《りり》しく、滑らかな肌は健康的だ。おずおずと視線を返すと、呉成妃は爽《さわ》やかに白い歯をこぼした。

「噂《うわさ》は聞いていますよ。字がすごく綺麗《きれい》なんですって？　私はすごく下手《へた》だから羨《うらや》ましいな。ああ、そうだ。名乗るの忘れてた。呉彩燕です。年は十九。趣味は走り込みと逆立ちと剣の試し切りと騎射と地べたで寝ることと愛虎と遊ぶことと……他にもあるけどまあいいや」

一つ一つ指を折って数えていたが、面倒になったのかやめた。

「人は私のことをがさつだ、男みたいな女だ、はねっ返りだとか言うけど、だいたいほんとです。何か失礼なことをしたら遠慮《えんりょ》なく叱ってください。では以後お見知りおきを」

びしっと武人風の拱手《きょうしゅ》をされて、淑葉は慌てて礼を返した。

「初めてお目にかかります。恵兆王妃を拝命しております、李《り》淑葉と申します。主上の寵妃様に拝謁賜《はいえつたまわ》り、望外《ぼうがい》の喜びでございます」

「いやいや、こちらこそ会えて嬉しいです。書画と結婚しちゃってるような恵兆王が王妃を娶《めと》られたって聞いてどんな人だろうって思っていたんですけど、可愛《かわい》らしい方ですね」

屈託なくにっこりして、飛翠大長公主を肘先《ひじさき》でつつく。

「大長公主様ってば意地悪だなあ。こんな可愛い方をお連れになるなら事前に知らせてくださいよ。そうしたら寵妃っぽいちゃんとした恰好《かっこう》で待っていたのに」

「普段からちゃんとした恰好をしていれば恥をかくことはないの。まったく、あなたはいつになったら自分が寵妃だって自覚するのよ。そんなことだから程貴妃に目をつけられて……」

飛翠大長公主はがみがみと説教したが、呉成妃は右から左に聞き流した。

「あ、程貴妃で思い出した。私、明日から朝礼に出ます」

「無理しなくていいのよ。起き抜けは気分が悪いんでしょう」

「朝は吐き気で目が覚めるって感じだけど、もう十日も休んでいるからそろそろ」

それにいいこと思いついたんですよ、と呉成妃はぽんと手を叩いた。

「ほら、朝礼中に吐きたくなって程貴妃の前でうげえぇっていろいろまき散らしたら、程貴妃も来なくていいって言ってくれそうじゃないですか？　ね？」

「またばかなことを……待って、なかなかよさそうね。程貴妃に一泡吹かせてやれるじゃない。結果的にあなたは反吐寵妃《へど》って呼ばれるようになるだろうけど、まあささいなことだわ」

「じゃ、反吐作戦で決まりですね」

二人は意見が合致したらしく、がっと手を握り合った。

……似た者同士である。

「恵兆王妃を連れてきたのはあなたに引き合わせるためよ。淑葉は真面目《まじめ》で義理堅いから信頼できるわ。何か問題があったら他の女官じゃなくて淑葉を通して。そのほうが安全よ」

「御意。恵兆王妃、どうぞよしなに」

切れの良い返答は武人めいていて、こちらまで背筋が伸びた。

房《へや》に招かれて茶をご馳走《ちそう》になった。本来は女官が女主人と同席するべきではないが、呉成妃が強く勧めてくるので断れなくて、二人が座る長椅子《ながいす》のそばに椅子を置いて腰かけた。

「恵兆王って、夫としてはどうですか？」

呉成妃が茶杯《ゆのみ》を空《から》にして淑葉を見た。興味津々《しんしん》といったふうに瞳が輝いている。

「お優しい方ですわ。いつも私のことを気遣ってくださって」

後宮女官は女主人の住まいで寝泊まりするので、王府に帰れるのは六日に一度だ。復職してから最初の休日だった昨日、夕遼は政務の合間に淑葉が書いたものを見てくれた。良い点と改善したほうがいい点を教えてくれたし、彼の助言のおかげで格段に出来が良くなった。

「今度の休日には有名な書家の真筆が保管されている道観《どうかん》へ連れていってくださるんです」

「なるほどー。趣味が合うんですね」

呉成妃は甘く熟れた桃にがぶりとかぶりついた。妃嬪《ひひん》とは思えないほど豪快な食べ方だ。

「夫婦にとって、趣味が合うかどうかってやっぱり大事ですよね」

「そりゃあ合わないよりは合ったほうがいいわよ」

飛翠大長公主は淑葉が切り分けた桃を食べている。

「だけど、程度っていうものがあるのよ。誰かさんみたいに身重だっていうのに主上《しゅじょう》の狩りに同行したり、主上と二人で遠乗りに行ったり、主上と剣の手合わせをしたりするのは」

「桃おいしいなあ。甘くて瑞々《みずみず》しくて、何個でも食べられそう」

「こら、ごまかすんじゃないの」

呉成妃があからさまに話をそらすので、飛翠大長公主は団扇《うちわ》で彼女の頭をはたいた。

「ほんとに能天気ね……でもまあ、そのほうがあなたらしいわ。楊順妃《ようじゅんひ》が亡くなってからふさぎこんでいたから、お腹の子にも悪い影響があるんじゃないかって心配していたの」

「……え？　楊順妃は身罷られたのですか？」

淑葉は思わず口を挟んだ。楊順妃は淑葉が宮仕えを辞める直前に入宮した妃だ。当時十三歳だったから、今年は十七歳になっているはずでは……。

「あなたは知らなかったのね。そうよ。楊順妃は先月亡くなったの。あとで分かったんだけど、生まれつき体が弱かったみたいね。それを承知で父親が強引に入宮させたのよ」

原則として、健康でない娘は入宮できない。皇帝の子を産むのが妃嬪の仕事だからだ。他に年頃の娘がいなかった楊家は賄賂《わいろ》で原則を歪め、楊順妃を後宮に入れた。

「楊順妃は胸の病だったの。発作が起きると息ができなくなるくらい重症だったんだけど、後宮では人前で発作を起こさないために薬を大目に飲むよう、実家に命じられていたそうよ」

先々月、楊順妃は初めて皇帝の閨《ねや》に呼ばれた。

夜伽《よとぎ》で失敗をするわけにはいかないから、通常の倍の薬を飲んできた。

それがかえって悪く作用し、夜伽の途中で発作を起こした。

「主上も驚かれてね。急いで太医に治療をお命じになったんだけど……」

治療の甲斐《かい》もなく、わずか十七歳で帰らぬ人となった。

「憐《あわ》れなことだわ。後宮に入らなければ、もっと生きられたかもしれないのに」

「……私のせいです。楊順妃をお召しになってくださいって主上にお願いしたから……」

呉成妃は食べかけの桃を皿に置いた。朗《ほが》らかな表情が削《そ》ぎ落ちている。

「実家からまだ夜伽をしないのかってしつこく催促《さいそく》されて辛いって、楊順妃がこぼしていたから……。私が余計なことをしたんです。そのせいで楊順妃は」

「良かれと思ってしたことじゃない。あなたはあの子を実の妹のように可愛がっていたもの。妹が主上の寵愛《ちょうあい》を得られるように取り計らうなんて、誰にでもできることじゃないわ。下手《へた》したら主上を奪われるかもしれないんだからね。でも、あなたは嫉妬《しっと》心を殺して楊順妃に機会をあげた。彼女のためにね。楊順妃だってあなたの真心を分かっていたはずよ」

「ええ……楊順妃はそういう子だから、最期《さいご》まで私を責めなかった……本当に優しい子でした」

呉成妃は涙ぐんで口元に手を当てた。真珠《しんじゅ》のような涙が目尻からこぼれる。

「私の懐妊が分かったときも、自分のことみたいに喜んでくれて……」

さめざめと泣き出した呉成妃を飛翠大長公主がやんわりと抱き寄せた。

「何度も、何度も思い出して、後悔するんです……。主上に楊順妃を薦《すす》めなければって」

呉成妃は先程までの凜々《りり》しさをかなぐり捨てて泣きじゃくる。

「……いつも一緒にいたのに、なんで気づいてあげられなかったんだろう。重い病気だって知っていたら、夜伽をさせたりしなかったのに……なんで、私、気づかなかったの……」

「後悔はしても絶望してはだめよ。楊順妃は二度と戻ってこない。だけど、あなたは楊順妃が生きていたことを知っている。彼女がどんな人だったか、あなたに何をしてくれたか、二人でどうやって過ごしたか。死者のいた過去が今のあなたを形作っているのよ」

淑葉は黙って女主人の言葉に耳を傾けていた。

「亡くなった人を悼《いた》むなら自分を大切にして。ひいてはそれが死者に敬意を払うことにつながるわ。死者の想いはあなたの中に残っているんだから」

飛翠大長公主は兄帝の手駒となって辺境の蛮族《ばんぞく》に嫁《とつ》ぎ、異国の地で得た家族や友人を祖国の軍勢に奪われ、再び生まれ育った国に帰ってきた。理不尽の連続だった壮絶《そうぜつ》な半生に耐えてきたからこそ、飛翠大長公主は呉成妃の悲嘆《ひたん》を理解し、彼女を温かく見守るのだ。


泣き疲れた後、呉成妃は楊順妃の住まいだった静永殿《せいえいでん》に行きたいと言い出した。

妃嬪が亡くなると、十日以内に死んだ妃嬪の房を片付けなければならない。

死者の房をそのままにしておくと邪気が溜まるから不吉なのだ。

淑葉は呉成妃と飛翠大長公主に続いて静永殿に入り、眉《まゆ》をはねあげた。

「静永殿はまだ片付けられていないのですね」

先月亡くなった楊順妃の房はがらんどうになっていなければならないのに、落ち着いた赴《おもむ》きの調度《ちょうど》でまとめられた室内は、今にも楊順妃が出てきそうな雰囲気《ふんいき》だった。

「主上にお願いしたんです。しばらくそのままにしていてほしいって」

呉成妃は女主人のいない房をぐるりと見回した。

妃嬪の房は華やかな調度《ちょうど》で埋め尽くされているものだが、ここの調度は色味が抑えられている。生前の楊順妃に何度か会ったことのある淑葉は彼女らしい房だと思った。美少女ではあるが、常におどおどしていて、年相応の明るさや無邪気さに乏《とぼ》しい地味な娘だった。

（秘密を抱えていたから怯《おび》えていたのね）

病を見抜かれはしないかと始終びくびくしていたのだろう。

「楊順妃は絵が得意だったわね」

飛翠大長公主は壁に掛けられている横物の掛《か》け軸《じく》を眺めた。

色鮮やかな緑の葉に、橙の小さな蘭花が描かれた絵。大輪《たいりん》の牡丹《ぼたん》とは違うひっそりとした佇《たたず》まいが、見る者の心にそっと語りかけてくるようだ。

「楊順妃がお描きになったものなのですか？」

「そうです。一番気に入っている作品だって言っていました」

呉成妃は泣き腫らした瞳をわずかに歪め、懐かしむように溜息をついた。

ひそやかに咲く蘭の絵には、短い詩が書き添えられていた。

　　黄昏《こうこん》の珠楼《しゅろう》　佳人《かじん》の影を見ず
　　寂寞《せきばく》の空庭《くうてい》　ただ蘭花あるのみ

夕映えに包まれた美しい高殿《たかどの》に愛《いと》しいあの人の姿はない
物寂しげな庭先には、ともに見る人もいないのにひっそりと蘭が咲いている

百年前に活躍した詩人が亡くなった妻を偲《しの》んで詠《よ》んだ詩だ。線質の細い儚《はかな》げな草書で記された悲哀の詩は慎《つつ》ましく描かれた春蘭《しゅんらん》と相まっていっそう物悲しさをかきたてる。楊順妃が書いたのだろうか。風にさらわれてしまいそうな筆運びが薄命だった楊順妃を思わせた。

「この房も片付けないといけないなあ……」

楊順妃の絵に手を伸ばして、呉成妃は独り言のようにつぶやいた。

「いくら待っていても……あの子は帰ってこないんだから」

「そうね。程貴妃がうるさく文句言ってきているのよ。『亡くなった妃嬪《ひひん》の房は十日以内に片付けるのが規則なのに、呉成妃は則を曲げている』って。そろそろ潮時かもね」

「楊順妃の遺品は私が引き取ってもいいですよね？」

「手元に残しておくと思い出して辛くなるわよ。妾《わらわ》は処分したほうがいいと思うけれど」

「でも、楊順妃を偲ぶ縁が何もなくなってしまうのも寂しいから、せめてこの絵くらいは」

室内に夕日が差しこむ頃、湿っぽい空気を引きずりながら三人で房を出た。内院《なかにわ》に降りると花の手入れをしていた若い宦官《かんがん》がこちらに気づいた。作法《さほう》に則《のっと》り、地面に跪《ひざまず》いて拝礼する。

「綺麗《きれい》に咲かせたね、憂安《ゆうあん》」

呉成妃が憂安という宦官に歩み寄った。彼の傍《かたわ》らで咲く蘭花に目を向ける。橙《だいだい》色の小ぶりな花は壁に掛けられていた絵の趣《おもむき》に似て、あえかな美しさをたたえていた。

「楊順妃様にお見せできなかったことが残念でなりません」

憂安は眉目秀麗《びもくしゅうれい》な面《おもて》を曇らせた。にわかに夕暮れの風が吹き抜けて蘭の香りをさらう。

――寂寞の空庭　ただ蘭花あるのみ
風が天まで届くなら楊順妃に伝えてほしい。あなたはこんなにも悼《いた》まれていますと。


淑葉が復職して二度目の休日。

「……これが、呂海居《りょかいきょ》の真筆なのね……」

淑葉は道士たちが二人がかりで机に広げた巻子本《かんす》を食い入るように見た。

「おい、近すぎるぞ。頭を突っこむ気か」

夕遼は異様なほど前のめりになっていた妻の腕をつかんで上体を起こさせた。

今日は淑葉を連れて皇都の外れにある道観を訪ねた。彼女が見たがっていた呂海居の真筆《しんぴつ》を見るためだ。呂海居は古《いにしえ》の能書家《のうしょか》・呂安居の息子で、父親と肩を並べる書の妙手である。

あいにく、現存する彼の作品はほとんどが複製品だ。戦乱や盗難で肉筆の大半は散逸してしまったため、真跡《しんせき》は片手で数えられるほどしかない。そのうちの一つがこの道観にある。

「王妃様は呂海居の書にたいそうご興味がおありのようですな」

白髭《しろひげ》を蓄《たくわ》えた老道士が愉快そうに笑った。老道士の視線の先では、淑葉が目を皿のようにして、瑞雲《ずいうん》にもたとえられる格調高い筆致に見入っている。それも紙面と頭が激突しそうなほど前のめりになってだ。何回引っ張り上げてもすぐ元に戻るので、夕遼は苦笑した。

「書に魅せられた者なら、能書家の真筆を前にすれば興奮せずにはいられなくなるものだからな。……にしても、こいつはがっつきすぎだが」

淑葉が食らいつきそうな勢いで紙面に近づくので、道士たちがひやひやしている。

「いやはや、感心なことではありませんか」

老道士はしみじみとうなずく。

「嘆かわしい限りですが、昨今では書を愛好する若い娘さんは少なくなっています。呂海居の真筆に我を忘れて見入るということは筆法の美に魅《み》せられているということ。優れたものを解する心があるというのですから、大いに結構ですよ」

「ああ、まあな」

瞬きもせずに紙面を凝視している淑葉を見下ろし、夕遼は微笑をこぼした。

表情の硬さは健在だが、少しずつ彼女の顔から感情を読み取れるようになってきた。

例えば今は、憧れの呂海居の肉筆を目の当《ま》たりにして大興奮している。おそらく、鼻歌を歌いながらぴょんぴょんと飛びはねて、裙《くん》を翻《ひるがえ》してくるくる回りかねない喜びようだ。

しかし実際には、淑葉は飛びはねないし、くるくる回らない。真剣そのものの目つきで、紙面に遺《のこ》された能書家の手跡《しゅせき》を鑑賞している。貪欲《どんよく》な目つきといってもいい。意識しているかどうかは分からないが、名手の卓越した筆法からすべてを盗もうとしているようにさえ見える。

「王妃様は書に夢中でいらっしゃるが、殿下は王妃様をご覧になるのがお好きなようですな」

老道士が皺《しわ》だらけの顔に意味ありげな笑みを浮かべている。自分が呂海居の肉筆ではなく、淑葉ばかりを見ていることに思い至って、夕遼はさっと視線をそらした。

（……呂海居の真筆を見に来たのに、淑葉を見てどうする）

早朝から馬を走らせて辺鄙《へんぴ》な山奥まで来たのは、敬愛する能書家の真跡を久しぶりに鑑賞するためだったはず。淑葉を連れてきたのはついでだ。ところがふたを開けてみれば、呂海居の作品には目もくれず、貴重な書に夢中になっている淑葉を熱心に観察している。

（淑葉を気に入っているからか）

もちろん、気に入っている。淑葉には書法の美を味わう目があるし、彼女の筆が生み出す墨《ぼく》跡《せき》は奥ゆかしく優艶《ゆうえん》で、心惹《ひ》かれずにはいられない。

要するに書家としての彼女に強い関心を抱いているわけだ。

（それなら呂海居の真筆ではなく、淑葉を優先して見てしまうのも無理はないな）

彼女が呂海居の筆法をどのように見るのか、興味がある。ただそれだけのことである。

「殿下……」

夕遼が自分を納得させたとき、淑葉がしずしずと近づいてきた。

「厚かましいとは分かっているのですが、お願いが……その……よろしければ……」

歯切れ悪くもごもごと言いよどむ。声が小さすぎて聞き取れない。

「何だ？　はっきり言え」

ぶっきらぼうな言い方をしてしまったせいか、淑葉はびくっとして黙った。

「あ……別に怒っているわけじゃないぞ」

「……いえ、殿下がお怒りになるのは当然ですわ。私が厚かましいのがいけないのです」

「厚かましいかどうかは、お願いとやらを聞いてから判断することだ」

淑葉は答えない。黙りこんで下を向く。

「じゃあ、互いに願い事を言い合うというのはどうだ？　互いに相手の願いを叶えるなら、どちらか一方が厚かましいということにはなるまい」

なぜだか、淑葉の機嫌をよくしようと必死になっている自分がいた。

「では……殿下からおっしゃってください」

淑葉がそろそろと目線を上げる。長い睫毛《まつげ》に縁取られた瞳は吸いこまれそうな美しさだ。

「俺の願いは……そうだな、はしゃぐおまえを見てみたい」

「……は？」

「呂海居の真筆を見られて嬉しかっただろう？　その気持ちを行動で表してみてくれ。飛びはねるとか、鼻歌を歌うとか、くるくる回るとか、何でもいいからはしゃいでみろ」

笑うのにすら苦労する淑葉には難題だっただろうか。だが、喜びのままに浮かれる彼女を見てみたいのは事実だ。返答を待っていると、やにわに淑葉が宣言した。

「分かりました。それでは、はしゃぎます」

神妙な面持《おもも》ちで言い、淑葉は夕遼から離れた。巻子本《かんす》が広げられた机からも距離を置き、白魚のような指で裙の裾《すそ》をつまんでくるくると回り出す。披帛《ひはく》が風を孕《はら》み、金歩揺《きんほよう》がしゃんしゃんと鳴る。艶《つや》やかな髪が背中で躍り、裙を彩る刺繍《ししゅう》が燭光《しょっこう》にきらめいた。

白粉《おしろい》で整えた顔はにこりともしていないから、はしゃいでいるようには見えないが。

（……むしろ舞っているように見える）

彼女はくるくる回っているだけなのに、夕遼は仙女の舞を見ているかのように動けなくなった。瞬きをするのを忘れて、淑葉に見惚《みと》れてしまう。

「……もう、よいでしょうか」

裙の裾を広げてくるくる回転しながら、淑葉が弱々しい声で言った。

「目が、回って……きたのですが……」

だんだん重心がぶれてくる。体が左右に揺れ始めて危なっかしい。

「もう十分だ。やめていいぞ」

回るのをやめたとたん、淑葉の体がぐらりと傾いた。夕遼は慌てて駆け寄り、倒れそうになった彼女を抱きとめる。

「申し訳、ございません……目が、回ってしまって……」

呼吸が乱れている。もとより頼りなげな体はぐったりしていた。

「いや、俺のほうこそすまなかった。気分が悪くなる前に止めるべきだったな」

道士に椅子《いす》を持ってこさせて淑葉を座らせる。彼女の呼吸が落ち着くのを待った。

「……精いっぱいはしゃいだつもりですが、それらしく見えたでしょうか」

「はしゃいでいるようには見えなかったが、舞っているみたいで綺麗《きれい》だったし、いいだろう」

夕遼は扇子《せんす》を開いて淑葉をあおいでやった。

「これで俺の願いは叶ったな。次はおまえだぞ」

「……本当に厚かましいお願いですよ」

「厚かましくてもいいから言え。何でも聞いてやる」

そういう気分だった。目が回るまで回り続けた淑葉がいじらしく思えて。

淑葉は夕遼を見上げ、ためらいがちに口を開いた。

「呂海居の真筆を……臨書《りんしょ》させていただけないでしょうか」

「何だ、そんなことか」

肩の力が抜けて、夕遼はふっと笑った。

「最初からそのつもりで来たんだろう？　書具を持って軒車に乗りこむのを見たぞ」

「……あっ、ご存じだったのですか……」

軒車に乗りこむ際、淑葉は琴鈴《きんれい》と二人がかりで硯箱《すずりばこ》と料紙箱を軒車《くるま》に乗せていた。夕遼が手伝おうとすると全力で断ってきたが、あれは隠しているつもりだったのか。

「ごめんなさい……。無断で書具を持ってきてしまって」

淑葉はしゅんとしてうなだれた。夕遼は彼女のそばにしゃがみこんで白い顔を見上げる。

「謝ることじゃない。臨書したいなら素直にそう言えばよかったんだ」

「……許してくださるのですか」

「許す。というより、俺もおまえが呂海居の真筆をどう臨書するか見てみたいな」

淑葉はわずかに目を見開いた。澄んだ瞳に明るい光が映る。

「先日、呉成妃が夫としての殿下はどのような方かとお尋ねになったのです」

「何と答えたんだ？」

「いつも私のことを気遣ってくださる、お優しい方だと答えました。でも、それは間違いでしたわ。とてもとてもお優しい方ですと申し上げるべきでした」

心なしか声音《こわね》が弾んでいる。眩《まぶ》しい笑顔を浮かべていなくても彼女が浮かれていることは分かる。無理をして笑わせる必要はないのかもしれないと夕遼は考えた。

淑葉が見せる嬉しそうな無表情は――なかなか可愛《かわい》らしいので。

第五編

雨にて折る　一枝《いっし》の蘭

「素敵な休日になったようね」

翌朝、淑葉《しゅくよう》が出仕すると、飛翠大長公主《ひすいだいちょうこうしゅ》が訳知り顔で迎えた。

「どうしてお分かりになるのですか？」

「分かるわよ。あなたの目がつやつやしているもの」

飛翠大長公主は団扇《うちわ》で口元を隠して笑い、机の上に置かれている提げ重箱を指し示した。

「来て早々に悪いけど、これを蛍琳宮《けいりんきゅう》に届けて。昨日から呉成妃《ごせいひ》が熱を出しているの。妊婦でも飲める薬を作らせたから持っていってちょうだい」

「まあ、熱を出していらっしゃるのですか。心配ですわね」

「微熱だって聞いているけれど……念のため、朝礼は休ませるからそう伝えて。程貴妃《ていきひ》には妾《わらわ》から言っておくわ。また反吐《へど》まみれになりたくはないでしょうってね」

呉成妃は有言実行の人だ。例の反吐作戦が決行されたため、程貴妃は災難に見舞われたらしい。それ以来、朝礼の欠席に関してさほど文句を言わなくなったとか。

『呉成妃は策略家だな。もし男だったなら、余《よ》の軍師にしていたぞ』

事の顚末《てんまつ》を聞いて、皇帝は大いに面白がったという。

淑葉が蛍琳宮に行くと、呉成妃は寝床で起き上がっていた。幸い、大事なさそうなので、薬を飲ませ、飛翠大長公主からの言伝を残して蛍琳宮をあとにした。

帰り道、静永殿のそばを通りかかった。

(楊順妃《ようじゅんひ》の房《へや》は片付けられてしまったかしら)

壁に掛けられていた絵。清楚《せいそ》な蘭花に添えられていた詩が脳裏《のうり》に焼きついている。今にも消え入りそうな、いたく切なげな手跡《しゅせき》だった。片付けられていなかったらもう一度見ておこうと、付き添ってきていた下位の女官たちを門前で待たせて、静永殿《せいえいでん》に入った。

蘭の咲く内院《なかにわ》を通り抜けて房に入り、ほっとした。調度《ちょうど》はまだ片付けられていない。

あまり長居はできないので足早に壁際へ行き、掛《か》け軸《じく》を見上げた。

細い緑の葉と小さな橙《だいだい》の花。楚々《そそ》とした蘭花に寄り添うように書かれた悲哀《ひあい》の詩。前回見たときと同じはずなのに、妙な引っ掛かりを覚える。

(……何か、違うような)

(手跡が違う……)

もともとの字形から字画を省略する草書。文字ごとに独特の崩し方があるのでそれを学ばないと使いこなせないが、書き手によって字画の崩し方に強い特徴が出る場合がある。

楊順妃の手跡は一定して線質が細く、線の肥痩《ひそう》の変化が乏《とぼ》しかった。力ない儚《はかな》げな筆運びは病弱で薄命だった楊順妃を思わせ、詩句にこめられた虚《むな》しさをかきたてていた。

(この間、見たときは楊順妃らしい筆跡だったのに、これは……)

淑葉が目《ま》の当たりにしている手跡は、先日見たものと書体こそ同じだが、趣《おもむき》が異なる。まず線質が硬い。どこか骨ばっていて、男性的だ。線は肥痩の変化に富《と》んでいて力強く、荒々しささえ感じさせる。字形の崩し方にも楊順妃の筆跡にあったはずの柔らかさがなく、何かをぶつけるように粗《あら》っぽく書き殴《なぐ》ったような印象を受けた。

(楊順妃が書いたものではない……?)

混乱してきた。勘違いだろうか。初めからこのような手跡だっただろうか。記憶を手繰《たぐ》り寄せて考えてみるが、やはり記憶の中には嫋々《じょうじょう》たる楊順妃の書きぶりが明確に残っている。

(……絵が変わっているんだわ)

そうとしか思えない。楊順妃の蘭花の絵を何者かが偽物と入れかえたのだ。

露華宮《ろかきゅう》に戻るなり、淑葉は楊順妃の絵が偽物になっていると飛翠大長公主に報告した。

「変ねえ」

飛翠大長公主は寝椅子にもたれて小首《こくび》をかしげた。

「宮中での盗難は少なくないけれど、盗《と》られるのは値打ちものよ。楊順妃の絵は素敵だけれど、好事家《こうずか》が高値をつけるようなものではないわ。盗まれるはずないのにね」

「しかも単に盗まれたのではなく、偽物とすりかえられています」

淑葉は特にその点が奇妙だと思った。

なぜすりかえたのだろうか。静永殿は遠からず片付けられるというのに。

「大事にするような事件じゃないけど、気づいた以上は放っておくわけにもいかないわね」

飛翠大長公主は別の女官を呼んで書き物の支度《したく》をさせた。

「書画のことなら恵兆王《けいちょう》に聞かないと。外朝に行く許可を出すから相談してきてちょうだい」


飛翠大長公主の命を受け、淑葉は問題の絵を持って外朝へ行った。

皇宮では、夕遼《せきりょう》はたいてい書画院《しょがいん》にいる。書画院は宮中の書画を管理する官府で、書工や画工が古い書画を修復したり、宮廷を飾るにふさわしい作品を制作したりしている。

古今東西の有名な書画のみならず、一流の書具や画具が集まっている場所なので淑葉にとっては夢のようなところだが、あちこち見て回りたい衝動を抑えて夕遼の執務室に直行した。

「確かにこれは楊順妃の手跡じゃないな」

夕遼は淑葉が差し出した掛け軸を見て、眉間《みけん》に皺《しわ》を寄せた。

「殿下もすりかえられる前の絵をご覧になっているのですか」

「いや、絵は見たことがないが、手跡なら見たことがある。楊順妃はよく写経《しゃきょう》をしていたからな。出来栄えがどうか批評しろと主上《しゆじよう》に見せられたことがあるんだ」

「どのように批評なさったのです？」

「触れれば壊れそうなほど繊細で、いかにも手弱女《たおやめ》が書いたものだろうと思わせる書きぶりだ。一方で線質に表情が乏《とぼ》しく、全体を通して見ると単調で筆の息遣いが感じられない」

淑葉も同意見だ。線に抑揚《よくよう》がなく平坦なので、淡々としすぎている印象を受ける。しかし、それこそが若くしてこの世を去った楊順妃のあえかな命を表しているようだった。

「楊順妃が書いたものを引っ張り出して見比べるまでもないな。こちらは手弱女が書いたものとは到底思えない。筆運びが荒っぽいし、字形の崩し方も雑だ。慌てて書いたように見える。線質は楊順妃のものと似ても似つかない。こちらには表情がつきすぎていて品がないな」

「筆跡が偽物なら、絵も偽物でしょうか」

「文字の部分だけ切り取るということもできるが、これにはそんな形跡はないから十中八九、偽物だろう。一応、楊順妃が描いた絵と見比べてみるか」

夕遼は下官に命じて楊順妃が描いた他の絵を数枚持って来させた。見比べてみると、楊順妃の特徴をとらえていて上手に似せているのが分かる。が、夕遼は贋作《がんさく》だと言った。

「書よりはうまくできているがな。絵のほうも筆運びに丁寧《ていねい》さがない。本物の楊順妃の絵はどれも時間をかけてゆっくり描いていったのが読み取れるが、偽物は急いで描き上げたものだ」

夕遼は掛け軸を裏返したり、紙面を燭台《しよくだい》の明かりで照らしたりした。

「元の絵がいつごろ描かれたものか知っているか」

「飛翠大長公主によれば、二年ほど前だと」

「ならば贋作で間違いないな。これは二年も前に描かれた作品じゃない。描かれたのはごく最近、一月《ひとつき》以内……もっと短いかもしれないな」

手跡も絵も偽物。犯人はわざわざ偽物を作ったのだ。

「私が大長公主様と呉成妃のお伴で六日前に静永殿へ行ったときは楊順妃の筆跡でした」

「おまえが静永殿から立ち去り、再び訪ねてくるまで……六日間のうちのどこかで本物と偽物がすりかえられたんだな」

「いったい何のためにそんなことをしたのでしょうか。静永殿には他にも価値のある品々が置いてあるのに、それらは何一つなくなっていませんわ」

飛翠大長公主が言っていたように、宮中での盗難は少なくない。不心得者の女官や宦官《かんがん》、あるいは下男下女が宮中の物品をくすねて皇宮の外に持ち出し、売り飛ばすのだ。むろん、露見すれば重罰が待っているが、厳しい刑罰にもかかわらず依然として盗難はなくならない。

とはいえ、彼らが盗むのは金目のものだ。楊順妃の絵にはさほどの値打ちがない。

静永殿には高価な品々があったのに、それらに手をつけていないというのは不自然だ。

「犯人が欲しかったのは楊順妃の絵だけだったのかもしれない」

「なぜですか？」

「それは本人に聞くしかないだろう。――素秀《そしゅう》」

掛け軸を円卓に置き、夕遼は書工たちと話していた素秀を呼んだ。

（双鉤塡墨《そうこうてんぼく》だわ）

書工たちが双鉤塡墨と呼ばれる複製作業を行っている。双鉤は書の上に薄紙を置き、極細の筆で文字の輪郭を取ること。塡墨は輪郭の内側を墨で埋めることだ。腕利きの書工が手掛けた双鉤塡墨による摸本は、原本を書き写す臨書よりも正確に原本を写し取るといわれている。

「六日前から今日まで静永殿に出入りした者を調べろ。そいつらの持ちものを念入りに」

「もう売り飛ばされているかもしれませんわ」

皇宮の外に出てしまっているのなら、見つけられる可能性はぐっと下がる。

「王妃様のおっしゃる通りですよ。売り飛ばされているなら探すだけ無駄です」

素秀は面倒くさそうに欠伸《あくび》を嚙《か》み殺した。いつ見ても気だるげな男だ。

「売り飛ばしてはいないはずだ」

「なんでそう言えるんです？　盗品はさっさと売りさばくのが盗人《ぬすっと》ってもんでしょう」

「目当てが金子《きんす》の場合はな。単純に値打ちものが欲しければ楊順妃の絵ではなく、別のものを盗むはずだ。壁に掛けてある掛け軸のような目立つものではなく、棚《たな》や抽斗《ひきだし》の中のものを盗むほうが簡単だし、ばれにくい。それなのに犯人は下手《へた》な贋作まで用意して絵を盗んだ」

言われてみれば。壁に掛けてある掛け軸なんて目立つものをすりかえたのは変だ。

「犯人の目的は金じゃない。楊順妃の絵そのものだ」

「だったら絵を盗むだけでいいじゃないですか。贋作なんか置いていかなくても」

素秀は掛け軸を手に取って、さして興味なさそうに首をひねった。

「静永殿だっていつまでも楊順妃の持ちものを置きっぱなしにしておくわけにはいかないんだから、いずれ片付けられるはずだったでしょ。楊順妃は生前から付き合いの多い人じゃなかったから訪ねてくる人もいないし、絵の一枚や二枚なくなっていたって誰も気づきませんよ」

「呉成妃は楊順妃を偲《しの》んで静永殿にときどき足を運ばれているようですわ。もし壁に掛けてあった掛け軸がなくなっていたら、呉成妃がお気づきになったはずで……」

そう言った後、淑葉はあっと声を上げた。

「ひょっとして犯人は呉成妃の目をごまかすために贋作を置いていったのでしょうか」

静永殿は呉成妃の意向で片付けられていない。呉成妃は生前の楊順妃と最も親しくしていた妃で、今でも彼女を悼《いた》んで静永殿をたびたび訪ねている。掛け軸が消えていたら呉成妃は気がつくだろう。呉成妃に知られずに絵を盗むには、贋作が必要だ。

「それにしたって下手な贋作だなあ」

素秀は億劫《おっくう》そうに掛け軸を視線でなぞった。

「絵はともかく、文字のほうは似せて書くつもりあったんですかね。犯人は本物を手本にして書いたはずでしょ。似てないなーって自分で分からないもんなんですか？」

「似せて書く技量がなかったんだろう。書より絵のほうが似ているから、犯人は書があまり得意ではないのかもしれないな」

「あるいは、あえて似せなかったとも考えられますわね」

淑葉が独り言をつぶやくと、夕遼と素秀がそろってこちらを見た。

「あえて似せなかった？　なぜだ」

「な、なぜかは……分かりませんが、そういう可能性もあるかと」

「絵は似せて描いている。普通は書も似せて書くだろう。呉成妃は書に詳しい方じゃないが、いくらなんでもこんなに違ったらおかしいと思うはずだし」

「似せたくなかったのかもしれませんわ。何らかの理由で」

夕遼は素秀が机に置いた掛《か》け軸《じく》を見下ろして黙りこんだ。

「……偽物を呉成妃に見せたかったのだろうか」

呉成妃の目をごまかすためではなく、呉成妃に偽物の絵を見せるためにすりかえた？

「いずれにしても、本物はいまだ犯人が持っているはずだ。静永殿に出入りした者を調べよう」

「たいしたことじゃないんだし、放っておけばいいじゃないですか」

素秀はどこまでもやる気がない。夕遼は側近の肩を軽く叩いた。

「妃の遺品が盗まれたんだぞ。不心得者を野放しにしておけるか」

「ええ、調査したほうが良いと思いますわ。元の掛け軸は呉成妃がお引き取りになるとおっしやっていましたし、本物がまだ宮中にあるなら、取り戻さないと」

本物を取り返すべきだ。そのほうが楊順妃の魂も慰められるだろう。


静永殿に出入りした女官や宦官《かんがん》を調べたが、彼らの持ちものの中に楊順妃の絵はなかった。

「まったく骨折り損のくたびれ儲《もう》けでしたねえ」

素秀は淑葉の左隣をだらだら歩きながら聞こえよがしに溜息をついた。

「やっぱり、もう皇宮の外に持ち出されてしまったのでしょうか」

夕遼の左隣を歩く淑葉は思案顔でうつむいている。

「宮中の外に持ち出されたと決まったわけじゃない。どこかに隠しているのかもしれないぞ」

「はあ……。その隠し場所とやらを我々で探すんですか？　この土砂降りの中」

ただでさえやる気のない素秀が、申し訳程度に残ったやる気をくじかれるのも無理はない。これから静永殿を訪ねて何かの手掛かりを探そうというのに、桶《おけ》をひっくり返したような雨降りだ。三人ともそれぞれ傘をさしているが、衣が湿気を吸ってずっしりと重くなっており、素秀でなくても歩を進めるのが億劫《おっくう》になる。

「仕方ないだろう。今の時間帯しか俺は空いてないんだ」

「あ、あの……殿下、申し訳ありません。お忙しいのに、面倒事に巻きこんでしまって」

淑葉がちらりとこちらを見上げ、か細い声で言った。

胸元まで引き上げた萌黄《もえぎ》色の裙《くん》に、庚申薔薇《こうしんばら》が織り出された大袖《おおそで》の上襦《じょうじゅ》。錦《にしき》の帯は鳩尾《みぞおち》のすぐ下で結ばれ、飛翠大長公主に仕えていることを示す瑪瑙《めのう》の佩玉《はいぎょく》がさがっている。

髪型は落馬したかのように髻《もとどり》を一方に傾けた堕馬髻《だばけい》だ。白銀の髪飾りに加え、碧玉《へきぎょく》と真珠《しんじゅ》の簪《かんざし》がきらめいている。螺子《らし》の黛《まゆずみ》で柳眉《りゅうび》を書き、額には芙蓉《ふよう》の花鈿《かでん》を咲かせ、瞼《まぶた》にほんのりと臙脂《えんじ》をのせた艶麗《えんれい》な装い。夕遼は思わず心に浮かんだ古詩の一節をつぶやいた。

「解語の花　春涙《しゅんるい》を含み　雲髻《うんけい》潤いて芳し」


花のごとき人は春が流した涙のような雨に降られ、結い髪がしっとり濡れて美しい

「陸希月《りくきげつ》が詠《えい》じた解語の花は、おまえのような麗人《れいじん》だったんだろうな」

淑葉は黒目がちな瞳で夕遼をとらえ、さっと視線を伏せた。

「陸希月が詩に詠《よ》んだ麗人《れいじん》は函王《かんおう》に寵愛《ちょうあい》された朱妃《しゅひ》です。朱妃は鶯《うぐいす》がさえずるような声音《こわね》で笑い、函王を喜ばせたと申しますわ。私のような可愛《かわい》げのない女など足元にも及びません」

「自覚がないのか。おまえはかなり可愛げがあるぞ」

「……そう、ですか？」

淑葉が上目遣いに見上げてくるので、夕遼は微笑《ほほえ》みかけた。

「昨日のおまえは可愛かったな。まさか蛙《かえる》一匹であれほど慌てるとは」

「……そのことはお忘れください」

昨日、楊順妃の絵の件を相談するために叔母《おば》を訪ねた。話を終えて帰る際、淑葉が見送りに出てくれた。彼女と別れて露華宮《ろかきゅう》の門を出た直後だ。門の内側から甲高《かんだか》い悲鳴が聞こえた。

何事かと急いで駆けつけたところ、庭木の下で淑葉が大騒ぎしていた。どうやら近くの枝から小さな蛙が飛んできて頭に乗ったらしい。彼女はたいそう取り乱していた。半泣きでじたばたしながら右に行ったり左に行ったりするので、なだめて蛙を取ってやるのに苦労した。

「蛙の気持ちも分かる気がするな」

結い髪に蛙を乗せて慌てふためいていた淑葉を思い出すと、噴き出してしまう。

「おまえの髪はつやつやしていて豊かだから、寝床にちょうどいいと思ったんだろう」

「やめてください、寝床だなんて……。思い出すとぞっとしますわ」

淑葉は拗《す》ねて唇を歪めた。そんな仕草も可愛げのうちだと彼女は気づいていないのか。

「なんだか癪《しゃく》だな。俺だっておまえの髪にはまだ触れていないのに、蛙に先を越されたか」

夫として……いや、男としてどうなんだ。

「えっ。殿下、王妃様の髪に触ったことがないんですか？」

眠そうに歩いていた素秀がにわかに覚醒《かくせい》した。仰天《ぎょうてん》した様子で目を白黒させる。

「最近、仲良くなさっているから、てっきりそういうことだと思っていたんですけど、髪に触っていない……？　じゃ、じゃあ夜遅くまで王妃様と房《へや》に籠《こも》って何してるんですか？」

「淑葉が臨書《りんしょ》するのを眺めたり、書を鑑賞して批評し合ったり、筆や硯《すずり》の手入れをしたり」

「……それだけ⁉」

「いいえ、それだけではありません。殿下は私の書を見て改善するべき点を教えてくださいますの。丁寧《ていねい》に指摘してくださるので、とても参考になりますわ」

淑葉がやや声高に付け加えると、素秀は呆《あき》れかえったと言いたげに苦笑いした。

「何というか、まあ……その調子だと殿下は永遠に王妃様の髪に触れないでしょうね」

「永遠はさすがにないと思うが。なあ、淑葉」

ええ、と淑葉はぎこちなくうなずいた。傘を持つ手が下がり、婉美《えんび》な横顔が見えなくなる。

（……まだ早いのだろう）

いわゆる夫婦らしいことは、何もしていない。むろん、淑葉について誤解していたときのように彼女を嫌っているせいではなく、あえて時間をかけているのだ。

十分打ち解けていないのに無理に事を進めるのは、淑葉のためにならない。彼女は実家で長年苦痛を強《し》いられてきたから、今後はできるだけ強いるということをしたくない。

少しずつ互いの距離を縮めていき、淑葉が夕遼に心を許して、本当の夫婦になってもいいと言うようになるまで気長に待つつもりでいる。

（こんなふうに暢気《のんき》なことを言っていられるのも、皇位につかなかったおかげだな）

夕遼は十六歳で皇帝の冕冠《べんかん》をかぶった弟を思い起こした。嵐快《らんかい》は即位と同時に大婚し、凱《がい》王朝の伝統に則《のっと》って十二人の花嫁を娶《めと》った。その後も臣下たちが薦《すす》めてくる娘を後宮に入れ、朝廷との均衡を崩さないように注意しながら、皇妃たちに寵愛を分け与えている。

あまたの妃嬪《ひひん》を愛し、より多くの子女をもうけることは天子の務めだ。

たとえ、三千の美姫《びき》がひしめく後宮に最愛の人はいないとしても。

「しっかし、よく降るなあ」

素秀は傘を持ち上げ、恨めしそうに空を睨《にら》んだ。

「そういえばおまえ、今日は女装じゃないんだな」

「大事な女物の衣装が雨に濡れるといやなので、宦官《かんがん》姿で来ました。王妃様も大変でしょう。襦裙《じゅくん》姿で大雨の中を歩くのは」

「ええ、まあ……。素秀殿は女物の衣装をお召しになるのですか？」

淑葉は怪訝《けげん》そうに眉《まゆ》をはねあげた。

「おまえは見たことがないか。後宮に入るときはだいたい女装してくるんだよ、こいつは」

「自分で言うのもなんですけど、襦裙《じゅじょう》を着て化粧《けしょう》をすると、とびっきりの美女になりますよ。毎回後宮に入るたびにうっかり主上に見初《みそ》められたらどうしようってびくびくしてます」

「ばか言え。嵐快はおまえのごつい女装姿に惚《ほ》れるほど物好きじゃないぞ」

夕遼は素秀を睨《にら》んだが、素秀は主君の怒気をさらりとかわして淑葉に微笑を向けた。

「今度お見せしましょうか」

「よろしければぜひ」

思いのほか、淑葉が素秀の女装姿に関心を示したところで静永殿に到着した。

門をくぐって外院《まえにわ》を通り抜け、緻密《ちみつ》な鋪地《ほち》に彩られた小道を歩いて内院《なかにわ》に入る。直後、夕遼は立ち止まった。右前方の茂みの陰で灰色の傘がごそごそ動いている。何者かが地面にしゃがみこんでいるのだ。淑葉と素秀に動かないように言いつけ、夕遼は怪しい人影に近づいた。

「何者だ。そこで何をしている」

「……しゅ、主上……!?」

ぎょっとして振り返ったのは、年若い宦官だった。楊順妃付きで、名は憂安《ゆうあん》といったか。

「主上じゃない。恵兆王だ」

「恵兆王……殿下」

憂安は女のような細面《ほそおもて》を蒼白にした。

「おまえは楊順妃の宦官だな。雨の中、いったい何をしていた？　その手は……」

憂安の両手は泥だらけだった。茂みの陰に穴を掘っていたらしい。のぞきこむと、半ば土がかぶせられた浅い穴から漆塗りの箱が目に入った。

夕遼は憂安を押しのけた。泥のついた箱を取り出してふたを開ける。中に入っていたのは、絹に包まれた棒状のものだった。両手が汚れてしまったので、淑葉を呼んで中身を出してもらう。たおやかな白い手が絹包みを開き、中のものを出して広げてみせた。

「……楊順妃の掛《か》け軸《じく》ですわ」

淑葉が呆然とつぶやいた瞬間、憂安が身を翻《ひるがえ》した。慌てすぎて転びそうになる。

「こらこら、逃げると罪が重くなりますよ？」

ひそかに忍び寄っていた素秀がすかさず憂安の腕をつかんでひねり上げた。

「さて、弁解を聞こうか」

夕遼が歩み寄ると、もはや諦めたのか、憂安は抵抗しなくなった。

「おまえが掛け軸を盗んだのか」

静永殿の客間で、夕遼は紫檀《したん》製の長椅子《ながいす》に腰かけた。淑葉は自分の隣に、憂安は椅子に座らせ、素秀は憂安の後ろに立たせている。問題の掛け軸は机に広げて置いた。

「……はい」

憂安はうなだれていた。抵抗した際に乱れた髪からぽたぽたと滴《しずく》がしたたっている。

「内院に埋めていたのなら、房から見つからないはずだな。なぜ掘り返した？」

「大雨が降っているので……地面に水がしみこんで絵が濡れないかと心配で」

憂安は泥だらけの手で衣服を握りしめた。

「どうして楊順妃の掛け軸を盗んだ？」

「……呉成妃様がその掛け軸を引き取るとおっしゃったからです」

窓外では雨粒がざあざあと地面を叩いている。

「呉成妃様に、楊順妃様の持ちものを引き取られたくなかったのです。とりわけその掛け軸は生前の楊順妃様とよく眺めたものだったから……」

「わざわざ下手な贋作まで作って、ご苦労なことだな」

「……絵は似せて書きましたが、筆跡はあえて似せませんでした」

衣服を握りしめた両手は小刻みに震えていた。

「呉成妃様に気づいてほしかったのです。楊順妃様を慕《した》うあまり、遺品を盗む者がいることに……その者が呉成妃様を恨んでいることにも」

恨みをこめて筆を執《と》りました、と憂安は吐き出すように言った。

「呉成妃がおまえに恨まれるようなことをしたか」

「そうです。呉成妃様が楊順妃様を主上に勧めたから、楊順妃様は亡くなったんだ……。呉成妃様が殺したも同然です。恨まずにはいられません」

楊順妃が命を落とすことになった経緯は聞いているので知っている。

不運だったとしか言いようがない。楊順妃は後宮に入るべきではなかったのだ。それなのに実家が無理をさせて後宮に入れ、発作を起こさせないために薬をどんどん飲ませた。

「呉成妃は楊順妃が大病を患《わずら》っていることを知らなかったんだ」

「本当に知らなかったんですか？　知っていてわざと主上に勧めたんじゃないんですか？」

憂安は弾かれたように頭を上げて目をむいた。

「知らなかったなんて信じられない。呉成妃様はたびたび静永殿にお見えになっていました。楊順妃様は懸命に病を隠していましたが、気づく機会はいくらでもあったはずです。まったく気づかなかったなんてありえないでしょう。本当は楊順妃様が重病だと知っていて――」

「呉成妃は楊順妃と姉妹のように親しくしていた。二人の仲睦《なかむつ》まじさは後宮中が知るところだ。重病だと知りながら妹同然の楊順妃を主上の閨《ねや》に送り出したとは考えられない」

「考えられますよ。自分の寵愛《ちょうあい》を奪うかもしれない楊順妃様を排除しようともくろんで」

「はっきり言っておくが、楊順妃は呉成妃の寵愛を奪う恐れのある妃ではなかった。主上は楊順妃に格別の関心をお持ちだったわけではないし、何より楊家は呉家ほど重要ではない」

朝廷と後宮は表裏一体だ。朝廷の勢力図がそのまま後宮に映し出される。朝政で強い力を持つ家柄の娘は後宮で愛され、出世する。しかし、実家の勢力が衰えれば寵愛もかげる。

百官が集《つど》う外廷と百花が咲く内廷。その均衡を保つことができる皇帝は賢君と呼ばれ、朝廷と後宮を切り離して私情で寵愛を加減し、両者の均衡を崩す皇帝は暗君と呼ばれる。

寵妃《ちょうひ》に溺《おぼ》れて政《まつりごと》を顧《かえり》みない皇帝は言うまでもなく後者である。

幸いなことに、嵐快は前者だ。完璧に外廷と内廷の釣り合いをとっている。

（呉成妃を寵妃にしたのにも理由がある）

呉成妃が男装して皇帝の狩りに同行するという事件を起こす前、北方の国境が蛮族《ばんぞく》によって侵されているという急報が相次ぎ、朝廷は浮足立っていた。

臣下たちは遠征で幾度も戦果を挙げてきた呉将軍に期待したが、肝心《かんじん》の呉将軍はとある高官と対立し、出征《しゅっせい》を渋っていた。何とかして呉将軍を蛮族討伐《とうばつ》に向かわせなければならない。そのためには政敵の高官の位を落とすか、呉将軍にさらなる官位を与えて持ち上げるしかない。

そこに起きた呉成妃の男装事件。

「渡りに船だったよ」と、のちに嵐快は笑った。

男装して狩りにもぐりこみ、武官たちを差し置いて活躍した呉成妃。

皇帝はその凜々《りり》しい姿を見初《みそ》めたのだと人々は語るが、重要だったのは呉成妃の凜々しさや美しさではなく、彼女が呉将軍の妹だったことだ。この事件を機に呉成妃は皇帝の寵愛を一身に受けるようになり、呉将軍は大軍を率いて意気揚々《ようよう》と出立《しゅったつ》した。

楊順妃の父親も高官ではあるが、有象無象《うぞうむぞう》の一人にすぎず、国事を左右する存在ではない。もし病弱でなかったとしても、楊順妃は呉成妃と寵愛を争う妃にはなれなかっただろう。

「ですが……呉成妃様が推薦《すいせん》しなければ、楊順妃様は……死なずに済んだはずで……」

「恨んでいると言いながら、静永殿を訪ねてくる呉成妃に危害を加えたことはない。呉成妃はろくに護衛もつけずに出歩くことが多いから、機会はいくらでもあったはずだ」

屋根を叩く雨音がいっそう激しくなった。

「おまえだって本当は呉成妃のせいじゃないと分かっているのだろう」

「いえ、呉成妃様のせいです。恨んでも恨みきれない……」

「だったら、どうして呉成妃を害さなかった？」

「……楊順妃様が実の姉のように慕っていらっしゃった方だから……そんなことは」

「それほど楊順妃を慕っていたんだな」

憂安は短く押し黙った。泥まみれの両手で顔を覆《おお》う。

「分かっていました。主上のお妃様に恋い焦がれることが、罪だということくらい……」

「罪も罪、姦通《かんつう》は重罪ですよ。不義密通を犯した場合、妃嬪《ひひん》は冷宮に一生幽閉、もしくは主上に自死を命じられますし、相手の男はもれなく刑場に引っ立てられて処刑です」

素秀が憂安の椅子《いす》の背にもたれかかってそっけなく言った。

「今回は楊順妃様がすでに亡くなっていますからね。身分を剝奪《はくだつ》して庶人《しょじん》に落とし、皇家の墓所に埋葬されている亡骸《なきがら》を庶人の墓所に移すくらいでしょうか」

「姦通ではありません！　私が一方的に楊順妃様をお慕いしていただけです。そもそも男ではない私にどうして姦通などできましょう」

憂安は顔を歪め、血を吐くように言葉を吐いた。

「楊順妃様は私が手入れした花を褒めてくださり、微笑《ほほえ》んでくださった……。ことに蘭がお好きでしたので楊順妃様に喜んでいただこうと、自分の俸禄《ほうろく》で珍しい蘭や異国の蘭を求めて植えました。後宮の暮らしが少しでも華やぐようにと願って、私にできることを……」

地面をえぐるように降り続く雨は天の慟哭《どうこく》を思わせた。

「楊順妃様が笑顔になってくださるよう、心を砕いていたら……いつの間にか四六時中あの方のことを考えるようになっていました……。自分が罪を犯しているという自覚はありましたが、想いは衰えず、むしろあの方にお会いするたびに……」

それでも恋情を告げたことはないと憂安は語った。なぜなら、彼は宦官《かんがん》だから。

「もし私が男だったら……身の程知らずにも自分の気持ちを打ち明けていたかもしれません。でも、できなかった。告げられるはずがないんです。私のような男ですらない者に恋情を抱かれていると知ったら、楊順妃様は怯《おび》えてしまわれたでしょう」

憂安は唇を嚙《か》んだ。窓外では雨音が絶え間なく響き続けている。

「おまえは楊順妃の病のことを知っていたのか」

「……初めは隠しておられましたし、気づきませんでした。あるとき、食事の後で戻してしまわれたことがあったんです。食前に飲んだ薬が原因だったらしく……すぐに太医《たいい》を呼ぼうとしましたが、楊順妃様は頑《かたく》なに拒まれました。なぜなのかと強くお尋ねしたら」

楊順妃は憂安にだけ秘密を話した。が、他言しないように命じたという。

「呉成妃様が楊順妃様を主上に推薦するとおっしゃったとき、病のことを話してしまいたくなりました。だけど、楊順妃様に口止めされていたから……」

首を絞《し》められたかのように息を詰め、憂安は拳で自分の膝を殴《なぐ》りつけた。

「っ……話せばよかったんだ……！　楊順妃様の言いつけを破ってでも、話していれば呉成妃様は夜伽《よとぎ》などさせなかったはずだ！　無理をして大量の薬を飲むのをやめさせて、太医の治療を受けさせてくださったはずだ！　私が話していれば……！　話していれば……っ！」

しきりに自分の脚を殴りつけるので、素秀が憂安を止めた。

「おまえが恨んでいるのは自分自身なんだな」

夕遼は痛ましい気持ちで憂安を見やった。

「楊順妃のことは不憫《ふびん》だった。しかし、盗みは盗みだ。本件は主上に奏上しておく。念のため身柄は獄舎《ごくしゃ》に移すので、沙汰《さた》があるまでおとなしく待っていろ」

夕遼が目配せすると、素秀が憂安の腕をつかんで立ち上がらせた。

「命乞《いのちご》いはしません。処刑されたほうがいいんだ。そうすれば黄泉《よみ》であの方に会える……」

憂安が素秀に連れられて房《へや》から出ていこうとしたとき、黙っていた淑葉が口を開いた。

「あの……掛《か》け軸《じく》のことですが、雨に濡れたせいで本紙がはがれているので、修復を……」

淑葉は掛け軸を手に取って急に黙りこんだ。はがれた本紙の裏を見ている。

彼女の手元をのぞきこんだとたん、夕遼の胸に苦い思いが広がった。

本紙の裏には、楊順妃の手跡《しゅせき》で一編の詩がつづられていた。

「憂安、この掛け軸にもう一編、詩が書かれているのを知っていたか」

「いいえ……存じません」

夕遼は憂安に掛け軸を差し出した。憂安は受け取ろうとしてためらう。手が汚れているせいだろう。手巾《しゅきん》を渡して手を拭かせてやった。泥を拭った後で、憂安は掛け軸を受け取る。

本紙の裏につづられた詩を読むなり、彼の瞳が驚愕《きょうがく》に見開かれた。

「……楊順妃様……」

かすれた声でつぶやき、繰り返し繰り返し、楊順妃が遺した儚《はかな》げな筆跡を追いかける。初めは信じられないと言いたげな眼差《まなざ》しで、しだいにこみ上げてくる感情を瞳からあふれさせて。

皇上《こうじょう》より賜《たまわ》る　牡丹《ぼたん》の紅裙《こうくん》　金歩揺《きんほよう》
及ばず　雨にて折る　一枝の蘭
願わくは来世　君が妻となりて　鴛鴦《えんおう》の契りを結ばん

主上《しゅじょう》からいただいた素晴らしい紅の裙《くん》も綺麗《きれい》な金の簪《かんざし》も
あなたが雨に濡れて手折《たお》ってくださった一輪の蘭には及びません
どうか来世では、あなたの妻になって、いつまでもおそばにいられますように

楊順妃もまた叶わぬ恋に身を焦がしていたのだ。

掛け軸を胸に抱いて哀哭《あいこく》する、この宦官のように。

「で、これが楊順妃の絵の本物と偽物か」

嵐快は机に広げられた二幅の掛け軸を見下ろした。

日、星、月、華虫《かちゅう》など十二種の文様が刺繍《ししゅう》された漆黒《しっこく》の上衣下裳《じょういかしょう》に、大帯《だいたい》と革帯《かくたい》を締め、飛龍が縫《ぬ》い取られた膝蔽《ひざおお》いを身につけている。朝議の後なので、冠は十二旒《りゅう》の冕冠《べんかん》だ。

（皇帝らしくなったものだな）

夕遼は異母弟の絢爛《けんらん》な正装にしみじみと感慨《かんがい》深さを覚えた。

十六歳で即位したとき、嵐快は頼りなげな少年だった。利発ながら純粋すぎる嫌いがあり、老獪《ろうかい》な臣下たちには頑是《がんぜ》ない子どもとして扱われていた。事実、国政の運営は生母の班太后《はんたいこう》とその実弟である班丞相が担《にな》っていて、嵐快自身は玉座に据えられた人形にすぎなかった。

当人が望めばいつまでも傀儡《かいらい》でいられただろう。嵐快はそれを潔《いさぎよ》しとせず、徐々に班太后や班丞相と距離を置くようになった。いまだ班家の力は強いが、それすらも抜け目なく利用して、かつて自分を幼子扱いした高官たちと渡り合い、自らの手で政を動かしている。

「何だい、兄上。人をじろじろと見て」

嵐快がゆるりとこちらを向く。冕冠の飾り玉が涼やかに鳴った。

「おまえは立派に皇帝を務めているなと感心していた」

真面目《まじめ》くさった顔で夕遼が言うと、嵐快は思いっきり噴き出した。

「立派なんてとんでもない。まだまだ未熟者だよ」

「謙遜《けんそん》するな。即位して七年も経たないのに、おまえはよくやっている」

「そうでもないさ。日々、自分の非力さにうんざりしているよ。今朝の朝議でも思い知ったね。目障《めざわ》りな連中を黙らせることもできないくせに、何が天子だと」

「……程家か」

嵐快は長々とした溜息で返事をした。

「程家は班太后の庇護《ひご》を笠《かさ》に着てやりたい放題だ。勝手に儀礼を省《はぶ》いて宮中を混乱させるわ、俺が目をかけている臣下を謀略《ぼうりやく》で陥《おとしい》れるわ、他家の土地を腕ずくで削り取って別宅を建てるわ……しかもそれが先帝の離宮と見紛《みまが》うほどの壮麗《そうれい》さだというから始末に負えない」

「程貴妃が皇子を産んでいるからな。すでに皇太子の親族になったつもりでいるんだろう」

蛮族討伐《ばんぞくとうばつ》が急がれるときに呉将軍と対立していた高官というのは、程貴妃の父親である。

程貴妃の父親はかねてから呉将軍を敵視しており、若輩《じゃくはい》ながら頭角を現す呉将軍を排除して、程家出身の武将を軍政の中心に据えようとしていた。その将軍とやらが見掛け倒しの能なしで、戦《いくさ》に長《た》けた北方の異民族を相手にする軍才など皆無だったにもかかわらず。

「立太子はまだかってうるさいくらい言ってくるよ。近頃じゃ班太后も急《せ》かしてくる。程貴妃の子を皇太子にしたら、ますます程家が増長するって分かっているのに」

嵐快は皇太后、つまり自分の生母のことを母上とは呼ばない。以前はそう呼んでいたのだが、即位前に起こったある事件をきっかけに班太后と呼ぶようになった。

「呉成妃が皇子を産んでくれれば、立太子を待つ言い訳になるが」

「皇子が生まれてほしいけど、無事に出産できるかどうかも心配だ。このところは妃嬪《ひひん》が子を流すことが多かった。叔母上《おばうえ》に聞けば、程貴妃が身籠《みごも》った妃嬪に無理をさせるからだっていうだろ？　まったく、程って名のつくものはなんでいつもいつも俺の邪魔ばかり……」

嵐快は蟀谷《こめかみ》を押さえて溜息をもらした。

「愚痴《ぐち》を言い出せばきりがない。さて、話を戻そう。楊順妃の掛け軸の件だったな」

机上に広げられた二幅の掛け軸に視線を戻す。右が本物、左が偽物だ。

「憂安は分をわきまえず楊順妃に懸想《けそう》し、楊順妃を偲《しの》ぶ縁にと呉成妃が引き取るはずだったこの掛け軸を贋作《がんさく》とすりかえ、本物を盗んだ。とんだ不届き者だ」

夕遼は事の次第を説明した。楊順妃が憂安に恋情を抱いていたことは伏せて。

「とはいえ、本物はこうして戻ってきた。雨に濡れたせいで本紙がはがれているが、修復すれば元通りになる。できれば、憂安の処分は恩情を持って言い渡してほしい」

「どちらが本物で、どちらが偽物だって？」

「見れば分かるだろう。蘭花の絵は似ているが、手跡は全然違う。右が楊順妃の手跡で、左は憂安の筆跡だ。楊順妃のほうは線質が細くて字形が華奢《きやしや》だが、憂安のほうは乱雑で」

「兄上、審美眼が衰えているんじゃないか？」

嵐快は茶化すように笑う。

「右は偽物だろ？　本物は左だ。俺は楊順妃の手跡をよく知っているから分かる」

「は？　何を言っているんだ。左の手跡は線質が乱れているし、字形の崩し方も荒っぽくてまるで繊細さがない。楊順妃の書きぶりとは似ても似つかないぞ」

「いやいや、楊順妃はたまにこういう書き方をしていたんだよ。とびきり機嫌がいいときなんかにね。まあ、残念ながらそういうことはあんまりなかったんだけど」

女官が運んできた茶で喉《のど》を潤し、夕遼に向き直る。

「憂安は楊順妃を慕《した》って右の偽物を作り、内院《なかにわ》に埋めて隠していた。他人に見られたくなかったんだろうな。ちょっと変わったやつってだけで、不届き者というほどじゃない」

「淑葉が初めに絵がすりかわっていることに気づいたんだ。俺も確認したが、左の偽物が」

「恵兆王妃も兄上も勘違いしているんだよ。ずっと房に飾ってあったのは左の掛け軸だ。静永殿には行ったことがあるから、俺も覚えている。左が本物で間違いない」

嵐快は自信たっぷりに言った。

「右の掛け軸は憂安に返してやってくれ。これを作ったのは彼なんだからね」

「だから、こちらのほうが本物だと何度言えば……」

夕遼は口をつぐんだ。嵐快が頑なに左は本物だと言い張るわけを今頃になって理解した。

「おまえは恩情のある君主だな」

褒めても何も出ないぞ、と嵐快は笑って夕遼の肩を叩いた。

「憂安が楊順妃に恋情を抱いていたことも不問にふすのか？」

「そうはいかない。妃嬪に懸想《けそう》するのは不貞《ふてい》と変わらないからね。厳しく罰するべきだ」

再び二幅の掛け軸を見下ろし、顎先《あごさき》を撫《な》でる。

「しかしまあ、よく描けているな、この贋作は」

皇帝が偽物だと言えば本物も偽物になる。天子の言葉とは、そういうものだ。


夕遼は獄舎《ごくしゃ》から憂安を呼び出して楊順妃の掛け軸を渡した。

「……どうして、これを私に……？」

掛け軸を手に取り、憂安は戸惑いを映した目で夕遼を見上げた。

「主上《しゅじょう》がお命じになった。偽物の掛け軸を憂安に返してやれと」

「え？　ですが……これは楊順妃がお描きになった、本物の……」

「これはおまえが作った贋作だと主上が仰《おお》せになったんだ。その意味を理解できないか」

憂安は当惑したふうに視線を泳がせている。掛け軸と夕遼を交互に見、小さくうなずいた。

嵐快は偽物を本物と言い張り、それを内院に埋めて隠していた憂安を「ちょっと変わったやつ」と言って笑った。憂安に慈悲《じひ》をかけたのだ。

使用人のささやかな罪を見逃す度量は幼き日の嵐快にはなかったものだ。

厳格な班太后の影響を受け、すべてのことを厳正に処理しなければ気が済まない性格で、使用人の小さな罪や失敗も黴《かび》の生えた規則に照らし合わせて罰していた。あの頃の嵐快が皇帝になっていたら、さぞかし窮屈《きゆうくつ》な宮廷になっていただろう。

だが、嵐快は純粋すぎる潔癖《けつぺき》さを捨てた。即位前、憂安と同じ罪を犯したために。

「……皇恩に感謝いたします」

憂安は跪《ひざまず》いて深々と頭《こうべ》を垂れた。

「主上が不問にふすとおっしゃったのは掛け軸の件だけだ。身の程知らずにもおまえが楊順妃に不埒《ふらち》な感情を抱いたことに関しては大変お怒りだった」

頭を垂れている憂安の肩がかすかに震えた。

「罰として蛍琳宮に仕えよと仰せだ」

「……蛍琳宮……？　なぜそれが、罰になるのです？」

「呉成妃は自由奔放《ほんぽう》な方だ。使用人たちは呉成妃の突拍子もない言動に振り回されて苦労させられている。蛍琳宮でこき使われることがおまえにとって罰になると主上はお考えだ」

憂安は頭を上げた。いぶかしむ眼差《まなざ》しで夕遼を振り仰《あお》ぐ。

「しかし……私は呉成妃様を恨んでいます。おそばに置くのは危険ではないのですか」

「俺もそう進言したが、主上は一笑に付された。『呉成妃は並の男では太刀打《たちう》ちできぬ女丈夫《おんなじょうふ》だ。憂安がよからぬことを企《くわだ》てたとしても、返り討《う》ちにされるだろう』と」

憂安は呆《ほう》けたように目を瞬かせた。

「これは呉成妃への配慮《はいりょ》でもある。呉成妃は楊順妃を亡くしてから頻繁《ひんぱん》に体調を崩されるようになった。気丈に振舞っていらっしゃるが、だいぶこたえているようだ。おまえが言うように自分が主上に推薦《すいせん》したせいで楊順妃を死なせてしまったとしきりにおっしゃっている」

「……呉成妃様が、そのようなことを……」

水面に波紋が広がるように、憂安の瞳が揺らいだ。

「毎晩のように悪夢をご覧になると聞いている。ともに楊順妃を偲《しの》び、悲しみを分かち合う相手がいれば慰めになるだろうと、主上はおまえを蛍琳宮に仕えさせるようお命じになった」

「呉成妃様……が……」

憂安は萎《しお》れた花のようにうなだれ、かすれた声で言った。

「楊順妃様を推薦したことを、後悔なさっているなんて、存じませんでした。静永殿をお訪ねになったときには、涙一つこぼされないから……てっきり……」

「呉成妃が涙をお見せになるのは叔母上《おばうえ》の前だけだ。主上にすら泣き言はおっしゃらない」

嵐快は呉成妃を案じて、蛍琳宮を訪ねることを控えている。嵐快の前では、呉成妃はいっそう明るくふるまうのだ。自分が行くとかえって無理をさせてしまうと、嵐快は苦笑していた。

「楊順妃は呉成妃のご懐妊《かいにん》を喜んでおられた。姉のように慕っていた呉成妃が無事に出産なさることを黄泉《よみ》で切に願っていらっしゃるだろう。楊順妃の願いを叶えたいとは思わないか」

憂安は膝の上で両手を握りしめ、肩を震わせていた。

「……恵兆王殿下」

夕遼の足元にひれ伏し、憂安は涙を嚙《か》み殺して告げた。

「どうか主上にお伝えください。憂安は犬馬の労をいとわず、呉成妃様にお仕えいたします」

静永殿の内院《なかにわ》で、嵐快は白木蓮《はくもくれん》の若木の下にたたずんでいた。白木蓮の白が冴え冴えとした青空に映えている。互いの色彩に引き立てられ、眩《まぶ》しいほどに鮮やかだ。

「主上。お見えになっていたのですね」

上品な足取りでやってきた恵兆王妃、李淑葉が流れるような所作《しょさ》で拱手《きょうしゅ》した。

「楊順妃の遺品は片づいたか」

「はい。すべて蛍琳宮へ運ばせました」

淑葉は楊順妃の遺品の片付けを采配《さいはい》するよう、叔母に命じられていた。呉成妃の願いで遺品は蛍琳宮に送られる。呉成妃が選別して一部を手元に残し、それ以外は実家に返すという。

「昔……といっても六年ほど前だ。ここには白木蓮ではなく、桃が植えられていた」

嵐快は溜息まじりにつぶやいた。

「桃は処分されてしまったのでしょうか」

「余が燃やした。小枝一本残さず、花びらの一枚まで」

「……主上は、桃がお嫌いなのですか」

淑葉が顔色をうかがうようにおずおずと尋ねる。嵐快は手を伸ばして、枝に咲いた蓮《はす》のごとき白い花に触れた。その滑らかな色合いはかの人の柔肌《やわはだ》を思わせる。

「嫌いというより、苦手だな。見ると思い出したくないことを思い出してしまう」

淑葉は知らないだろう。嵐快が父帝の妃と恋仲になり、廃嫡《はいちゃく》では済まない事態になる寸前だったことなど。知らなくて当然だ。班太后が徹底的にもみ消したから公《おおやけ》にはなっていない。

——どうか来世では、あなたの妻になって、いつまでもおそばにいられますように
雨に濡れた楊順妃の掛け軸《かじく》。夕遼は隠しているつもりのようだが、嵐快ははがれかけた本紙の裏に遺《のこ》された詩を見てしまっていた。楊順妃も憂安を恋い慕っていた。兄があえてその事実を伏せた理由は尋ねるまでもないことなので、素知らぬふりでやり過ごした。

『来世では……あなたの妻になりたい』

かつてここに根を張っていた桃木の下で、方寧妃《ほうねいひ》は涙ながらにそう言った。

方寧妃は先帝の妃だ。位は十二妃の最下位である。

十六で入宮し、先帝の快気祝いの宴席で、当時十五になったばかりの嵐快に出会った。

決して一目惚《ひとめぼ》れではなかった。後宮育ちの嵐快は美人を見慣れていたから、咲き誇る桃花にも似た方寧妃の容貌《ようぼう》ですら十人並みに見えた。

大勢の妃嬪の一人にすぎなかった彼女に関心を持ったのは、先帝の供で園林を散歩した帰りのことだ。後宮の外れを歩いていると、風に運ばれて一枚の紙切れが飛んできた。

拾ってみると、何やら絵のようなものが描かれていた。絵のようなもの、としかいいようがない。墨《すみ》をでたらめに塗りたくったような絵で、何が描いてあるのか見当もつかなかった。

『桃の木を描いたのですわ』

紙切れを追いかけて駆けてきた方寧妃は頰《ほお》を上気させていた。改めて見てみたが、桃の木というより下女たちが掃除のときに使う箒《ほうき》を逆さまにした図に見えた。

『方寧妃は絵が得意ではないんだな。桃の木というより、箒に見えますよ』

むっとして言い返してくるようにわざと小ばかにした言い方をした。立太子されてからは、妃嬪や女官に皇太子様皇太子様と持ち上げられ過ぎて、媚《こび》を売ってくる女人に飽き飽きしていたのだ。怒っていやみでも言い返してくるなら面白いと待っていたのだが。

方寧妃は自分の絵を日差しにかざして眺め、ぱあっと笑顔になった。

『まあ、本当だわ！　逆さまにしたら箒になりますね！　わたくしは桃の木を描いたつもりでしたのに、箒にも見える絵になるなんて、この絵筆には神通力があるのかしら？』

不思議そうに目を丸くして絵筆を見る方寧妃を前にして、嵐快は啞然《あぜん》としていた。

『そうだわ。桃の木が箒になるのなら、他のものを描いたらどうなるかしら。試しに何か描いて……あ！　殿下を描いてみてもよいですか？』

嵐快が返事をするより早く、方寧妃は近くの石段にしゃがみこんで紙を裏返した。熱心に絵筆を動かして嵐快を描く。ぴょんと立ち上がって、出来上がった絵を自慢げに見せた。

『できました。どうでしょう』

方寧妃が自信たっぷりに見せてくる紙面には、細長い何かが描かれていた。かろうじてそれと判別できる目も鼻も口もあるが、人ならざる生きものにしか見えない。

『龍に見えますね』

嵐快の側近の宦官《かんがん》が気を利《き》かせてそんなことを言った。

『龍！　言われてみれば、本当に龍に見えるわ！　すごい！』

方寧妃は自分の絵の出来栄えに満足してか、きゃっきゃとはしゃいだ。

『殿下を描いたはずなのに龍になるなんて、やっぱりこの絵筆には神通力があるんだわ。ということは、これで眉《まゆ》を描いたら天女のような絶世の美女になるかも！　早速試して……あっ、でも、桃の木が箒になるのよ。絶世の美女になるどころか、正反対になるかもしれないってことだわ。まあ、どうしましょう！　これで眉を描くなんて絶対だめよ！』

勝手にぶつぶつしゃべる方寧妃をぽかんとして眺めていた嵐快は、堪《こら》え切れずに噴き出した。いったん笑い出すと止まらなかった。腹を抱えて笑い、目尻に涙がにじむ。

『何か面白いことがあったのですか？　よろしければわたくしにも教えてくださいな』

方寧妃がうきうきした様子で瞳を輝かせるので、嵐快は笑い死ぬかと思った。

『ええ、とても面白いことがあったんです』

桃の花びらがひらひらと舞い散り、甘い春風が彼女の後れ毛を弄《もてあそ》んでいた。

『どのようなことですの？』

上気した頰に刻まれた可愛《かわい》らしいえくぼ。笑みの形に歪んだ薄紅《うすべに》色の唇。

『あなたに出会ったことですよ、方寧妃』

単純な興味に後押しされて、人目を忍んで方寧妃と会うようになった。

むろん、十五歳以上は成人扱いされるから、皇太子でも自由に後宮に出入りすることはできない。方寧妃と会えるのは後宮で催《もよお》される式典や宴《うたげ》に顔を出すときに限られていた。

二人で示し合わせて宴席を抜け出し、人気《ひとけ》のない場所で会う――といっても、不埒《ふらち》なことをしていたわけではない。方寧妃が描く奇抜な絵を眺めたり、嵐快も絵を描いたり、散歩をしたり、方寧妃のおしゃべりを聞いたり、くだらないことで笑い合ったり……。

たわいない逢瀬《おうせ》を重ねるうちに単純な興味が純粋な恋情に変わっていった。

嵐快だけでなく、方寧妃にも変化があったに違いない。彼女は嵐快を見て頰を染めるようになり、髪に花を挿してやると嬉しそうにはにかむようになった。

『……このようなこと、なさらないで』

初めて口づけしたとき、方寧妃はぽろぽろと涙をこぼした。嵐快は慌てた。彼女も自分に好意を持ってくれていると思ったから、欲しくてたまらなかった方寧妃の唇を奪うことを自分に許したのだ。なのに、彼女はさめざめと泣いている。そんなにいやだったのか。

方寧妃はうろたえる嵐快に背を向けた。

『わたくしはもう……主上《しゅじょう》の閨《ねや》に侍《はべ》ってしまったから、だから……』

頭が真っ白になり、ついでかっとなった。嵐快にとっては初めての口づけだったのに、方寧妃にとっては違った。彼女の唇はとっくに父帝に奪われていた。いや、唇だけでなく……。

衝動に任せて方寧妃を組み敷いた。父帝が彼女にしたことをしたかった。そうすれば恋しい人を取り返せるような気がした。けれど、方寧妃の帯を解こうとした手が止まった。

（……俺は間違った相手を好きになってしまったんだ）

今更のように思い知らされ、嵐快は細く柔らかい体を抱きしめて嗚咽《おえつ》した。

腕の中の娘は父帝のものだ。父帝の子を産むために後宮にいる妃なのだ。

父帝が崩御《ほうぎょ》すればその魂を慰めるために髪を切って女道士になり、死ぬまで祭壇に経《きょう》をあげ続けなければならない定めなのだ。父帝の息子である嵐快がどんなに恋い焦がれても、我を忘れるほどに恋慕《れんぼ》しても、絶対に手に入らない人なのだ。

分かっていた。分かっていたはずだった。それでも惹《ひ》かれてしまった。正気ではいられなくなりそうなほど恋しかった。やり場のない激情が全身を満たし、無言で方寧妃を抱きしめた。

現実に打ちひしがれてもなお離れがたく、逢瀬《おうせ》は続いた。

いつまでも隠し通せる関係ではない。やがて、秘密が母の耳に入った。

『そなたを皇太子にするのに妾《わらわ》がどれほど苦労したと思っているのです⁉』

氷のように冷静沈着な母が声を荒らげて嵐快の頬《ほお》を平手で殴《なぐ》りつけた。

『このことが主上の御耳に入ったら廃嫡《はいちゃく》では済みません。密通は皇太子でも処刑です』

嵐快は何も言い返せなかった。母の怒りはもっともだった。弁解する気も起きず、その場にくずおれた。どんな罰でも受けるつもりで黙っていると、冷ややかな母の声が降った。

『方寧妃は身籠《みご》っていましたが、堕胎《だたい》薬を飲ませたので不義の子は生まれてこないでしょう』

堕胎薬。嵐快は愕然とした。方寧妃とは口づけ以上のことをしていない。彼女が嵐快の子を宿すはずがないのだ。ならば彼女が身籠ったのは――。

『何ということをなさったのですか母上！　方寧妃は父上の子を身籠っていたんですよ⁉』

母は嵐快の言うことをまるきり信じなかった。

『嘘をつかないで。方寧妃が白状したのです。そなたの子を宿したと』

そんなはずはない。嵐快は方寧妃が暮らす静永殿に駆けつけようとした。だが、正当な理由もなく後宮には入れない。悶々《もんもん》としているうちに、時間はどんどん過ぎていく。

女官たちの噂《うわさ》で、方寧妃は毒にあたって子を流してしまったと聞いた。それが原因で二度と身籠れない体になってしまったことも。

いてもたってもいられなくなり、強引に後宮に入ろうとしていたとき、異母兄が手を貸してくれた。夕遼の手引きで後宮に入り、嵐快は静永殿で二ヶ月ぶりに方寧妃と会った。話したいことは山ほどあったのに、すっかりやつれてしまった彼女の顔を見ると何も言えなくなった。

『わたくし、皇后《こうごう》様に嘘をつきました』

方寧妃は泣き腫《は》らした目に嵐快を映した。

『主上の御子を産みたくなかったから、あなたの子だと申したのです』

雨粒のようにあふれる涙が痩《や》せこけた頬を濡らした。

『お許しください、殿下……。わたくしは……殿下の弟妹を殺してしまいました』

嵐快は泣き崩れる方寧妃を抱き寄せた。もとより華奢《きゃしゃ》だった彼女の体は痛々しいほどに痩《や》せ細っていて、辛いときにそばにいてやれなかった我が身の不甲斐《ふがい》なさに憤《いきどお》った。

『来世では……あなたの妻になりたい』

泣き疲れた方寧妃が嵐快の腕の中で囁《ささや》いた。愛《いと》しさで息が詰まりそうになりながら、嵐快は彼女をきつく抱いた。離れたくない。放したくない。ずっと一緒にいたい。けれど、この恋に幸せな結末は用意されていない。二人の心臓が動いている限り。

『生まれ変わったら君を迎えにいくよ。花婿《はなむこ》として』

月明かりの中、桃の花びらが散り落ちる。去り行く春を引きとめる術《すべ》はなかった。

『約束だ。来世では必ず鴛鴦《えんおう》の契《ちぎ》りを結ぼう』

母の女官に見つかる前に逃げなければならない。刻限が迫っていた。夕遼に急《せ》かされ、嵐快は方寧妃の唇に自分のそれを重ねた。最後の口づけは苦く、くるおしく胸を焼いた。

ほどなくして父帝は崩御《ほうぎょ》し、嵐快は十六で即位した。慣例通り、方寧妃はあまたの妃嬪たちとともに後宮を去ることになった。彼女が皇宮を出る日、見送りにはいかなかった。

皇帝が代替わりした直後の宮廷は不安定だ。追いかけたい衝動に駆られても、感情を抑えるしかない。方寧妃との関係を老臣たちに勘繰られれば新しい御代に傷がついてしまう。

会いに行く代わりに、ひそかに一通の書簡を届けさせた。

芳園《ほうえん》の百花　一朶不尽《いちだふじん》の花にしかず

春の園林の花々は美しいけれど、決して枯れることのない一輪の花には及ばない
書簡がどこかから漏《も》れてしまう恐れもあるので、あからさまな言葉は使えなかった。花を比《ひ》喩《ゆ》に使い、絶えず胸中で燃え続ける恋情をたくした。
たとえ後宮に三千の美姫《びき》を迎えようとも、俺が愛すのは君だけだ

方寧妃からの返信はなかった。あれから六年経つが、一度も会っていないし、連絡も取っていない。それでよいのだ。彼女と再び見《まみ》えるのは来世なのだから。

「主上……このようなことをお尋ねするのは不躾《ぶしつけ》かもしれませんが」

嵐快が白木蓮を見上げていると、淑葉は嵐快の前に回ってきた。

「殿方《とのがた》から見て、私……魅力がないのでしょうか」

「魅力？　なんでそんなことを訊く？」

「実は……お恥ずかしい話なのですが、恵兆王殿下がいまだに私の……閨《ねや》に来てくださらないのです。……あっ、一度来てくださったことがありましたわ。そのとき私は病み上がりでしたので、お見舞いに来てくださっただけですけれど……」

淑葉は下を向いた。結い髪の金歩揺《きんほよう》が心許《こころもと》なげに木漏《こも》れ日《び》を弾く。

「兄上とうまくいっていないのか」

「……いえ、殿下は私に優しくしてくださいます。書法の指導をしてくださいますし、貴重な書画を見せてくださったり、書論の本を読ませてくださったり……。王府ではよく一緒に食事をしますし、うまくいっていないわけでは……」

「親しくしているのに、臥室《しんしつ》には来ないんだな」

夕遼が帰京して二月《ふたつき》は経つ。普通の夫婦ならとうに床をともにしているはずだ。

「……おそらく、私に魅力がないので殿下のお気持ちを動かせないのでしょう」

長い睫毛《まつげ》を物憂《ものう》げに伏せ、紅を引いた唇を引き結ぶ。

（やっぱり兄上と俺は兄弟だなぁ）

夕遼がなぜ淑葉に手を出さないか、なんとなく察しがついて苦笑した。

たぶん、淑葉に魅力がないからではない。女の好みは人それぞれだが、客観的に見て彼女は後宮に迎えても遜色《そんしょく》ないほどの美人だ。にもかかわらず、夕遼が今もって淑葉と契《ちぎ》りを結んでいないのは、彼女を大切にしているからだろう。

淑葉が実家でひどい扱いを受けていたことは聞いている。従うことに慣れすぎている娘だからこそ、うかつに手が出せないのだと思う。何をしてもおとなしく従うから、それが好意なのか、服従なのか区別できない。知らず知らずのうちに彼女を苦しめるかもしれない。

淑葉の本心が分かるようになるまで、待つつもりではないだろうか。

（俺にも覚えがある）

嵐快も方寧妃に口づけできるようになるまで、ずいぶん時間がかかった。早い段階から彼女に惹《ひ》かれていたが、方寧妃を怯《おび》えさせたくなかったから、なかなか行動に移せなかったのだ。

（そういえば、離縁の話はいつの間にかなくなったな）

あれほど離縁離縁と騒いでいたのに、夕遼は離縁という単語をぱったり口にしなくなった。淑葉に書の技量が戻ったことも一因だろう。香蝶《こうちょう》が姉の才能を盗んでいた経緯についても聞いているが、夕遼が淑葉の才能だけに惹かれているというわけでもなさそうだ。

天賦《てんぷ》の才が彼女の魅力のすべてなら、母親と同じ素質を持った息子をもうけるために、さっさと床入《とこい》りするだろう。あえてそうしないということは、夕遼は書の素質以外の魅力を彼女に見出《みいだ》しているということでは？

「魅力がないか……確かにそうだな」

淑葉はぴくりと肩を震わせた。

「君は少し堅苦しすぎる。花にたとえるなら、芽吹《めぶ》いたばかりの蕾《つぼみ》だ。色づいておらず、どういう花になるか想像しづらいし、花開くかどうかも期待できない」

「……期待していただけるようになるべきということですか」

「見つめればどんなふうに色づくか、近づけばどんな香りがするか、触れればどんなふうに花開くか。その期待感が魅力であり、男を惑わす媚薬《びやく》なんだよ」

「私には期待感がない……のですね」

淑葉は愁眉《しゅうび》を寄せる。切なげな表情が嵐快の悪戯《いたずら》心を刺激した。

「絶望する必要はないよ。魅力なんてものは磨けば出てくる」

「どのようにして磨けばよいのでしょう？」

淑葉がぜひ学びたいと言わんばかりに見上げてきたので、嵐快はにやりとした。

「手っ取り早いのは経験を積むことだな」

「経験……具体的にどんな経験ですか」

「口づけをしたことは？」

「く、口づけ……？」

「したことがないなら、練習しておいたほうがいい。でないと、肝心《かんじん》なときに失敗するよ。兄上が君に口づけしたとき、物慣れないせいでやり方を間違ったら兄上を興ざめさせてしまう」

嵐快が一歩前に進み出ると、淑葉は気《け》おされたように後ずさった。

「よければ余が練習相手になろうか？」

「えっ……⁉　そ、そんな……主上《しゅじょう》に、そういうことを、していただくわけには……」

「俺が夫の弟だから遠慮《えんりょ》しているのかい」

意図的に口調を崩す。背中が白木蓮《はくもくれん》の幹にぶつかるまで彼女を追い詰めた。

「貞節《ていせつ》は美徳だけど、女として魅力を身につけるには男に慣れなきゃいけない。木で作った人形みたいに体を強張《こわば》らせているだけじゃ、兄上をその気にさせられないよ」

頤《おとがい》に触れようとすると、淑葉は横を向いた。

「……い、いけませんわ……こんなことは」

「いけないって何が？　君は俺が誰なのか忘れているようだな」

白木蓮の蕾のような耳元に口を寄せて囁《ささや》く。

「この場で君をものにして、今日のうちに妃嬪《ひひん》にすることだってできるよ。俺の命令に逆らう者がいるかい？　兄上でさえ従うだろう。さもなければ文字通り首が飛ぶ」

淑葉は瞳を潤ませた。怯《おび》えたふうに唇を嚙《か》む。あと一押ししたら泣き出すだろうか。

「君が悲鳴を上げたって誰も助けに来ない。俺が欲しがれば月でさえ落ちてくるんだ。後宮の連中はそのことを痛いほど知っている。だから君は――」

嵐快は反射的に淑葉から離れた。彼女が結い髪から簪《かんざし》を引き抜いたからだ。

「私は恵兆王殿下の妃です」

淑葉は簪の切っ先を自分の喉笛《のどぶえ》に突きつけた。鋭い先端が柔肌《やわはだ》に食いこむ。

「たとえ主上のご命令でも、殿下以外の方に身を委《ゆだ》ねるつもりはございません」

白い手は震えているが、二つの瞳はひたと嵐快を見据えている。

弱々しくも毅然《きぜん》とした眼差《まなざ》しが在りし日の方寧妃を彷彿《ほうふつ》とさせた。

『この身は主上に捧げました。なれど、わたくしの心は殿下のものです』

嵐快が方寧妃を抱きしめて嗚咽《おえつ》した夜、彼女は思いのほか力強く言い放った。

『主上であろうと、誰であろうと、あなた以外の方に差し上げるつもりはございません』

一枚の紙切れに導かれて出会ったとき、方寧妃は世間知らずの天真爛漫《てんしんらんまん》な少女だった。彼女の純真さが嵐快を虜《とりこ》にした。それが今や、嵐快の前には凛《りん》とした気丈な女人がいた。迷いのない凛然とした眼差しに愛しさが募《つの》ったのを覚えている。彼女を変えたのは父帝なのだと皮肉を嚙みしめてきたが、自惚《うぬぼ》れてもいいのだろうか。方寧妃を変えたのは自分だったのだと。

予想に反して勇ましく意思を示した淑葉を見ていると、そんな気がしてきた。女訓書《じょくんしょ》の手本のように従順な彼女が決然と嵐快を拒んだのは、ひたむきに夕遼を想うがゆえだろうから。

「……淑葉⁉　何をしている⁉」

洞門《どうもん》のほうから夕遼が血相を変えて駆けてきた。嵐快はふっと肩の力を抜く。

「遅いよ、兄上。皇帝を待たせるとはいいご身分だね、まったく」

ここで夕遼と会う約束をしていたのだ。静永殿は無人なので密談するのにちょうどいい。

「急用が入ったんだ。そちらを急いで片付けて来てみれば……いったい何事だ！」

淑葉の手から簪を奪い取り、夕遼は弟と妻を交互に見た。

「兄上がなかなか来なくて暇だから、恵兆王妃を襲っていたんだよ」

「襲っただと⁉」

「正確には未遂《みすい》だけど。返り討《う》ちにされたよ」

「そうなのか淑葉⁉」

夕遼が顔をのぞきこむと、淑葉は慌てて首を横に振った。

「しゅ、主上は私をからかっていらっしゃったのです。私、つい真に受けてしまって……」

「血が出ているじゃないか。隠すな。見せてみろ」

淑葉が喉元を手で隠そうとするので、夕遼は彼女の手首をつかんで引き離した。簪の鋭利な先端が柔肌を引っかいたらしく、わずかに血がにじんでいる。

「痛むか？」

夕遼は手巾《しゅきん》で傷口をそっと押さえた。稀少な書画に触れるときのような手つきだ。

「大丈夫です。かすり傷ですから」

「かすり傷でも場所が場所だ。一度診《み》てもらったほうがいい。太医院《たいいいん》に行こう」

「えっ……で、でも、主上に御用がおありなのでは」

「そうだった！　嵐快！」

夕遼が振り返った。苛烈《かれつ》な目つきで睨《にら》んでくる。

「よくも淑葉に怪我《けが》をさせてくれたな。悪ふざけにしても度が過ぎている。だいたい、暇だから女を襲うとはどういう料簡《りょうけん》だ。そんな下劣《げれつ》な弟を持った覚えはないぞ」

今にもつかみかかってきそうな剣幕なので、嵐快は大げさに首をすくめてみせた。

「悪かったよ、兄上。ほんの冗談だったんだけど、調子に乗りすぎたみたいだ。恵兆王妃、すまなかったね。さっき言ったことは本気にしないでくれ」

「謝っていただくようなことでは……。もとはといえば私が不躾《ぶしつけ》な質問をしたせいですから」

「不躾な質問？」

淑葉はしまったというように口元に手を当てた。

「嵐快、淑葉に何を訊かれ」

夕遼は続きを打ち切った。嵐快付きの宦官《かんがん》が駆け足でやってきたのだ。宦官に耳打ちされ、嵐快は眉を曇らせた。

「兄上……」

口にするべき言葉が舌の上で鉛《なまり》になる。重苦しい気分で、嵐快は異母兄の目を見た。瑠璃《るり》を思わせるその色彩は、班太后が不倶戴天《ふぐたいてん》の敵と憎んだ妖婦の面影《おもかげ》を残している。

「砂烏姫《さうき》が亡くなったそうだ」


「本当に痛みはないんだな？」

夕遼は何十回目か分からない問いを口にした。淑葉はしっかりとうなずく。

「はい。太医院でいただいた薬が効いて……」

「ああ、やめろ。できるだけ首を動かさないほうがいい」

夕遼が両頬を掌《てのひら》で挟んで頭を固定しようとする。淑葉は気恥ずかしくて目を伏せた。

今日は二人で恵兆王府に帰り、五日ぶりに一緒に食事をした。

食事の席でも夕遼は気遣ってくれて、手ずから食べさせそうな勢いで心配してくるので、大丈夫ですとしきりに言わなければならなかった。湯を使った後、いつものように書き物をしていたら夕遼が来た。まだ心配の虫が騒いでいるらしく、こうして案じてくれている。

（私のこと……嫌っていらっしゃるわけではないのよね……？）

こんなに大事にしてくれるのだから好意的な感情を抱いてくれているはずだ。もしかしたら、今夜は閨《ねや》まで来てくれるだろうか。そわそわしていると、両頰からぬくもりが消えた。

「書き物は早く切り上げて休めよ。怪我《けが》を治すには休息が必要だ」

夕遼は微笑してこちらに背を向けた。大きな背中が衝立《ついたて》の向こうに消えようとしたので、淑葉は慌てた。彼を引きとめたい。でも、もう少しいてほしいと素直に言うのははしたない。

「砂烏姫様のことは……お悔やみを申し上げます」

焦って言葉をひねり出す。夕遼が立ち止まった。

「殿下に嫁《とつ》いだ身でありながら、ご挨拶《あいさつ》もできませんでした。何度もうかがおうとしましたが、冷宮に入る許可が取れず、とうとう砂烏姫様には無礼をしたままで……」

「その女の名は二度と口にするな」

唸《うな》るような声音《こわね》に淑葉の舌が凍りついた。

夕遼は振り返らずに房《へや》を出ていく。荒っぽい足音が彼の勘気《かんき》を物語っていた。


「この頃なんだか元気がないわね」

飛翠大長公主に声をかけられ、淑葉は筆を止めた。書き上がった女主人の書状は申し分ない出来だったが、心は弾まない。憂《うれ》いに打ち沈んでいるせいか、墨跡《ぼくせき》にも明るさがなかった。

「夕遼と何かあったの？　叔母上《おばうえ》に話してごらんなさい」

「大長公主様……私、殿下のお怒りを買ってしまいました……」

　淑葉は三日前の出来事をぽつぽつと話した。夕遼が不機嫌になって房を出ていった翌日、彼は早朝から出かけてしまい、丸一日、王府にいなかった。夕餉《ゆうげ》や朝餉《あさげ》の席でもたいそう機嫌が悪かった。淑葉はこれ以上彼を怒らせたくなくて、黙っているしかなかった。

「砂烏姫の名前を出したのが原因ね」

　飛翠大長公主は椅子《いす》の背にもたれて溜息をついた。

「夕遼は砂烏姫の名前を出すと機嫌が悪くなるのよ。主上でさえ、夕遼の前で砂烏姫を話題にするのは控えているわ。それくらい夕遼にとっては聞きたくない名なの」

　砂烏姫は先帝に最も寵愛《ちょうあい》された妃の通称である。凱に滅ぼされた砂烏族の美人という意味で〈砂烏姫〉と呼ばれた彼女は、黄金の髪と瑠璃色の瞳を持つ美女だった。あまたの妃嬪《ひひん》たちを差し置いて先帝の寵幸《ちょうこう》をほしいままにし、後宮で奢侈《しゃし》を尽くして権勢をふるったという。

　砂烏姫は皇子を一人産んでいる。それが夕遼だ。

「あなたは砂烏姫について何を知っているの？」

「罪を犯して冷宮に幽閉《ゆうへい》されていたということしか……」

　冷宮とは罪を犯した妃嬪が幽閉される場所だ。後宮の外にある。

「幽閉といっていいものかどうか悩むわ。妾は帰国してから砂烏姫に一度だけ会ったのだけれど、優雅な暮らしぶりだったわよ。何せ、先帝は砂烏姫のために冷宮を建て直させたらしいの。冷宮というより離宮にしか見えなかった。皇后《こうごう》の宮殿並みに豪勢だったわ」

「そこまで先帝の寵愛を受けながら、砂烏姫はなぜ冷宮に？」

「第二皇子だった嵐快を暗殺しようとしたからよ。しかも三度もね」

砂烏姫には我が子である夕遼を皇位につかせたいという野望があった。三度、嵐快を暗殺する陰謀《いんぼう》を企《くわだ》てたが、三度とも未然に防がれた。夕遼が母親の姦計《かんけい》を阻止したのだ。

「皇子が暗殺されそうになったのに、先帝は砂烏姫の処罰を渋ったわ。三度目にしてようやく臣下たちの進言を聞き入れて砂烏姫を冷宮に入れたの。ただし、寵愛は衰えなかった」

砂烏姫は夕遼を産んだ後で二度懐妊している。どちらも子は生まれなかった。

班皇后――今の班太后が手を回したのだろうと飛翠大長公主は語った。

「砂烏姫と班皇后が真っ向から対立して、後宮には血なまぐさい事件が絶えなかったそうよ。夕遼も幾度となく暗殺されそうになったわ。班皇后に恨まれていたことは言うまでもないけれど、砂烏姫は他の妃嬪たちにも憎まれていたの。それらが全部、夕遼に向かったわ」

先帝はあからさまに夕遼を贔屓《ひいき》していた。皇后の子である嵐快を差し置いて夕遼が立太子《りったいし》されるのではないかと、班皇后を初めとした大勢の妃嬪は危惧《きぐ》した。

「おまけに砂烏姫には常に不貞《ふてい》の疑惑が付きまとっていたの。親しくしている高官を房に出入りさせていたから。砂烏姫を溺愛《できあい》する先帝はそれさえも許していた。夕遼が本当に先帝の子なのかどうか、宮中では誰もが疑っていたそうよ」

毒婦。そんな言葉が思い浮かんだ。

「先帝が崩御《ほうぎょ》されてからも砂烏姫様は冷宮にいらっしゃったのですか？」

皇太后になった嵐快の生母が積年の恨みを晴らしそうなものだが。

「先帝の遺詔《いしょう》のせいよ。先帝は自分の死後も砂烏姫を傷つけてはならないと厳命したの。班太后は腸《はらわた》が煮えくり返る思いだっただろうけれど、太皇太后様が遺詔に従うようにとおっしゃったから、砂烏姫を処罰することはできなかったのよ」

勅命を簡単に覆《くつがえ》せば天子の権威が損《そこ》なわれると太皇太后は班太后をなだめた。

「先帝の崩御からほどなくして、砂烏姫は病気がちになったわ。やっとおとなしくなってくれて、班太后も一安心だったみたい。妾もこれで少しは静かになるわって胸を撫《な》で下ろしたけど、一番安堵《あんど》したのは夕遼でしょうね。母親のおかげで後宮中から恨みを買っていたから」

砂烏姫は歴史に残る悪女よ、と飛翠大長公主は忌々《いまいま》しそうに顔をしかめた。

「夕遼にとっては最悪の母親だったわね。砂烏姫が冷宮に入ってからは一切連絡を絶っていたわ。そうしないと母親と共謀《きょうぼう》して何か企《たくら》んでいるんじゃないかって疑われるもの。あなたとの結婚のことも砂烏姫には伏せていたんだけど、どこかで嗅《か》ぎつけたのね。砂烏姫が成婚祝いを贈ってきたそうよ。もちろん、夕遼は突《つ》き返したらしいけど」

班太后は夕遼を亡き者にしようと躍起《やっき》になっていたこともあったが、夕遼が三度も嵐快を救ったことで考えを改めた。おかげで砂烏姫の幽閉後も夕遼は宮廷に残ることができた。

しかし、それも砂烏姫との関係を絶つことが大前提だ。書簡のやり取りでもすれば砂烏姫と通じていると警戒される。だからこそ、夕遼は生母と関わりを持たなかった。

にもかかわらず、砂烏姫は夕遼に成婚祝いを贈りつけた。

「夕遼は皇太后に呼び出されて詰問されたの。砂烏姫と関係があるのかって。夕遼は否定したけど、班太后は半信半疑だったわね。せっかく班太后の信頼を得て宮廷での地位を築いていたのにまた悪い方向に行くのかしらと案じていたけど、砂烏姫の訃報《ふほう》を聞いてほっとしたわ」

砂烏姫が亡くなった以上、夕遼が母親のことで班太后に責められることはなくなる。

「……そのような事情があったなんて存じませんでした」

淑葉はうなだれた。よく知りもしないのに軽々しく砂烏姫の名を口にしたせいで、夕遼にいやなことを思い出させてしまった。自分の軽挙を思い知り、きつく唇を嚙《か》む。

「砂烏姫のことは宮中でも禁句になっているわ。噂《うわさ》好きの女官たちでさえ口を慎《つつし》むほどよ。あなたは宮仕えしていた期間が短いから、知らなくて当然だわ」

飛翠大長公主が手招きする。そばへ行くと、女主人は淑葉の手を握って微笑《ほほえ》んだ。

「気に病まないで。夕遼だって、しばらくすれば機嫌を直してくれるわよ」

その日の夜、淑葉は夕遼が皇宮に泊まっていると聞いて書簡を届けさせることにした。

無知ゆえに不快な思いをさせてしまったことを心から詫び、短い詩を添えた。

碧窓《へきそう》　紫藤《しとう》　落花《らっか》涙のごとく
紅閨《こうけい》　翠帳《すいちょう》　孤月《こげつ》明らかなり
千金の夜といえども　妾《しょう》　郎《ろう》を想いて郎を見ず
空牀《くうしょう》に伏して春の暮るるを痛む

薄絹をかけた窓越しに見える藤の花は涙のようにはらはらと散り落ち
独りぼっちの月が臥室《しんしつ》の帳《とばり》を淡い光で濡らしています
千金の値打ちがあるという春の夜に、慕《した》わしいあなたに会えません
冷たい牀榻《しんだい》に横たわって、あなたの心が離れていくことを憂えています

花木麟鸞《かぼくりんらん》の透かし文様が美しい藤紙《とうし》に、常よりも線の肥瘦《ひそう》を大胆《だいたん》に出した手跡《しゅせき》が咲いた。乱れた心のままに筆を動かしたので、やや字形が崩れているが、かすれた払いや糸のように細い線で連なった文字に切なく締めつけられる胸の痛みが表れている。

書簡を宦官《かんがん》に持たせて送り出した。夜着に着替えた後、外衣を羽織《はお》って内院《なかにわ》に出る。

露華宮の内院には藤の巨木がどっしりと根を張っている。天を覆《おお》うように広がった枝は、夜空に置き去りにされたような半月の下で、薄紫色の慎《つつ》ましい花を鈴なりに実らせていた。

（……私、殿下のことを好きになってしまったのかしら）

実のところ、よく分からない。恋というものをしたことがないので、これが恋だという確証を持てないのだ。ただわけもなく胸の奥がむずむずしている。

(殿下に恋をしていいの……?)

思わず自問した。恋をしたとして、応えてもらえる保証はない。もし拒まれたら? 同じ感情は抱けないと突き放されてしまったら? 悪い想像が去来してますます気落ちする。

辛いだけの恋になるなら最初からしなければいい。夕遼を好きにならないほうがいい。彼を恋しく思うようになったら最後、恋心に応えてもらえなくて苦しむことになるかもしれない。

今のままで満足しておくべきだ。彼の人柄に親しみは感じても、恋にはしないほうが――。

「……淑葉か?」

後ろから名前を呼ばれ、淑葉は弾かれたように振り返った。

甘美に香る鈴なりの花の陰で、夕遼と視線がぶつかる。

夕遼はまだ夜着に着替えていなかった。襟《えり》に銀刺繡《ぎんししゅう》がきらめく青鈍《あおにび》の深衣《しんい》に外衣《がいい》を羽織《はお》って、冠はつけずに髪をおろしている。彼が髪をおろしているのを見るのは、これで二度目だ。

「書状を受け取った。それで、その……おまえに会いたくなって来たんだが」

歯切れ悪く語尾を濁し、夕遼は眉《まゆ》をひそめた。

「そうだ。怪我《けが》は治ったか」

「ええ、すっかりよくなりましたわ」

見せてみろ、と夕遼が慎重な手つきで淑葉の頤《おとがい》を持ち上げる。喉元《のどもと》の柔肌《やわはだ》に太い指が優しく触れてくると、心臓がどくんと鳴った。

「よくなっているな。安心した」

会話の接《つ》ぎ穂《ほ》をなくし、二人とも黙りこくった。ゆるゆると夜風が流れて、しな垂れた薄紫の花々を甘えるようにざわめかせる。芳香《ほうこう》が髪をくすぐり、淑葉は下を向いた。

「……お怒りはまだ解けていないのでしょうね」

「違う。そうじゃない。何と言って謝ろうか考えていた」

夕遼は気まずそうに視線を落とした。

「この間はついかっとなって、大人げなかった。おまえは事情を知らなかっただけなのに……すまない。俺はあの女のこととなると冷静ではいられなくなるんだ」

「いけないのは私ですわ。事情も知らないのに差し出がましい口をきいたりして……」

彼は砂烏姫が方々で買った恨みを一身に背負わされてきた。元凶だった母親が亡くなったからといって、世間の母子のように悼《いた》む気持ちにはなれないだろう。そんなことも知らずに軽々しく砂烏姫の訃報《ふほう》に悔やみを言うとは、軽はずみだったとしか言いようがない。

「砂烏姫という女は、俺にとって災厄《さいやく》の源だった」

夕遼は紫の枝から垣間《かいま》見える夜空を振り仰《あお》いだ。

「ずっと憎んできたんだ。死んでくれて清々した。いや、やっと死んだかと思った。本音を言えば、もっと早くくたばってほしかった。嵐快の暗殺を企《たくら》む前に」

瑠璃《るり》に似た瞳に月の霜がおりてきてわびしげな色に染める。

「もうあの女に振り回されながら生きる必要はないんだと思うと、心底ほっとした。快哉《かいさい》を叫びたかった。……叫びたかったはずだ。おそらくは」

「ご自分でもお分かりにならないのですか」

「おまえみたいだな。自分でもはっきりしない。死んでくれて清々したと言いながら、ひどく虚《むな》しい心地さえする。まるで苦労して書いた文章の最後の一文字を書き損じたかのように」

風が吹くと、彼が身につけている高雅《こうが》な墨《すみ》の香りが藤の花の甘さと混ざり合う。

「おまえを怒鳴りつけた日の翌日、砂烏姫の亡骸《なきがら》を引き取りに行った。あんな女でも母親だから息子として最低限のことはしなければならない。簡素ながら弔《とむら》っておいた」

「そうでしたの……。てっきり私の顔を見たくなくて出ていかれたのかと思っていましたわ」

夕遼がこちらを向いた。柔らかい眼差《まなざ》しで淑葉を見下ろす。

「勘違いさせたかったわけじゃないが、説明する余裕がなかったんだ。気を揉《も》ませたな」

「早合点《はやがてん》して見当違いのことを考えた私が浅はかだったのです。申し訳ございません」

淑葉が首を垂れると、夕遼はふっと笑った。

「謝りにきたのは俺だぞ。俺の台詞《せりふ》を奪うなよ」

「ご、ごめんなさい……！　あっ、今のもだめかしら」

口元を手で隠した瞬間、重大な事実に気がついてしまった。慌ててきょろきょろする。

「どうした？　何を探している？」

「えっ、ええと……ああっ、これがあったわ」

淑葉は外衣を脱いで頭からすっぽりかぶった。

「今更ですが、私をご覧にならないで。お化粧《けしょう》を落としてしまいましたの。みっともない顔をしていますわ。お見えになると分かっていたら身支度《みじたく》をしておいたのですけれど……」

「本当に今更だな。化粧をしていない顔ならとっくに見たぞ」

「っ……い、いつですか？」

「一度目は病み上がりのおまえを見舞ったとき。二度目はつい最近。喉の怪我が心配で見にいった日だ。今回で三度目だな」

そういえば、と思い出して恥ずかしくなる。うかつな我が身が憎らしい。夫に化粧をしていない素顔を見られるのは裸を見られることに等しいと女訓書には記してあったのに。

「こんなものをかぶっていないで堂々としていろ。化粧していなくても十分綺麗《きれい》だろうが」

「あっ、か、返してくださいっ」

外衣をはぎとられ、一気に視界が明るくなる。夕遼は淑葉の外衣を後ろ手に持って隠した。取り返そうと頑張ったが、易々と避けられて指先が生地をかすめるばかりだ。

「もう、意地悪なさらないでください」

「返してやってもいいが、条件がある」

「何ですか？」

仕方ないので両手で顔を隠す。夕遼がこちらに体を傾け、耳元で低く囁いた。

「髪に触らせてくれ」

「……髪、ですか……？」

「前から触ってみたかったんだ。蛙《かえる》に先を越されたのは恨めしいが」

淑葉は指の間から夕遼を見上げた。月明かりの中にたたずむ彼は水墨で描いた天人のような風情《ふぜい》だ。見惚《みと》れていると、ほのかに頬《ほお》が火照《ほて》るのを感じた。

「……どうぞ」

「じゃあ、触るぞ」

夕遼は淑葉に手を伸ばした。大きな手が背中に流れる黒髪にそろそろと触れてくる。彼の指が髪を滑るのを意識すると、頰の熱がいっそう強くなった。

「おまえの髪で筆を作れば最高の筆になりそうだな」

「……わ、私の髪で、筆、ですか？」

「艶《つや》があってしなやかで柔らかい。よい筆になると思うぞ」

夕遼は外衣を腕にかけ、淑葉の髪を一房取って愛《め》でるように撫《な》でている。

「そ、それなら、殿下の御髪《おぐし》だって筆に向いていますわ」

淑葉は両手で顔を覆《おお》ったまま、逞《たくま》しい肩に流れている夕遼の黒髪を見やった。

「とても……綺麗ですし、触った感じは分かりませんが……」

「触ってみるか？」

「……よいのですか」

「悪いわけがあるか。触ってみろ」

夕遼に促され、淑葉はおそるおそる手を伸ばした。左肩から流れる黒髪が広い胸にかかっている。触れてみるとさらさらしていた。触感は滑らかなのに、自分の髪質より力強い。

「殿下の髪のほうがよい筆になりそうですわ。大河のようにゆったりとした文字が書けそう」

いつの間にか顔を隠すのを忘れている。長い黒髪の一房を指先でしきりになぞった。

「淑葉、自分がどんな顔をしているか分かるか」

「顔……？　あっ、お化粧をしていないのだったわ！」

夕遼の髪からぱっと手を放し、掌《てのひら》で面《おもて》を隠す。

「隠さなくてもいいじゃないか。せっかく笑っていたのに」

「……笑っていましたか？」

「ああ、それも可愛《かわい》らしくな。もう一度、笑え。もっと見たい」

夕遼に両手をつかまれて、面をあらわにされてしまった。おぼろな月明かりが視界を幻想的に染め上げる。薄紫の雨を背景にした秀麗《しゅうれい》な面差《おもざ》しに目を奪われ、溜息がもれた。

「少しでもあなたのお役に立ちたいと思うのに、どうすればいいか分かりません……。あの方の訃報《ふほう》を受けて殿下がどのような心境でいらっしゃるか推し量ろうとしているのですが……」

長年、砂烏姫に苦しめられてきたのだから、彼自身が言ったように快哉《かいさい》を叫んでも不思議ではないのに、喜んでいるようには見えない。かといって亡くなった母親を悼《いた》んでいるというのとも違う。彼にはたぶん、砂烏姫の死を悲しみたくなるほど母子の温かい思い出はない。

（どうすれば殿下をお慰めできるの？）

もどかしさで胸が詰まる。夕遼は淑葉を助けてくれた。悪筆の秘密に気づいてくれて、香蝶から紅糸石《こうしせき》の硯《すずり》を取り返してくれた。お返しに淑葉も彼の力になりたい。

「理解できなくて当たり前だ。俺自身、考えがまとまらないんだから」

夕遼は淑葉の両手をおろしてやんわりと握った。

「棺《ひつぎ》に入ったあの女は、相変わらず二十歳《はたち》以上には見えなかった。生前から容貌《ようぼう》が年を取らなかったんだ。棺の中でも、まるで今までのことは全部夢だったとでもいうように若々しかったよ。……拍子抜けした。俺はさんざんあの女に振り回されて、自分が何かしたわけでもないのに憎まれて、幾度となく殺されかけて、生き残るのに必死だったっていうのに……」

何かをのみこむように押し黙る。淑葉は彼の手を握り返した。

夕遼は母親を恨んできたはずだ。呪ってきたはずだ。激烈な感情を糧《かて》にして悪意に満ちた宮廷で生き抜いてきたはずだ。しかし、恨み、呪ってきた相手は急にいなくなってしまった。時の経過を感じさせない姿で世を去った。母を憎悪することで生きてきた息子を遺《のこ》して。

途方に暮れているのだろう。恨む相手を喪《うしな》って生きる糧《かて》をなくしたも同然なのだろう。

彼の虚《うつ》ろな心をほんのわずかでも温めたくて、淑葉は夕遼の手をそっと撫でた。

「殿下……先程はあの方の死が、文章の最後の一文字を書き損じたように虚しいとおっしゃいましたが……それは、本当に書き損じなのでしょうか」

夕遼が視線をこちらに向けた。瑠璃《るり》の瞳をまっすぐに見つめて続ける。

「もしかしたら、書き損じではなく、新しい書体かもしれませんわ」

書の大家《たいか》、呂安居《りよあんきよ》は玉命文《ぎよくめいぶん》で文章を書いているとき、とある箇所《かしよ》を書き損じてしまった。のちにその書き損じの字形が軽やかで味わい深いということで、玉命文の厳粛《げんしゆく》さと運筆《うんぴつ》の軽妙さが調和した新しい書体が生まれた。

同じことは人にも起こりうるに違いない。なぜなら書を生み出したのは人だから。

「殿下の御心を悩ませている虚しさは、のちに別のものになるかもしれません。……いいえ、きっとそうなりますわ。書き損じから美しい書体が生まれるのですもの、虚しさから何かが生まれても不思議ではないでしょう？」

弱々しい夜風が雨粒のように連なった薄紫色の花と戯《たわむ》れている。

「殿下がお書きになってきたものは決して台なしになんてなっていませんわ。書き損じに見える最後の一文字は、未来の美しい書体です。どうかお辛くても、ご自分を見失わないでください。殿下の手跡《しゅせき》はみじんも損なわれていませんし、これから先も……」

　夕遼が頬に触れてくるから、言葉が途切れた。

「少しの間、黙っていてくれないか」

「……私の声は、そんなにお聞き苦しいですか……？」

　しゃべり過ぎただろうか。しゅんとなってうつむこうとすると逆に顔を上向かされた。

「おまえの声は藤の香りのように甘やかで好ましい。一晩中聞いていたって飽きないだろう。だが今は、その響きを味わう以外のことをしたいんだ」

　心地よい低音が耳を惑わせる。頬に添えられた指先が何かの合図のように目元をかすめた。

「それは……どのようなことでしょう」

　鼓動が高まっていく。恥じらいに頬を染め、淑葉は睫毛《まつげ》を震わせた。

「確かめたい。おまえの唇が声と同じように甘いのか」

　さあっと吹き抜けた風に髪を乱された。夕遼が身を屈めてきて、唇が重ねられる。たちまち頭がぼんやりして瞼《まぶた》をおろした。互いのぬくもりとともに心も重なるような感覚を味わう。

「……私、失敗してしまいましたか？」

　唇を離してから夕遼が黙りこくっているので不安に駆られた。

「主上《しゅじょう》がおっしゃっていたように練習しておくべきだったかしら……」

「何だって？　練習？」

夕遼がつと目の色を変えた。険しい眼差《まなざ》しに淑葉はうろたえる。

「静永殿でお会いしたとき主上が仰《おお》せになりましたの。肝心《かんじん》なときに失敗をして殿下を興ざめさせないよう、事前に……口づけの練習をしておくべきだと」

「嵐快め、そんなことを吹きこんでいたのか」

舌打ちせんばかりに荒っぽい口調で言う。忌々《いまいま》しそうに眉間《みけん》に皺《しわ》を寄せていたが、何か妙案を思いついたかのようにはっとした。淑葉の頰を手の甲で撫《な》でる。

「練習なら俺とすればいい」

「えっ……で、でも、それでは練習にならないのでは……」

「口づけで失敗しないための練習なんだろう。だったら俺が相手でもいいはずだ」

「で、ですが……私……その……」

恥ずかしくて堪《たま》らず、淑葉は後ずさった。酒に酔ったみたいに頰が赤らんでいる。鼓動が速すぎて怖いくらいだ。二歩下がれば夕遼が一歩で距離を埋めた。熱っぽい眼差しにどぎまぎしながら後ずさり、気がつくと、背中が藤の木の幹にぶつかるまで追い詰められている。

「淑葉、おまえが悪いんだぞ」

夕遼が顔を寄せてくる。逃げたい。逃げられない。……逃げたくない。

「おまえが可愛《かわい》すぎるから、一度では済まなくなるんだ」

月影が遮《さえぎ》られ、視界が暗がりに溶ける。どこか遠くで藤の枝がさわさわと揺れていた。

第六編

青龍《せいりゅう》の帳暖かにして 春宵の夢を結ぶ

雨上がりの早朝、淑葉《しゅくよう》は飛翠大長公主《ひすいだいちょうこうしゅ》に付き添って牡丹《ぼたん》を摘《つ》みに来ていた。

薄紅《うすべに》、純白、赤紫、淡黄《たんこう》、深緋《ふかひ》。色彩豊かな大輪《たいりん》の花々が昨夜の小雨に濡れてしっとりと輝いている。妍《けん》を競って咲く牡丹は、後宮を彩る三千人の美姫《びき》を思わせた。

「ふふ……ふふふ……夕遼《せきりょう》ったら隅《すみ》に置けないわねぇ」

「……大長公主様、またそのお話ですか」

飛翠大長公主が絹団扇《きぬうちわ》の陰でにまにまするので、淑葉は赤くなってうつむいた。

四日前、藤の木の下で夕遼と口づけしているのを飛翠大長公主に目撃されてしまった。おかげで翌日には露華宮《ろかきゅう》の女官たちに知られてしまい、会う人会う人に「幸せそうでいいわね」「羨《うらや》ましいわ」「詳しく話を聞かせて」などと話しかけられている。

「何度でも言うわよ。だって夢にも思わなかったことなんだもの。書画《しょが》にしか興味がなかった夕遼が結婚して妻に夢中になるとはねえ。世の中、何が起こるか分からないわ」

「べ、別に夢中になっていらっしゃるわけではないかと」

「嘘おっしゃい。夕遼ったらあなたがふらふらになるまで放さなかったじゃない」

「あ、あれは……私が、あのようなことに慣れていないせいで……」

夕遼が口づけの〈練習〉を繰り返すので、淑葉は酩酊《めいてい》したみたいにぼうっとして、立っているのがやっとというみっともない状態になってしまった。

ふらふらして一人ではまともに歩けないため、夕遼に房《へや》まで運んでもらった。

『……ごめんなさい』

牀榻《しんだい》におろしてもらったとき、淑葉は夕遼の袖《そで》をつかんだ。

『次からはもっと頑張りますから、だから……呆《あき》れないでください』

口づけだけで足元がおぼつかなくなってしまうとは情けない。興ざめだと呆れられていないだろうか。黙りこんで下を向いていると、彼の袖をつかんだ手に大きな掌《てのひら》が重ねられた。

『俺のほうこそ謝りたい。おまえが可愛《かわい》いから、つい歯止めがきかなくなった』

夕遼は淑葉の手を袖から離して口を寄せた。指先に押しあてられた唇が熱い。

『怖がらせてしまったかな』

『い、いえっ……こ、怖いなんて、そんなこと……』

弾みで顔を上げたとたん、間近で夕遼と視線がぶつかった。牡丹が縫《ぬ》い取られた灯籠《とうろう》の下で見る彼は艶《つや》めいていて、息が止まりそうになる。

『おまえは分かっていないんだろうな。自分がどんな顔をしているか』

夕遼は苦笑して淑葉の髪を撫《な》でた。彼の指が髪の間を滑る感覚にどきどきしてしまう。

『もし今夜の夢に俺が出てきて近寄ってきたら、顔面をぶん殴《なぐ》って逃げろ』

『まあ、なぜですか？』

夢の中で夕遼に会えたら嬉しい。顔面を殴るなんて思いつきもしない。

きょとんとしていると、夕遼に口づけされた。今度は指先ではなく、額に。

『おまえを襲おうとするからだ』

夕遼が去った後で、彼が何を言いたかったのか理解して、淑葉は耳まで真っ赤になった。

朝まで悶々《もんもん》としていたので一睡もできず、夕遼の夢を見ることはできなかった。

「あら、夕遼がこちらに来るわ」

「殿下が……!?」

淑葉はとっさに結い髪や衣装を整えた。すると、飛翠大長公主がぷっと噴き出す。

「恋に夢中なのは夕遼だけじゃないようねえ」

にやにやする女主人を見て、からかわれたのだと分かった。

「……恋などではありません。私はただ、妻として殿下をお慕《した》いしているだけで……」

「それが恋だというのよ」

飛翠大長公主は深緋の牡丹に手を伸ばした。

「懐かしいわ。妾《わらわ》も若い頃はあなたみたいに恋をして胸をときめかせたものよ」

「大長公主様は今でもお若くていらっしゃいますわ」

「妾はもう不惑《ふわく》よ。若くはないわ」

昔日《せきじつ》を惜しむように溜息をつき、雨の滴《しずく》で濡れた花びらを撫でる。

「実を結ぶ恋は西王母《せいおうぼ》の内院《なかにわ》に実るという桃のように貴重なものよ。この世はとかくままならないことが多くて、たくさんの恋が徒花《あだばな》になっていくわ。あなたのように夫を愛し、夫からも愛されるということは珍しいのよ」

飛翠大長公主は鋏《はさみ》で牡丹の茎《くき》を切った。淑葉が抱えている籠《かご》に入れる。

「春は何度もめぐってくるけれど、同じ花は二度と咲かない。せっかく花開いた恋よ。大いに胸をときめかせて、大事に育てていきなさい」

はい、と素直にうなずいた後、淑葉はうろたえた。胸を熱くする感情が恋だと認めてしまったようで落ち着かない。どんな顔をして夕遼に会えばいいか……。

「恵兆王妃様！　飛翠大長公主様！」

突然、後方から宦官《かんがん》の声が飛んできた。慌てふためいて駆けてくるのは、楊順妃《ようじゅんひ》付きの宦官だった憂安《ゆうあん》だ。掛け軸《かじく》の件は皇帝の恩情で許され、呉成妃《ごせいひ》に仕えている。

「急ぎ蛍琳宮《けいりんきゅう》へお運びください」

憂安は肩で息をしながら飛翠大長公主の足元に跪《ひざまず》いた。

「まさか……呉成妃に何かあったの⁉」

憂安がうなずくので、飛翠大長公主はさっと顔色を変えた。

「淑葉。大至急、太医《たいい》を呼んでちょうだい。主上《しゅじょう》に伝えるのはあとでいいとして、まずは」

「いいえ、違います。今のところ、呉成妃様のお体の具合に異変はございません」

「……今のところ？　これから先は悪くなるかもしれないというの？」

「その恐れがあります。このまま蛍琳宮に軟禁《なんきん》されるようでは、お体に悪い影響も」

「軟禁ですって⁉　誰がそんなことを命じたの⁉」

飛翠大長公主が声を荒らげた。憂安は強張《こわば》った面持《おもも》ちで答える。

「程貴妃《ていきひ》様のご命令です。呉成妃様が不貞《ふてい》を働いたと大変お怒りになっています。主上の沙汰《さた》があるまで蛍琳宮から一歩も出てはならないと厳命なさいました」

「呉成妃が不貞？　どういうこと？　順を追って話して」

「私は昨夜、呉成妃様の遣いで楊家に赴《おもむ》いていたので、今朝がた、戻ってきて知ったのですが……昨夜遅く、蛍琳宮に男が忍びこんだらしいのです」

「なんてこと……蛍琳宮に侵入者が……⁉」

飛翠大長公主がふらつくので、淑葉は女主人の手を握って支えた。

「後宮警吏《けいり》はいったい何をしていたの！　蛍琳宮に男が侵入するのを許すなんて！」

武術の訓練を受けた宦官で構成される後宮警吏は、後宮内で武器を携行することを許され、侵入者や逃亡者が出ないよう目を光らせている……はずだが。

「どのようにして後宮警吏の目を盗んだのか分かりませんが、男は呉成妃様の臥室《しんしつ》に忍びこみ、あろうことか、就寝中の呉成妃様を……その……」

「言わなくてもいいわ。で、呉成妃は？　おとなしく手籠《てご》めにされたわけじゃないでしょう？」

「股座《またぐら》を蹴《け》りつけた上、頭部に回し蹴りを食らわせたとうかがっております」

「……起き抜けの妊婦とは思えない身軽さね」

「……日ごろの鍛錬の賜物《たまもの》でしょうか」

淑葉が同じ状況に置かれたら悲鳴を上げることしかできない。呉成妃を尊敬する。

「程貴妃様は蛍琳宮の騒ぎを聞きつけられ、呉成妃様が男を連れこんだとお怒りだそうです」

「ばかばかしい。どこの世界に夜這《よば》いしてきた浮気相手に金的蹴りを食らわせる女がいるのよ。まさに今から必要なものが使い物にならなくなるじゃない」

「そ、そういうお言葉は……大長公主様のような高貴なご婦人にはふさわしくないかと」

淑葉がおどおどしながら諫言《かんげん》すると、飛翠大長公主は我に返ってほほほと上品に笑った。

「ねえ淑葉。妾は今、何と言ったかしら？」

「呉成妃は貞節《ていせつ》な女人ですので、主上以外の殿方《とのがた》を房に招き入れるなどという不埒《ふらち》な行為は、たとえ夢の中であっても決してなさいません、と仰せになりましたわ」

「さすが露華宮一、優秀な女官ね。女主人の言葉を一言一句間違えずに記憶しているなんて」

絹団扇の陰で艶然《えんぜん》と微笑《ほほえ》み、飛翠大長公主はすっと視線を鋭くした。

「皇貴妃に次ぐ位とはいえ、憶測だけで寵妃《ちょうひ》を害せば主上の逆鱗《げきりん》に触れるわ。程貴妃が呉成妃を軟禁するように命じたということは、それなりの証拠があるのね？」

「その男が呉成妃様宛《あ》てに送った恋文が蛍琳宮から見つかりました」

「呉成妃が男と恋文を送り交わしていたというの？」

飛翠大長公主が胡散臭《うさんくさ》そうに眉《まゆ》をひそめるのも無理はない。

呉成妃はまめに筆を執《と》るような性格ではないのだ。

「とにかく蛍琳宮へ行きましょう。あの子から話を聞かないと」


蛍琳宮は後宮警吏によって物々しく警備され、人の出入りが禁じられていた。

今朝がた楊家から戻った憂安も中に入れず、呉成妃が放った矢文《やぶみ》で事態を把握《はあく》したという。

淑葉は女主人の手を取って蛍琳宮の門前に立った。後宮警吏たちを冷ややかに見やる。

「何をしているのです。門を開けなさい」

後宮警吏たちは門を開けようとしない。

「程貴妃様より、蛍琳宮には何人《なんぴと》たりとも立ち入らせてはならないと厳命されております。恐れながら、飛翠大長公主様にはお引き取りいただきたく……」

「呉成妃が出産するまでお世話をするよう、大長公主様は主上より命じられています。あなたたちは勅命《ちょくめい》より程貴妃の命令を優先するのですか。ならばそのことを主上に奏上いたします」

淑葉が冷淡に言い放つと、後宮警吏たちは大慌てで門を開けた。

門をくぐると、飛翠大長公主の歩調が速まった。外院と内院を通り抜けて殿舎に入ろうとしたとき、室内が騒がしいことに気づく。侍女《じじょ》たちが呉成妃を声高に呼んでいる。

「騒々しいわね。いったい何事……呉成妃！　どうしたの！」

房に入るなり、飛翠大長公主は床に横たわっている呉成妃を見て悲鳴じみた声を上げた。呉成妃は夜着姿のままで倒れていた。呉家出身の侍女が泣きそうな顔で言う。

「先程までお元気だったのですが、急にお倒れになって……」

「早く抱き起こして牀榻《しんだい》に寝かせて！　床は冷たいのよ。体を冷やすわ」

「……大長公主様……」

呉成妃がかすれた声を絞《しぼ》り出した。そばにしゃがみこんだ飛翠大長公主の裳裾《もすそ》をつかむ。

「まあかわいそうに！　真っ青な顔をしているじゃない！　こんなことになったんだもの、後宮一能天気なあなたもこたえたのね。大丈夫よ。妾が守ってあげるから。さあ、牀榻に」

「ご飯ください……」

「……は？」

「蛍琳宮の使用人の出入りも禁じられたので、朝餉をもらえなかったんです。お腹が減って死にそうです……。何でもいいから食べ物ください……」

大飯食らいの呉成妃がいつになく弱々しいのは、空腹のためであった。

「ほんと昨夜はびっくりしましたよー」

呉成妃は八杯目の雪霞豆粥《せっかとうがゆ》を胃袋に流しこんで、からから笑った。

夕遼をして「人間の食い物じゃない」と言わしめる雪霞豆粥は呉成妃の好物らしい。もっとも、呉成妃は何でも食べる人なので、食べ物はもれなく好物ということになるのだが。

「最近、体がだるくて眠いのでいったん寝るとめったなことじゃ起きないんですけどね。昨夜は誰かが牀榻に入ってくる気配がしたんです。侍女かなと思ったけど、男みたいだし、主上かなと思って起きたんですよ。そしたらびっくり！　髭面《ひげづら》の大男がいるではありませんか！」

「恐ろしかったでしょう」

淑葉は許氏の策略で大男に襲われそうになったときのことを思い出した。

「恐ろしいというか『うわあ誰だあ！』って叫んで体が勝手に動いていました」

……やはり呉成妃は呉成妃である。

「侍女たちは何をしていたのよ？　不審な男が主の牀榻に入るのを黙って見ていたわけ？」

飛翠大長公主が食卓のそばに控えている蛍琳宮の侍女たちを睨《にら》んだ。侍女たちは今にも泣き出しそうな顔でうなだれている。粥の器《うつわ》を空《から》にして、呉成妃は豪快に茶杯《ゆのみ》をあおった。

「侍女たちは寝ていたみたいです」

「女主人の就寝中は不寝番をするのが決まりよ。それなのに寝ていたですって？」

「不寝番をしていたけど、気づいたら寝てて、私の叫び声で起きたって言っていました」

憂安をのぞく宦官《かんがん》たちは臥室の外に控えていたが、同じく居眠りしていた。

「肝心《かんじん》なときに役に立たないんだから」

飛翠大長公主は聞こえよがしに言った。

「程貴妃が見つけたという恋文とやらはどこにあったの？」

「牀榻の下に。そんなものがあるなんて私は知らなかったんですけど」

「まったく噴飯《ふんぱん》ものだわ。見ず知らずの男からの恋文が密通の証拠になるはず――」

「あ、見ず知らずじゃないですよ」

呉成妃は九杯目の雪霞豆粥を手ずから器によそった。

「目を覚ました直後は気が動転していて分からなかったんですけど、一呼吸置いて髭面の大男の顔をよくよく見てみたらまたびっくり。なんと兄さんの部下の徐岳放《じよがくほう》という武官でした」

「呉将軍の部下？　といっても親しいわけじゃないんでしょ」

「結構親しいですよ。ほら、私が男装して後宮を抜け出して主上の狩りにもぐりこんだことがあったでしょ。あのとき、岳放と轡《くつわ》を並べて活躍したんですよ。楽しかったなあ。同じ獲物を追いかけてどっちが先に仕留めるか競争したんです。ま、私が勝ったんですけどね」

「確か、その狩りでお怪我《けが》をなさったのでしたね」

呉成妃が皇帝に見初《みそ》められるきっかけになった男装事件は淑葉も聞き及んでいる。男装姿の呉成妃は狩場で大活躍したが、武官が獲物に向かって放った矢に当たり、怪我をした。皇帝はすぐさま手当てをするよう随行《ずいこう》していた太医《たいい》に命じ、手当ての最中に男装がばれた。

「そのとき矢を放った武官っていうのが徐岳放ですよ。私の正体がばれた後、平謝りしてきましてね。額が血だらけになるまで地面に頭を打ちつけるものだから、まいりましたよ」

呉成妃は暢気《のんき》に雪霞豆粥を口に運んだが、飛翠大長公主《しゆじよう》はみるみる青ざめていった。

「……待って。もしかしてその徐岳放はあなたが主上と狩りに行ったり、遠乗りに行ったりするとき、随行していた武官じゃないわよね?」

「その武官です。兄さんが気に入っているんですよ。猪突猛進《ちよとつもうしん》で思いこみが激しいところが玉に瑕だけど、勇猛《ゆうもう》で恐れを知らないからかなり使えるって」

「……まずいわよ、それは……」

飛翠大長公主は頭を抱えた。なんだかがっかりしたなあ、と呉成妃は溜息をもらす。

「嫌いじゃなかったんですよ、岳放のことは。武人としては有能だし、無骨で無口だけど、実直で気持ちのいい男です。でもなあ、呼んでもいないのに、女の閨に忍びこむのはだめでしょう。武人として、いや男としてまずいよなあ」

「……まずいのはそっちじゃないわよ!」

飛翠大長公主はだんと円卓を叩いた。

「皇帝の狩りに随行していた武官ならあなたと会話をする機会もあったということでしょう。もしなかったとしても誰もがそう思うわ。あなたが主上の目を盗んで徐岳放と密会していたという想像も成り立つのよ。要するに密通を裏付ける証拠の一つになるってこと」

「会えば話くらいはしましたけど、私が岳放と密会？　ってつまり、私と岳放ができてるってこと？　あははは、ないない。私こう見えて面食いなんですよ。主上を好きになったのも顔が好みだったからだし。岳放はいいやつだけど、男としては全然好みじゃないです」

何かがツボに入ったのか、呉成妃は「私が岳放とできてるだって！」と大笑いした。

「ええと……主上のお顔がお好きなのですか？」

「そうですよ。主上って美形でしょ。初めてお会いしたときに一目惚《ひとめぼ》れしました」

へへへ、と照れ笑いする呉成妃は恋する乙女《おとめ》なのだけれど……好きなのは皇帝の顔だけ？

「お、お顔以外のところもお慕《した》いしていらっしゃるのでしょう？」

「顔以外？　あ、体？　もちろん体も好きですよ。無駄がなくて引き締まってて、触り心地が最高なんです。毎日でも夜伽《よとぎ》したいけど、懐妊《かいにん》中は後宮の規則で夜伽できないんですよねー」

不満げにチッと舌打ちする。予想外の答えに淑葉はうろたえた。

「……お顔もお体も、す、素敵でしょうが、お人柄もお慕いする理由なのでは？」

「人柄かあ。興味ないなぁ。いつも顔と体しか見てないし」

「……主上のお気遣いや優しさなどは御心を動かすのではありませんか」

「主上って優しいですか？　んー、別に優しくはないな。皇帝だから有力な後ろ盾がある妃を気遣うのは当然だし、務めを果たしているって感じでそれ以上でも以下でもないですね」

淑葉は言い返せなかった。朝廷では呉将軍が重用されている。後宮で呉成妃が寵愛《ちょうあい》されるのは、彼女の魅力だけが理由ではない。

「私たちはお互い様なんですよ。私が主上の顔と体しか見てないように、主上だって私の生まれしか見てない。兄さんが主上にとって有益だから、主上は私を寵愛している。今でこそ後宮一の寵妃《ちょうひ》だなんて呼ばれているけど、兄さんが重用されなくなれば私だってお払い箱」

呉成妃は侍女《じじょ》が淹《い》れた月兎茶《げっとちゃ》をぐびぐび飲んで、ふうと一息ついた。

「でも、主上を恨みはしません。あの方は皇帝だからしょうがない。だけどやられっぱなしは癪《しゃく》だから、私は主上の顔と体しか好きにならないって決めているんです。いつか寵愛が尽きても『まあいいか』って諦められるように、主上の御心は求めません」

窓外を見やる涼しげな目元が切なさを帯びていて、淑葉は浅はかな自分を恥じた。

妃嬪が恋できる相手は皇帝ただ一人。しかし、いったん恋に身を焦がしてしまえば長く苦しい日々が待っている。皇帝の寵愛を永遠に独占し続けることは、不可能なのだから。

「深いお考えがおありとも知らず、差し出がましい口を聞きました。ご容赦《ようしゃ》くださいませ」

淑葉が敬意を払って首を垂れると、呉成妃は普段の顔に戻ってニッと笑った。

「恵兆王妃はどうです？　恵兆王の顔、好きですか？」

「……殿下の、お顔ですか……。好きか嫌いかで言えば、もちろん……好きですわ」

書画を眺めるときの思慮《しりょ》深げな横顔。淑葉をからかって笑う顔。嵐快《らんかい》に向けた、怒気をにじませた顔。そしてこの間初めて見た、口づけをするときの甘く優しい表情――。

「じゃあ、恵兆王の体は？　どんな感じですか？」

「か、体!?　そ、それは……」

「恥ずかしがらないで教えてくださいよー、姉様」

「……ね、姉様……!?」

「だって恵兆王は主上の兄君なんだから、その妃の恵兆王妃は私にとって義理の姉でしょ？　姉妹の間に隠し事はナシですって。恵兆王には秘密にしますから、ね？」

ねえねえ、と甘えるように袖《そで》を引っ張られて困ってしまった。

（……殿下のお体のことなんて、知らないわ……）

床入《とこい》りしていないのだから当たり前だが、正直に話すべきか否《いな》か迷う。

「ちょっとあなたたち、おしゃべりに花を咲かせている場合じゃないわよ」

飛翠大長公主がぱんぱんと手を叩いた。

「状況を整理しましょう。まず――昨夜、徐岳放なる武官が呉成妃に夜這《よば》いをした。呉成妃は金的蹴りを食らわせて撃退したもの、程貴妃は呉成妃が徐岳放と私通していると言って騒いでいる。その証拠として、呉成妃の牀榻《しんだい》の下から徐岳放の恋文が多数見つかった。なお悪いことに、呉成妃と徐岳放は知り合いで、密通の疑いを持たれても仕方ないほど接触があった」

「すごーい、大長公主様。綺麗《きれい》にまとまりましたね」

呉成妃は笑顔でぱちぱちと手を叩いた。飛翠大長公主は重々しく溜息をつく。

「他に言い忘れていることは？　この際、全部吐いてちょうだい」

「えーと……何かな、忘れているのは……あっ！　恋文で思い出しました。岳放から恋文をもらったことがあるんですよ。懐妊《かいにん》祝いの中にこっそり入れられていたんです。ふふ、あのごつい男がこんなこっぱずかしいこと書いたのかあーってにやにやしましたよ」

「それはいつのこと？」

「懐妊が分かってすぐだから、四ヶ月くらい前かなあ」

「どうしてそのとき言わなかったのよ」

今の今まで忘れていました、と呉成妃はけろりと答えた。

「疑いを持たれないように恋文は燃やしましたよ。気を持たせるのも悪いから、岳放には断りの書簡を送ったし。それからぱったり来なくなったので諦めたんだなと思ったんですけど」

「燃やしたはずの恋文が牀榻の下で見つかったんですか？」

淑葉が尋ねると、呉成妃は小首をかしげた。

「程貴妃の宦官《かんがん》が全部持っていったから、それが入っていたかどうか分からないんですよ」

「恋文を燃やしたって言ったけど、自分で燃やしたの？　侍女にやらせたの？」

呉成妃は後者だと言った。飛翠大長公主は冷え冷えとした目で侍女たちを見やる。

（……侍女の中に裏切り者がいるのね）

敵は身近なところにいるものだ。


「ついさっき程貴妃が来ていたんですよ、叔母上《おばうえ》」

叔母が長椅子《ながいす》に座るのを待って、嵐快は億劫《おっくう》そうに龍椅《いす》に腰をおろした。

日中、皇帝が政務を行う暁和殿《ぎょうわでん》の客間。

夕遼が嵐快のそばに控えているように、淑葉は叔母の傍《かたわ》らに立っている。

（何だ？）

客間に入ってきたときから、淑葉がちらちらとこちらを見てくる。

奇妙なのは目が合うとさっと顔をそむけることだ。そのくせ、夕遼が視線を外すと熱心に眼差しを向けてくる。

（……まだ昨日のことを怒っているのか）

昨日は休日だったので、丸一日、王府で淑葉と過ごした。淑葉の下手《へた》な琵琶《びわ》を聞いたり、新しく手に入れた書画を二人で鑑賞したり、内院《なかにわ》で食事をしたりと楽しい時間を過ごした。

淑葉の姿絵を描いていたときだ。夕遼はふっと悪戯《いたずら》を思いついた。

『絵の具が足りないな。奥の房《へや》から取ってきてくれないか』

淑葉が席を外した隙《すき》に、夕遼は蛙《かえる》の絵を描いた。本物そっくりの精巧な絵だ。描き上がったものを輪郭《りんかく》に沿って丁寧《ていねい》に切り取り、淑葉が腰かけていた椅子に置いた。

内心わくわくしながら平静を装って待っていると、淑葉が戻ってきて椅子に座ろうとした。

直後、蛙の絵に気づいて飛び退るように後ずさった。そのまま衝立《ついたて》の後ろに身を隠す。

『引っかかったな。これは絵だぞ』

夕遼が蛙の絵を持って近づくと、淑葉は甲高《かんだか》い悲鳴を上げた。四つん這いになって房の隅まで這って行く。小さくなってかたかた震え、しまいには泣き出してしまった。

『冗談だったんだ。本気にするな』

蛙の絵を放り棄てて、夕遼は必死で淑葉を慰めた。が、なかなか泣きやんでくれない。

『私のことがお嫌いだから、殿下はそのようなことをなさるのですか?』

淑葉は涙で潤んだ瞳に夕遼を映した。あまりの怯《おび》えように胸が痛くなった。彼女は単純に蛙そのものを恐れて泣いたのではなく、夫に嫌われていると思い、泣いていたのだ。

『嫌っているわけじゃない。むしろ気に入っているから親しみをこめて悪戯を仕掛けたんだ』

『……ひどいですわ。私が蛙嫌いだとご存じのくせに』

『知っていたからこそ……いや、俺が悪かった。たちの悪い冗談だった。もう二度としない』

なんとかなだめすかしたものの、夕餉のために食堂に来たときは、淑葉はやたらと椅子の座席に警戒して、蛙がいないことを十分に確認してから座っていた。

ほんの少し彼女を驚かせるつもりだったのだが……悪戯心など起こすとろくなことはない。

(何か詫《わ》びの品でも贈ろうか)

書具か書画か書物か。彼女が喜びそうなものを贈って機嫌を取っておこう。

「程貴妃は呉成妃の不貞《ふてい》を疑っています。孕《はら》んでいるのは徐岳放の子ではないかと」

嵐快は女官が運んできた茶を飲み、龍椅の肘掛にもたれた。

「後宮警吏《けいり》が徐岳放の邸《やしき》を調べたところ、呉成妃の恋文が見つかりました」

皇帝付きの宦官が文箱を持ってきた。叔母は中に入っている書簡にざっと目を通す。

「……呉成妃の手跡《しゅせき》に見えるわね」

「余にもそう見えます。筆跡がそっくりだ」

「じゃあ、あなたも呉成妃が不貞を働いたと思っているの？　そんなことはありえないわよ。徐岳放と面識はあるようだけれど、あの子の性格からして密通なんて絶対にないわ」

「叔母上のお気持ちは分かりますが、徐岳放と呉成妃が親しかったのは事実です。二人が親密そうに話しているのを見ていた者がいますし、余《よ》も二人の気安い会話を聞いたことがあります」

嵐快は淡く苦笑した。叔母は苦そうに茶をのみくだす。

「だからって、あの子を疑うなんて……」

「現状そうせざるを得ないでしょう。呉成妃と徐岳放の恋文が十数通見つかっているのに、余が呉成妃をまったく咎《とが》めなければ、寵の偏《かたよ》りだと臣下たちが騒ぎます」

「……それは、そうだけれど」

「しばらく、呉成妃を軟禁《なんきん》して様子を見ましょう。食事と太医《たいい》の診察は通常通り受けさせるよう手配しました。叔母上は日頃から呉成妃に目をかけておられるのでご心配だと思いますが、蛍琳宮への出入りはお控えください。軟禁中の妃に接触なさるとお立場が悪くなります」

仕方ないわね、と叔母はしぶしぶうなずいた。

「程貴妃は班太后《はんたいこう》にもご注進に行ったんでしょうね？」

「その帰りにここへ来たんですよ。いつものようにね」

嵐快は微笑《ほほえ》んでいたが、内心では腹を立てているのが声音《こわね》から伝わってきた。

（程貴妃は嵐快を苛立《いらだ》たせる天才だな……）

即位当初、嵐快は玉座に据えられた人形にすぎなかった。国事のすべてが嵐快の頭を飛び越えて班太后の指示で決められた。飾り物の皇帝でいたくないから、嵐快は少しずつ手駒《てごま》を増やし、君主らしく力を振るおうと奮闘しているのに、程貴妃は後宮で事件が起こると真っ先に班太后のところへ行く。まるで皇宮の主は班太后だというように。

（ただでさえ、気位の高い程貴妃は嵐快の好みから外れているのに）

二年ほど前から、嵐快は皇子の顔を見るためだけに程貴妃を訪ねるという。程貴妃は二十二歳の若さで空閨《くうけい》をかこっているわけだが、夫の顔を立てる配慮《はいりょ》もできないのだから仕方ない。

「班太后は呉成妃を嫌っていらっしゃるわ。あの子は元気がよすぎるから堅苦しい班太后とはそりが合わないのよね。今回の件ではそれみたことかと呉成妃を非難なさっているでしょう」

「非難どころか、そんな出自が疑わしい子は生まれる前に流してしまえと仰せですよ」

「まあ……！　いくら何でもそれはひどすぎるわ！　だいたい、もう六ヶ月になるのよ？　堕胎なんてさせたらあの子の体がもたないわよ！」

「大長公主様のおっしゃる通りですわ。濡れ衣かもしれないのに、疑いがかかったから子を堕ろせなんてあまりに非情です」

普段は極力、口を挟まない淑葉が柳眉《りゅうび》をひそめた。嵐快は面白そうに淑葉を見やる。

「恵兆王妃は呉成妃が潔白だと思うのか？」

「呉成妃のお人柄をかんがみれば、濡れ衣だと思われます」

「しかし、証拠がある。互いの房から恋文が見つかっているんだぞ」

「偽物かもしれませんわ。書に長《た》けた者なら、本物そっくりに筆跡をまねることができます」

「なるほど一理ある。証拠が偽物なら、疑惑も偽物だ」

嵐快は扇子《せんす》の先で淑葉を指した。

「恵兆王妃、おまえは書に明るいそうだな。偽筆と真筆を見分ける目を持つとか」

「……非才の私に、そのようなことはとても」

「証拠が偽物かもしれないと言い出したのはおまえだぞ。責任を取って、恋文を調べて本物かどうか報告しろ。呉成妃の正式な処罰は恵兆王妃の報告を聞いてから決めることにする」

淑葉は何事か言いかけ、眼差しで助けを求めてきた。

「恐れながら主上《しゅじょう》。私も協力させていただけないでしょうか」

夕遼は公《おおやけ》の場で使う口調で言った。

「書に関しては浅学ながら覚えがございますので、お役に立てるかと」

「では、この件は恵兆王と恵兆王妃に任せよう」

嵐快は皇帝らしい威厳のある口ぶりで答えた。

「余は呉成妃の潔白を信じたい。朗報を待っているぞ」

夕遼と淑葉がそろって拱手《きょうしゅ》すると、嵐快はご機嫌な笑みを浮かべて扇子を開いた。

「というわけでよろしく頼むよ、兄上、義姉上《あねうえ》。恋文がいんちきだと証明してくれ」

「もどかしいわねえ。妾にも何かできたらいいのに」

叔母が仲間外れにされた子どものように唇を尖らせた。

「叔母上には別件をお願いしますよ。皇子の顔を見たいので、一緒に瑞明宮《ずいめいきゅう》に来てください」

「妾が行くと程貴妃がものすごくいやがるけど、いいの？」

「叔母上も皇子も宗室《そうしつ》の一員でしょう。家族が会うのに遠慮することなんかありませんよ」

瑞明宮は程貴妃の住まいである。嵐快が瑞明宮を訪ねるのはもっぱら皇子に会いに行くためだが、叔母も同行することが多い。じき三歳になる皇子は叔母に懐いているのだ。

「皇子の誕生日の宴《うたげ》が近いから、とっておきの贈り物を用意したのよ。早く見せたくてうずうずしているけど、宴の席まで我慢しなくちゃね」

「どんなものだろう？　俺の贈り物が霞まないといいけどなあ」

「あら、ごめんなさい。きっと霞んじゃうわ。とっても素敵なものだから」

笑い合う叔母と嵐快を微笑ましく眺めつつ、夕遼は胃袋が鉛《なまり》になるような感覚に襲われた。

（嵐快は二人目の男児を欲しがっている）

程貴妃が産んだ皇子は皇位につかないだろう。それが幸か不幸かはまだ分からないとして。


「少し話がある」

書画院《しょがいん》につくと、淑葉は夕遼に連れられて内院《なかにわ》に行った。

内院には散りかけの花海棠《はなかいどう》が艶《つや》っぽく枝をしならせていた。

「おまえに詫びの品を贈りたい。何か欲しいものはあるか」

「……お詫び？　何のことですか」

淑葉は小首をかしげた。薄紅《うすべに》色の花びらがはらりと舞い落ちる。

「何のって、昨日のことだ。おまえに蛙の」

「か、蛙⁉　きゃっ」

海棠の枝に蛙がいるのかと、飛びかかるようにして夕遼に抱きつく。広い胸にしがみついてかたかた震えていると、夕遼が背中に腕を回してきた。

「落ち着け。蛙はいない」

「……本当ですか」

涙目になって見上げる。夕遼は柔らかく微笑んでくれた。

「昨日の悪戯のことで怒っているわけじゃないのか？」

「……昨日の……ああ、あのことですの」

夕遼が本物と瓜二《うりふた》つの蛙の絵を椅子《いす》に置いて淑葉を驚かせた。彼が自分のことを嫌いだから意地悪をするのかと思って淑葉は泣き出してしまったが、夕遼は一生懸命慰めてくれた。

「怒っていませんわ。殿下は謝ってくださいましたから」

「じゃあ、さっきはなんで俺を睨んでいたんだ？」

「ええと……睨んでいたでしょうか」

「睨んでいたじゃないか。俺のほうをずっと見ていた」

勘付かれていたのか。淑葉は視線をそらして、夕遼からそっと離れた。

（……い、言えるはずないわ）

呉成妃の「じゃあ、恵兆王の体は？　どんな感じですか？」という発言に影響されて、夕遼の体のことが気になって仕方がなかったなんて、口に出すべきことではない。

「睨んでいたわけでもないのに、なぜ俺を見ていた？」

「そ、それは……あなたの、お体が……」

「体？」

「あっ……違います。……帯飾りですわ！　帯飾りがずれていたので気になっていたのです」

淑葉はくるりと振り返り、夕遼の帯飾りをいじった。白玉や瑪瑙《めのう》があしらわれた目もあやな帯飾りは正しい位置にあったけれど、軽く触って位置を正すふりをする。

「さあ、できましたわ。これで……」

顔を上げると、夕遼がこちらを見下ろしていた。瑠璃《るり》のような瞳が優しく細められる。

「ありがとう、淑葉」

「いいえ、夫の身だしなみを気遣うのは妻として当然の務めですわ」

本当は帯飾りなど見ていなかったのに嘘をついてしまった。胸がちくりと痛む。

「おまえが妻の務めを果たしたから、俺は夫の務めを果たそうか」

「……何をなさるのです？」

頬《ほお》に手を添えられると、期待と恥じらいでくらくらしてしまう。

「可愛《かわい》い妻に口づけするんだ」

夕遼が身を屈めてきて日差しが遮《さえぎ》られる。淑葉は目を閉じた。彼と口づけするのはこれで何度目だろう。藤の花の下で初めての口づけをしてからまだ日が浅い。恥ずかしくて気を失いそうだけれど、唇を奪われるのが嫌いというわけではない。むしろその逆で——。

「王妃様と仲良くなさるのは結構ですが、殿下」

唇が重なる寸前、眠そうな声音《こわね》が割って入った。淑葉ははっとして声のするほうを見る。素《そ》秀《しゅう》が花海棠の幹に寄りかかっていた。気だるそうに煙管《きせる》を持って紫煙《しえん》を吐く。

「何も大勢の見物人の前でいちゃつかなくてもいいんじゃないですかね」

「大勢の……？　まあ……っ」

素秀が煙管で指し示す殿舎には、明かり取りのため格子窓《こうしまど》が壁一面に並んでいる。その格子窓すべてに人だかりができていた。書工たちや画工たちが内院をのぞいているのだ。

「何だあいつらは。仕事もせずにのぞきか」

見世物じゃないぞと夕遼が怒鳴ると、書工たちや画工たちは格子窓から頭を引っこめた。

「さて、淑葉。邪魔者は消えたことだし、夫の務めを果たさせてくれ」

「だ、だめですわっ！　急いで恋文を調べなくては！」

夫の腕の中からするりと抜け出し、駆け足で殿舎に向かった。

徐岳放が呉成妃に宛《あ》てて書いた恋文は十二通に及んだ。

書簡の形式は最初の一通を除いて巻子《かんす》である。巻子は長く張りつけた紙を軸《じく》に巻きつけた巻物で、長い文書を書くときにちょうどいいが、軸がある分、重くてかさばる。

「最初の一通だけが短いですね」

淑葉は燭台《しょくだい》のそばで最初の一通に目を通した。使われている紙は銀粉で装飾された厚手の銀《ぎん》花紙《かし》。呉成妃によれば、懐妊《かいにん》祝いにと贈られてきた菓子を包んでいた紙だという。

「文面はともかくとして、骨のある武人らしい書きぶりだ。悪くないな」

夕遼は激情をそのままぶつけたような野性味のある徐岳放の書風に感心していた。

洗練された美しさには程遠いが、墨跡《ぼくせき》の勢いにのまれそうになる筆運びである。

「内容は書風とは打って変わって感傷的ですわね」

徐岳放は例の男装事件で呉成妃に一目惚れしたようだ。男物の衣服に身を包んで颯爽《さっそう》と馬を走らせていた呉成妃の麗《うるわ》しい姿が瞼《まぶた》に焼きついて離れないと、熱っぽく書きつづっている。

「あなたが主上《しゅじょう》の御子《みこ》を身籠ったと聞き、私の心は嫉妬《しっと》の炎で焼けてしまいそうです。憂《う》さ晴らしに邸中の陶器《とうき》という陶器を叩き割りました。あなたの体に宿った子がこの陶器のように割れてしまうことを願いつつ……ってこれ恋文なんですか？　呪いの手紙じゃないですか」

素秀は呆《あき》れ顔で猛々《たけだけ》しい筆致を読み上げた。夕遼は眉間《みけん》に皺《しわ》を寄せている。

「呉成妃への想いをつづるというのも十分まずいが、主上の御子を呪うような言葉はまずいなんてものじゃないな。呉成妃もこれが来た時点で主上に訴え出ればよかったのに」

「訴えがあれば徐岳放は処分を免れませんわ。呉成妃は徐岳放の立場を考えて、あえてなかったことになさったのでしょう」

慈悲《じひ》をかけたばかりに窮地《きゅうち》に立たされてしまったのだから、呉成妃も不運な人だ。

「王妃様、呉成妃は最初の恋文を侍女《じじょ》に処分させたと話しているんですよね？」

「ええ。おそらく、侍女が命令にそむいて処分せずに保管しておいたのでは」

「とすると、呉成妃が徐岳放に送ったという断りの手紙は握りつぶされたな」

夕遼が素秀に視線を投げた。素秀はだるそうに机にもたれかかる。

「ですね。徐岳放の房から見つかった呉成妃の書簡は恋文のみ。断りの手紙はありません」

「犯人は一通目の徐岳放の恋文を手に入れ、それに返事を書いたのでしょうか」

「徐岳放の恋文が真筆《しんぴつ》ならそういうことになるな」

憐《あわ》れなことに、徐岳放は恋しい呉成妃の偽物と文通していたのだ。

「二通目からはずいぶん雰囲気が変わりますね」

二通目からは巻子になり、文章量がどっと多くなる。

語彙《ごい》を尽くして呉成妃の美しさを賛美し、熱く滾《たぎ》る恋慕の情を綿綿と書きつづっていく。

「一通目に返事が来たから舞い上がったんだろうな」

夕遼は二通目の墨跡を指先でなぞった。

「一通目と比べて二通目の筆跡は踊るように乱れている。はねが強すぎたり、払いが雑だったりする点は変わらないが、続け字や字画がつぶれている箇所《かしょ》が多くて読みにくい」

「返事をもらえたのが嬉しくてしょうがないという感じがしますわ」

文面には、返事をもらえたことで自分は生きていく気力がわいてきたとまで書いてある。

「まずは、徐岳放の恋文から調べよう。徐岳放の手跡《しゆせき》は手元にあるんだろう？」

「ついさっき、後宮警吏《けいり》から届いたところですよ。日記や私信など、どっさりあります」

素秀が書き損じを含む徐岳放の書き物を机にどかどかと置いた。

書工たちと手分けして、恋文の筆跡が徐岳放の手跡と一致するかどうか見ていく。はねや払い、筆順の癖《くせ》を始めとして、起筆や収筆の角度、筆脈や筆勢の特徴、そして手跡の骨格ともいえる線質に注目しながら、同一人物による墨痕かどうか、それぞれに意見を出し合う。

「徐岳放の真筆で間違いないでしょう」

淑葉の見解に異を唱える者はいなかった。皆の意見が一致したので徐岳放の恋文の検証はいったん終わりにして、机に散らばった文書を整理して片付け、机上を空ける。

次に机に並べられたのは呉成妃の恋文とされている書簡だ。こちらも十二通ある。

「呉成妃の恋文のほうは、どれもなんとなくそっけないですねー」

素秀は頰杖《ほおづえ》をついて呉成妃の恋文を眺めている。

徐岳放が巻子に長々と筆跡を残しているのに対し、呉成妃からの返信は料紙一枚。数行の文章と短詩が添えられているだけだ。徐岳放の長文に比べればあっさりした書簡である。

「呉成妃のお人柄に合わせてさっぱりした文面にしたのでしょうか」

「文章量は少なくてそっけないが、内容はさっぱりしていないぞ。どちらかというとねちっこいな。短詩は当然恋情を詠《よ》んだものだが、徐岳放への想いをつづったというより、陰鬱《いんうつ》な気分を吐き出したような印象だ。全体的に暗くて読んでいるこちらまで気が滅入《めい》ってくる」

徐岳放に会えないことを切々と悲しむ詩、徐岳放を慕って泣き伏している詩、徐岳放は今頃別の女といるのではと執拗《しつよう》に恨み言を吐く詩、徐岳放の顔を見られないなら目をつぶしてしまいたいと長嘆する詩……。どれもこれも明るさがなく、沈鬱な響きだ。

「強い香の匂いがしますね」

淑葉は呉成妃の恋文に焚《た》きしめられた甘ったるい香を嗅《か》いで、軽く咳《せ》きこんだ。料紙《りょうし》はやや厚みのある紅梅紙《こうばいし》。浅紅に染められた紙で、表面に蠟《ろう》が塗ってあるため、すべすべしている。

「呉成妃はあまり強い香を好まれないのだが」

「犯人がうかつだったんでしょう。では、呉成妃の書き物はそろえていますので、さくっと鑑定しましょうよ。早ければ今夜中には結果を主上に報告できるでしょう」

珍しくやる気のある素秀に急《せ》かされ、作業を始める。この時点では淑葉も夕遼も素秀も、呉成妃の恋文が偽物であることは容易に証明できると踏んでいた。

しかし、事態は想定外の展開になった。

「……これ、どう見ても呉成妃の手跡ですよ」

素秀が疲労の色のにじむ顔を上げた。手元に広げているのは、陰気な短詩がつづられた徐岳

放への恋文と、呉成妃が実家に宛《あ》てて書いた書簡だ。

とっぷりと日が暮れて久しい。書画院《しょがいん》には淑葉と夕遼と素秀、数名の書工が残っていた。

「恋文が真筆であるはずはないのですが……」

淑葉は紙面を見すぎて疲れ切った目をこすった。

煌々《こうこう》と燃える燭台《しょくだい》の光に照らして、呉成妃の真筆と偽筆を隅々まで見比べる。はねや払い、筆順の癖《くせ》は言うまでもなく、起筆や収筆の微妙な角度や呉成妃らしい潑剌《はつらつ》とした線質に至るまで一致した。文字の大きさや字形の傾きなどに多少の誤差はあるものの、誤差で済む範囲内だ。この程度のずれなら同一人物が書いたものにも現れる。

（……徐岳放への恋文は、呉成妃が書いたものなの？）

ありえない。呉成妃は徐岳放に魅力を感じないときっぱり言い切っていたではないか。

「恋文を見る限り、呉成妃の筆跡と判断してよさそうだな」

夕遼は苦い表情をしていた。横顔に濃い影が刻まれている。

「呉成妃は徐岳放と恋仲だったたってことですか？」

「少なくとも恋文は本物だ」

「とすると、密通疑惑も本物だったたってことになりますかねぇ」

素秀は欠伸を嚙《か》み殺して椅子《いす》の背にもたれた。

「呉成妃は密通なんてなさっていません」

淑葉は自分に言い聞かせるように力強く告げた。

「徐岳放の恋文の一通目にこう書いてありましたわ。『あなたの体に宿った子がこの陶器《とうき》のように割れてしまうことを願いつつ……』もし、徐岳放が呉成妃と通じていたら、呉成妃が身籠《みごも》ったのは我が子かもしれないのです。こんなことを書きますか？」

「徐岳放は九通目の恋文にこう書いていますよ。『あなたの腹の中の子は私の子だという気がしてきました』って」

「それは徐岳放が勝手にそう思いこんでいたということでしょう」

淑葉は椅子から身を乗り出して反論した。

「十二通の恋文と、そのほかの私信や日記を読む限り、徐岳放は呉成妃に対して変質的な恋情を抱いています。呉成妃と自分の関係をしきりに妄想しているようですし、本当は関係などなかったのにあたかも二人の間に何かあったかのように書いていても不思議ではありません」

最初の恋文はそこまで顕著《けんちょ》ではなかったが、二通、三通と恋文を重ねるにつれ、徐岳放の情念は火に油を注ぐように燃え上がっている。

――内院《なかにわ》に咲いた花があなたに似ていたので、一枚一枚、花びらをはいで食しました。

――あなたが身にまとう内衣《したぎ》が私だと思うと、独り寝の床であなたの柔肌《やわはだ》を感じます。

――昨夜、あなたと枕を交わした夢を見ました。あなたのぬくもりが褥《しとね》に残っています。

表現が徐々に生々しくなっていって、読めば読むほど嫌悪感がこみ上げてくる。

「呉成妃によれば、呉将軍が徐岳放は思いこみが激しい性格だと評していたそうです。『あなたの腹の中の子は私の子だという気がしてきました』というのは、読んで字のごとく、恋文を書き連ねるうちに自分でそういう妄想をしたということでは？」

淑葉は机を囲んで座っている面々を見やった。

「しかし、呉成妃の恋文は呉成妃自身が書いたとしか思えませんよ」

素秀が襟元《えりもと》を崩して煙管《きせる》をくわえた。足を投げ出して紫煙《しえん》をくゆらせる。

「徐岳放が妄想癖のある変態で、呉成妃に気持ち悪い恋情を捧げていたとしましょう。まあ、そこは間違いなさそうですがね。でも、肝心《かんじん》の呉成妃の恋文が真筆にしか見えないのでは、密通が濡れ衣だと証明できない。濡れ衣だと証明できないなら、疑惑は真実になる」

言い返そうとして口を開いたが、淑葉は何も言えなかった。

『証拠が偽物なら、疑惑も偽物だ』

皇帝の言葉がわんわんと頭の中で響いた。逆に言えば、証拠が偽物だと証明できないなら、疑惑を晴らせないということ。晴らせない疑惑は事実になってしまう。

疑わしきは罰する。それが後宮のしきたりだ。

「王妃様のお気持ちは分かりますけどね。あの能天気な呉成妃がこんな鬱々《うつうつ》とした詩を詠むとは思えないし。とはいえ、我々の仕事は真筆か偽筆か調べることです。この結果を踏まえて事件を解決するのは、後宮警吏《けいり》の仕事ですよ」

素秀は煙管をくわえたまま、のっそりと立ち上がった。

「じゃあ、呉成妃の恋文は真筆でしたって主上《しゅじょう》に報告しておきますか」

「待て、素秀」

神妙な面持《おもも》ちで黙りこんでいた夕遼が口を開いた。

「二度、三度と調べれば、別の結果になるかもしれない。時間をかけてより正確に判断する必要がある。幸い、主上には鑑定を急げとは命じられていない。報告は後日でいいだろう」

「何回やっても同じだと思いますけどね」

素秀と書工たちが片づけを始めた。机に広げてある大小の紙を文箱《ふばこ》にしまいこんでいく。

「王妃様、こちらも文箱に入れてしまいますので」

「もっと調べたいので、そのままにしておいてください」

書工が淑葉の手元にある呉成妃の恋文を取ろうとするので、止めた。

「今日の作業は終わりだ。日を改めて調べ直そう」

「のんびり時間をかけていられませんわ。一日も早く偽筆であることを証明しなくては、呉成妃はいつまでも軟禁《なんきん》されなければならないのですもの。身重でいらっしゃるのに……」

食事と太医の診察は通常通りに手配すると皇帝は言っていたが、それ以外の人の出入りは禁じられている。懇意《こんい》にしている飛翠大長公主と会うこともできないし、もちろん皇帝とも会えない。そんな状態が長引けば、いくら元気な呉成妃でも気がふさいでしまうだろう。

「必ずどこかにほころびがあるはずだわ。私が見落としているのよ……」

淑葉は徐岳放宛ての恋文と実家に宛てた呉成妃の書簡を再び見比べた。一文字一文字、筆順や筆勢を念入りに点検する。真剣に目を動かしていると、手元に大きな影がさした。

「それくらいにしておけ。根を詰めすぎると余計に真贋《しんがん》が分からなくなるぞ」

夕遼が淑葉の手から恋文を奪い取る。

「返してください。まだ疲れていませんし、あと少しだけなら……」

「だめだ。おまえにはこれから別の仕事をしてもらわねばならない」

「こんなに遅い時間から、別の仕事……ですか？」

淑葉は重たくなってきた瞼《まぶた》を必死に上げた。時刻は真夜中に近い。

「来い、淑葉」

夕遼に腕をつかまれて椅子から立たされた。唐突《とうとつ》に睡魔が襲ってきて足元がふらつく。集中力が切れてしまったようだ。急速に頭がぼんやりして全身の疲れが意識をかすませる。

夕遼は後片付けを素秀と書工たちに頼み、淑葉を連れて書画院を出た。

「どこへ行くのですか……？」

「宵星閣《しょうせいかく》に行く」

夕遼が皇宮に泊まる際に使う建物だ。

「そこで、私は何をすれば、よいのでしょう……」

こくりこくりしながら欠伸まじりに尋ねた。次の瞬間、眠気が吹き飛ぶ。

「夜伽《よとぎ》だ」

「さあ、お支度《したく》が整いましたよ」

老女官の声で淑葉は我に返った。

身にまとっているのは襟に金刺繡《きんししゅう》が映える上質な絹の夜着。洗って乾かした髪はふんわりと杏《あんず》の香りがする。湯で温まった頰《ほお》に白粉《おしろい》はつけず、唇にだけうっすらと紅が引かれていた。

「初々《ういうい》しい王妃様ですこと。殿下は夢中におなりでしょうねえ」

老女官はしわくちゃの顔でにんまりしたが、淑葉は木彫りの人形のように固まっていた。

夜伽をしろと命じられて連れこまれた宵星閣であれよあれよという間に服を剝《は》ぎ取られ、浴室でかいがいしく体を磨かれ、すべらかな夜着に着替えさせられた。おまけに夕遼の臥室《しんしつ》に連れていかれる。青龍が縫《ぬ》い取られた帳《とばり》を左右に開き、老女官は淑葉を牀榻《しんだい》に座らせた。

「ここでお待ちください。じきに殿下がお見えになりますからね」

老女官が出ていくと、臥室の空気がどっと重量を増して淑葉の両肩にのしかかってきた。

（……いよいよこの日が来たのね）

早く妻の務めを果たさなければならないと日々思ってきたけれど、いざそのときが来てしまうと全身が石像のように硬くなってしまう。何しろ急なことなので心の準備がまったくできていない。なれど、夫に求められれば応じるのが妻の役目。後宮勤めをしているから、その手の知識はある。あとは必要以上に怖がって夕遼を興ざめさせないよう、注意して――。

「淑葉」

「は、はいっ！」

名を呼ばれたので返事をした。自分でもびっくりするような大声だ。

「元気がいいな。眠気が覚めたのか？」

いつの間にか臥室に入ってきていた夕遼が笑った。彼も夜着に着替えて、髪を背中に流している。淑葉の前を横切った長身からはふわりと湯上がりの匂《にお》いがした。

「……殿下のお体って、どんなふうかしら……」

淑葉は髪をいじるふりをしつつ、燭台《しょくだい》の炎を消していく夕遼を盗み見た。

「俺の体がどうしたって？」

独り言に返事をされてびくっとする。うろたえて両方の鬢《びん》を胸の前で蝶結びにした。

「な、な、何でもありませんわ……！　だ、大丈夫です、私、ちゃんとできますから……」

夕遼が隣に腰をおろすので混乱して訳の分からないことを口走った。

「髪をそんなふうに結ぶと傷むぞ」

右隣から筋張った手が伸びてきて、鬢で作った蝶結びをするりと解いた。

「綺麗《きれい》な髪なんだから大事にしろ」

大きな手で愛《め》でるように髪を梳《す》かれる。心臓がどきどきしていた。抱き寄せられて唇をふさがれると、ますます鼓動が激しくなる。夕遼を失望させずに夜伽を務められるだろうか。牀榻に体を上げられ、褥《しとね》に横たえられてもなお、不安でいっぱいだった。

何をされても恥ずかしがったり、怯《おび》えたりせず、受け入れること。妃嬪《ひひん》たちのための夜伽の指南書に書いてあったことを思い出そうと努力するが、なかなかうまくいかない。

ぎゅっと目を閉じて体を強張《こわば》らせていると、夕遼が衾《ふとん》をかけてくれた。帳をおろした後で、隣に彼がもぐりこむ。おとなしく待っていても、それ以上のことは起こらない。

「そう怯えるな」

夕遼はやんわりと淑葉の頭を撫《な》でた。淑葉がおそるおそる目を開けると、微笑《ほほえ》んでくれる。

「おまえが考えているようなことは何もしない。安心して眠れ」

穏やかな低い声音が胸をえぐった。

「……私、そんなに魅力がないですか」

同じ臥所にいても、夕遼が淑葉と契りを結ぶつもりがない。彼は妻に何の魅力も感じていないのだ。淑葉は夫の体温を衣服越しに感じてくらくらしているというのに。

どきどきうるさかった心臓が急速に冷えていった。

「おい、どこへ行く？」

淑葉は起き上がった。褥に跪《ひざまず》いて夕遼に向かって頭を下げる。

「私は長椅子《ながいす》を使います。殿下のお休みの邪魔はしません」

牀榻からおりようとしたが、腕を引っ張られて体が傾いた。杏の香りをまとった黒髪が褥に飛び散り、仰向《あおむ》けになった淑葉に夕遼が覆いかぶさってくる。

「自分に魅力がないと本気で思っているのか」

暗がりで淑葉をとらえた瞳は苛立《いらだ》ちを帯びていた。

「……殿下が、そういう、お気持ちにならないのは……私に魅力がないからでしょう？」

呪術師にまじないをかけられていたときのように喉がすぼまって語尾がかすれた。自分が彼に惹かれているようには、夕遼は淑葉に惹かれていない。その事実が胸を締めつける。

「まったく……暢気《のんき》なものだな、人の気も知らないで」

夕遼が体を倒して首筋に顔を埋めてきた。彼の重さと吐息の熱を素肌に感じる。

「私、暢気ではありませんわ。殿下の御心を動かせないのが、悲しくて……」

最後まで言わせてもらえず、唇をふさがれた。甘い口づけに言葉が溶ける。

「おまえに魅力がなかったら自分を抑えるのに苦労などしないんだ」

艶《つや》を帯びた声音に首筋を撫でられ、胸の奥がきゅっとなる。

「……私は、殿下の御心を……少しでも動かせているのでしょうか」

「少しどころじゃない。俺の胸に触ってみろ。どれだけ鼓動が速いか、分かるはずだ」

淑葉は厚い胸板にこわごわ手を這《は》わせた。彼の心臓が力強く脈打つのを掌《てのひら》で感じ取る。

「おまえは俺を誘惑するのがうまいが、今夜はその手には乗らないぞ。ここへ連れてきたのは、抱くためじゃないからな」

「そうでも言わないと、夜伽《よとぎ》をせよとおっしゃいましたわ」

「でも、夜伽をせよとおっしゃいましたわ」


優しい手つきで頭や蟀谷《こめかみ》を揉《も》んでくれる。強張りが解れて心地いい。

「真贋《しんがん》を見抜く目は酷使《こくし》すると力を失う。務めを果たしたいなら、必要に応じて休むことを覚えろ。自分で自分を管理して、能力を一番発揮しやすい状態に持っていくんだ。それができないと、せっかくの天賦《てんぷ》の才も十分に生かせない」

疲れた目の周りを指先で丁寧《ていねい》になぞられると、全身の力が抜けていく。

「眠くなってきただろう。我慢しなくていいから寝ろ」

夕遼が衾をかぶせてくれる。彼の体が隣にいるせいで常よりも温かい。

微睡《まどろ》みの沼に引きずりこまれるのを意識しながら、淑葉は夫にしがみついた。

「……好き、ですわ……あなたのこと」

思い切って本心を口にすると、夕遼が息をのむ気配がした。妻から想いを告げるなんてはしたないことだっただろうか。弁解しなければと思うのに、舌は痺《しび》れたみたいに動かない。

「俺も好きだよ、淑葉」

熱い吐息が首の付け根をくすぐる。柔肌に口づけされ、かすかな痛みが生じた。

「おまえが欲しくてたまらない」

くるおしげな囁《ささや》きに恥じらう余裕もなく、淑葉は眠りの世界に落ちていった。

第七編

芳園《ほうえん》の百花　一朶不尽《いちだふじん》の花にしかず

翌日から淑葉《しゆくよう》は飛翠大長公主《ひすいだいちょうこうしゅ》の許可を得て書画院《しょがいん》に通いつめた。

素秀《そしゆう》は匙《さじ》を投げてしまったが、飽きもせずに呉成妃《ごせいひ》の恋文を調べる。線質や書き癖《ぐせ》などを細かく見ていく作業に没頭するものの、夕遼の忠告に従って無理はしない。

今日は内院《なかにわ》の四阿《あずまや》で夕遼《せきりょう》と休憩をしている。夕遼が持ってきてくれた焼き菓子は桃の花の形をしていた。桃の果肉が練《ね》りこまれた生地は口当たりがよく、ぱくぱく食べられる。

「筆脈が通っていない感じ、しませんか？」

淑葉は焼き菓子をかじりながら、料紙を円卓に広げた。

何かの手がかりになればと、呉成妃の恋文を臨書《りんしょ》してみたのだ。

「できるだけ原本に近いように書こうとすればするほど、筆が引っかかるのです」

筆脈は文字に流れる道。人の体を流れる血のようなものだ。

同じ書き手でも、それを書いたときの体調や文字にこめる感情などの要因で、筆脈にはさまざまな変化が出る。一文の墨跡《ぼくせき》にはたいてい一本の道が通っているもので、一文字一文字、筆脈がぶつぶつ途切れるというのは妙だ。

「それが呉成妃の癖だとしたら分かるのですが、呉成妃が実家に宛《あ》てて書いた書簡にはちゃんと筆脈が通っていて、途切れ途切れなのは恋文だけなんです」

「まるで一字ごとに筆を置いて書いたみたいだな」

夕遼が淑葉の臨書による呉成妃の恋文に目を通した。

「原本を見ていたときは筆脈が乱れているとしか思わなかったが、おまえが臨書したものを見ると、乱れているというより、筆脈がない。一字一字がぶつ切りだ」

「ぶつ切り……そうです、一文字一文字が独立しているんですよね」

二つの文字を続けて書けば、たとえ続け字でなくても筆の流れが墨跡に現れるものだ。

「十二通すべて臨書しましたが、どれも筆脈がないのです。偽筆を作るにしても、呉成妃が書いたにしても、一字一字、筆を置きながら書くなんて普通はあり得ないのに、なぜ……」

夕遼が手を伸ばしてきた。淑葉の口元についていた菓子くずを取ってくれる。彼の指先が触れたところが熱くて恥ずかしい。羞恥《しゅうち》をごまかすように淑葉は菓子を食べた。

「……殿下は、お菓子……お召し上がりにならないのですか？」

「おまえが食べさせてくれるなら食べるぞ」

淑葉は頬《ほお》を赤らめた。桃の花の形をした焼き菓子をつまんで夕遼の口元に運ぶ。

「……いかがですか」

「それなりだな」

とてもおいしいのに、一口で焼き菓子を食べた夕遼は渋面《じゅうめん》になった。

「甘いものが苦手でいらっしゃるのかしら」

「いや、好きだぞ。桃の花びらの形をした菓子がいい」

「このお菓子は花びらの形をしていますわ」

もう一つあげようかと思って皿に伸ばした手をつかまれ、抱き寄せられた。

「皿の上の菓子じゃない。こちらの菓子だ」

顔を寄せて唇を重ねられる。舌に残っていた菓子の甘さが二人のあわいで溶けていく。

（……書画院でこんなことをしてはいけないのに……）

蕩《とろ》けるような声で囁かれると拒《こば》むことができない。瞼《まぶた》が重くなって体に力が入らなくなる。

「またおまえか！」

ふいに近くの窓から大声が聞こえてきて、淑葉はぱちりと目を開けた。

「季夏蠟《きかろう》を二度塗りするなとあれほど言っただろうが！」

「す、すみません……！　まだ塗られていないものだと勘違いして……」

またしても怒鳴り声が飛ぶ。窓の向こうは書工たちの作業場だ。

「腐紙《ふし》にしてしまったか……。あちらの窓には近づかないほうがいいな」

夕遼は書工たちの声がもれてくる窓を見やって苦笑した。

「腐紙？　というのは何ですか」

「季夏蠟を二度塗りしたものだ。死肉のような臭《にお》いがするので腐紙と呼ばれる」

　書画院では宮中で使う紙の加工も行われている。季夏蠟は紙の凹凸をならして紙面に光沢を出し、墨跡が長持ちするように塗る特殊な塗料だ。紙用の塗料にはいろいろな種類があるが、季夏蠟はとりわけ紙を滑らかにし、墨《すみ》の色を美しく引き出すといわれている。

「縁起《えんぎ》が悪いから宮中では腐紙を使わない」

「市井《しせい》では使われるのですか？」

「高級紙の代替品《だいたいひん》になるらしい。ごわごわした安物の紙でも季夏蠟を二度塗れば蚕宝紙《さんほうし》のような透明感が出るし、紙そのものの強度も上がって変色しにくくなり、虫食いを防ぐ」

「でも、いやな臭いがするんでしょう」

「二度塗りした後、香料に一晩つけておくんだ。それを乾かすと悪臭はほぼ消えている」

　夕遼が手を軽く揉《も》んでくれる。臨書しすぎて手が疲れていたから、気持ちいい。

「ただし、腐紙は一度塗りの紙より火に弱い。燭台《しょくだい》の火でほんの少し炙《あぶ》ると、あっという間に季夏蠟が溶けだして墨跡が台なしになってしまう」

「それでは、紙灯籠《かみどうろう》には使えませんね」

「傘や屏風《びょうぶ》としてはなかなか使えるようだな。香料を吸って紙自体が分厚くなるし、一度塗りに比べて紙質が硬くなるから、書き物よりも……」

夕遼が急に黙った。淑葉の手を揉んでくれていた指が動きを止める。

「どうかなさいまして？」

淑葉は欠伸《あくび》まじりに尋ねた。手の強張《こわば》りが解れて眠くなってしまった。

「確認したいことがある。おまえも来てくれ」


書房に戻り、夕遼は文箱から呉成妃の恋文を取り出した。表と裏を念入りに触り、何かを確かめている。ついで紙の匂いを嗅ぎ、不快そうに顔をしかめた。

「これは腐紙だ」

「え？　でも匂いは……」

「強い香料でごまかされているが、わずかに死肉の臭いがする」

淑葉も手に取って嗅いでみた。むせかえるような甘ったるい香りしかしない。

「裏ではなく、面だ。裏からは臭わないから、季夏蠟が二度塗りされているのは表だけだ」

表の匂いを嗅いでみる。花のような匂いに混じって腐敗臭がかすかに感じられた。

「これが腐紙だとすると、偽筆である可能性が高くなるな」

夕遼は呉成妃の恋文を机に広げて睨んだ。

「市井の腐紙は書き物にも使われるが、手紙には使わない。二人の仲が腐れるという意味で縁起が悪いからな。呉成妃がそれを知らなかったとも考えられるが、逆に言えばいくらでも上等な紙が手に入る後宮でわざわざ腐紙を使うかという疑問が生じる。もとになっている紅梅紙は高級紙だし、季夏蠟を塗るにしても一度で十分だ」

「季夏蠟が二度塗りされているのは表だけなのですよね？」

「一般的な腐紙は両面を二度塗りする。片側しか塗っていないのは妙だな」

「片側しか塗っていない……」

淑葉は明かり取りから差しこむ日光に照らして、呉成妃の恋文をじっくり見た。

（偽筆の作り手は片側しか季夏蠟が塗られていない腐紙をあえて使った）

そこに何らかの仕掛けが隠されているのでは？


「それだけじゃあ、偽筆の証拠としては弱いなあ」

暁和殿《ぎょうわでん》で夕遼の報告を聞き、嵐快《らんかい》は苦い顔をした。

「呉成妃がわざわざ腐紙で恋文を書いたというのはおかしいけど、筆跡は呉成妃のものなんだろう？　とすると、偽筆というには足りないね」

「偽筆だと疑いを持つには十分な証拠だがな。筆跡が偽物だと証明しなければならない」

夕遼は女官が運んできた茶を飲んで一息ついた。

「話変わるけど聞いたよ、兄上。とうとう義姉上《あねうえ》と共寝《ともね》したんだって？　おめでとう」

嵐快の弾んだ声に頭を殴《なぐ》られ、思いっきりむせる。

「……さすが主上《しゅじょう》は耳が早くていらっしゃる」

「そりゃそうさ。兄上の周りには俺の密偵がうじゃうじゃいるからね」

かつて、夕遼の周囲には身動きできないほど班太后《はんたいこう》の間者《かんじゃ》がいた。班太后は夕遼に砂烏姫《さうき》の面影《おもかげ》を見ており、蛮族の血を引く皇兄が反旗《ひるがえ》を翻しはしないか疑っていたのだ。今もって完全に信用されているわけではないけれども、いつからか周りを固める間者の顔ぶれが変わった。

『班太后に言ってやったよ。兄上のことは俺が監視するから手出し無用だって』

嵐快は班太后の手下たちを追い払い、自分の密偵で夕遼の周辺を固めた。素秀はその筆頭で、夕遼の行動を逐一《ちくいち》、嵐快に報告している。嵐快に知られてまずいことは何もないので自分の動向が異母弟に筒抜《つつぬ》けになるのはかまわないが、この手の話題は何とも気まずい。

「共寝っていっても添い寝で、それ以上のことは何もしていないって本当かい？」

「……本当だが悪いか」

憮然《ぶぜん》としてぼそっと言い返す。嵐快は驚いて目をぱちくりさせた。

「あー……兄上ってまさか、女人相手だと……そういう衝動に駆られない体質かな？」

「駆られるに決まっているだろ。変な気を回すな」

「だよね。よかった。今一瞬ヒヤッとしたよ」

冷や汗でもかいたのか、嵐快は白檀《びゃくだん》の扇子《せんす》を開いてぱたぱたとあおいだ。

「じゃあ一晩中、我慢していたんだ？　なんで？」

「淑葉は呉成妃の恋文が偽筆だという証拠を見つけるのに必死になっている。そちらに集中してほしいから、この件が片付くまでは添い寝以上のことはしない」

あの夜以来、淑葉はときどき宵星閣《しょうせいかく》で休む。夕遼が頭や腕を揉《も》みほぐしてやると、だんだん目がとろんとしてきて気持ちよさそうに眠りにつく。あどけない寝顔はあまりに無防備で、全幅の信頼を寄せてくれているのが分かる。たとえ衝動を感じても不埒《ふらち》な行いはできない。

「兄上も変わり者だなあ。妻に手を出すのを我慢するなんて」

「本件が片付くまでのことだ。何がしかの決着がつけば、もう遠慮《えんりょ》はしない。幾夜も俺を苦しめた罰として、淑葉をたっぷり懲《こ》らしめてやるつもりだ」

そうだ。懲らしめてやろう。自分に魅力がないなどと言ったことを後悔させてやる。

「可哀想《かわいそう》な義姉上。きっと泣きわめいて許しを請うだろうね」

「泣きわめいても許しはしない。とことん思い知らせてやる。あいつが俺を――」

衝立《ついたて》のほうから、どさっと物が落ちる音がした。

はっとしてそちらを見ると、顔色を失った淑葉が棒立ちになっていた。

「……殿下、私……逆鱗《げきりん》に触れるようなことをいたしましたか」

「あ……いや、違う。誤解だ」

「でも、私を懲らしめるおつもりだとおっしゃったわ。泣きわめいても許さないって……」

「そ、それは物のたとえだ。言葉通りの意味じゃないぞ」

「ではどういう意味で『懲らしめる』とおっしゃったのです？」

返答に詰まった。扇子の陰で肩を震わせている嵐快は助けてくれそうにない。

「荷物を落としたぞ。ああ、動かなくていい。俺が拾ってやるから」

慌てて駆け寄り、淑葉の足元に散らばっている料紙《りょうし》を拾い集める。

「ん？　双鉤《そうこう》したのか」

目にとまった紙には、輪郭《りんかく》だけ取り、中は墨《すみ》で塗られていない文字が並んでいた。

双鉤塡墨《てんぼく》という複製法の第一段階だ。書の上に薄紙をのせ、細い筆で文字の輪郭を写し取る方法を双鉤と呼ぶ。双鉤した後、輪郭の内側を墨で塗りつぶす。これが塡墨だ。うまくやれば能書家《のうしょか》の臨書《りんしょ》より正確な複製になるが、この文書は字が中抜きのまま、塡墨されていない。

「より精密に鑑定するため、呉成妃の恋文を双鉤しましたの。中抜きのままで呉成妃の真筆《しんぴつ》に重ねたら、字形の違いや傾きのずれが分かりやすくなるでしょう？」

淑葉はぱっと顔色を明るくした。「懲らしめる」件については忘れてくれたようだ。

「呉成妃の真筆の上に、同じ字の中抜きの文字を重ねて見比べていたらとても興味深い結果になりましたわ。日差しにかざすとはっきりしますので、試してみますね」

淑葉はてくてくと窓辺に行った。持っていてほしいと言われるので、夕遼は呉成妃の書簡を持って日差しにかざした。実家に宛《あ》てた私信だ。病気の母や幼い弟妹を気遣う文面だった。

「まず真筆の〈病〉という字に、一通目の恋文に書かれていた〈病〉を重ねます」

淑葉は薄紙に記された中抜きの文字を真筆の〈病〉に重ねた。

「……寸分のずれもないな」

真筆の〈病〉と、恋文の〈病〉——二つはぴったり一致した。払いや止めは言うまでもなく、線質までもが見事に重なる。まるで同じ文字みたいに。

「他の字も見てみましょう。今度は三通目の恋文ですわ。この中の〈心〉はわずかな誤差もなく呉成妃の真筆の〈心〉と重なります」

双鉤された紙は薄紙。重ねれば真筆の〈心〉が透けて見える。双鉤された文字は輪郭が縁取られているだけで塗りつぶされていないから、ずれがあればすぐに見て取れるはず。

だが、双鉤された文字の輪郭は真筆の〈心〉をすっぽりと収めてしまうのだ。

「真筆には、恋文に書かれた文字に対応する字が必ずあるのです」

淑葉は下敷きにしている呉成妃の書簡をときおり別のものに変えながら、実に数十個もの文字が寸分のくるいもなく重なることを示してみせた。

「これだけではありません。十二通ある呉成妃の恋文に記された約千四百字すべてが、呉成妃の真筆にある同じ意味の文字と一致します。呉成妃が恋文を書いたとしたら、こんなことはありえませんわ。自分の手跡《しゅせき》でも完璧《かんぺき》に同じものを再現することは不可能です」

「全部調べたのか？　一人で？」

夕遼が目を見開くと、淑葉はばつが悪そうに下を向いた。

「……無駄な作業になるかもしれませんから、確証が出るまでは自分でやろうと思って」

「無理をするなと言っただろう。書工か素秀か、俺でもいい。言ってくれたら手伝ったのに」

「皆様、別件でお忙しそうでしたもの。私はちょうど手がすいていましたし」

忙しかったのは事実だ。書画院《しょがいん》には仕事が山ほどある。

「おまえ一人に負担をかけてすまなかった。埋め合わせにあとで揉んでやる」

「まあ、本当ですか？　嬉しいわ」

淑葉は弾かれたように顔を上げた。蚕宝紙をもらったときみたいに少しだけ口角を上げる。

「私、殿下に揉んでいただくのが好きです。殿下の指でほぐしていただくと気持ちよくて」

「そうだろう。おまえは俺の腕の中で蕩けていくからな」

「夢見心地になるのですわ。毎晩していただきたいくらい。あ、でも……私ばかり気持ちよくしていただくのは心苦しいです。私も殿下を気持ちよくして差し上げられたらいいのですが」

「心配するな。俺はいずれたっぷり元を取るつもりでいるから……」

何を口走っているんだと我に返り、咳払《せきばら》いした。

「とにかく、でかしたぞ淑葉。これで呉成妃の恋文が偽物だと証明できる。ひいては俺に強いられてきた拷問《ごうもん》の日々も終わりが近いということだ」

「拷問……!?　殿下は拷問を受けているのですか!?　いったい誰がそんなことを！」

しまった、と口をつぐむ。またしても余計なことを言った。

「あー、気にするな。たいしたことじゃない」

「拷問はたいしたことですわ！　お怪我《けが》をなさっているのではありませんか？」

淑葉が腕や肩に触ってくる。彼女に触られて悪い気はしないのでされるままになっていた。

「痛いところはありますか」

「唇が痛い」

「まあ、唇が？　お怪我をなさっているようには見えませんが……」

「痛くてたまらない。おまえが口づけをしてくれたら治ると思う」

「えっ……く、口づけで治るのですか……？」

「そのはずだ。頼むから治療してくれないか。おまえの甘い唇で」

腰から抱き寄せて唇を奪おうとした、まさにその瞬間。

「邪魔するつもりはないんだけどさ、兄上」

双鉤《そうこう》で写し取られた呉成妃の恋文を見ていた嵐快が邪魔してきた。

「さっき重要な話をしていなかったかい。揉むだのほぐすだのきわどい会話を始める前に」

「あっ、そうだわ！」

淑葉が腕の中からするりと抜け出した。呉成妃の真筆を右手に、恋文の原本を左手に持つ。

「恋文の手跡は呉成妃の真筆と完璧に同じものです。つまり、恋文は真筆を双鉤塡墨《てんぼく》で複写し、その複製品の文字を組み合わせて作られたということですわ」

「恋文の手跡が呉成妃の筆跡とまるきり同じだったのは、当然のことだったんだ」

夕遼は薄紙に並んだ中抜きの文字を指先でなぞった。

「筆脈がないこともこれで説明がついた。一文字一文字ぶつ切りで、筆の流れが途切れ途切れだったのは、真筆の複写をぶつ切りにして並べ、文章を作っていたからだ。別々の日に別々の目的で書かれた手跡。いくら同一人物のものでも切り張りすればちぐはぐになる」

「もし、呉成妃が恋文を書いたのなら、双鉤塡墨で自分の筆跡を複写するなんて面倒なことをするはずがありませんわ。自分の手で筆を持って書けばよいのですもの」

「ところが、恋文は呉成妃の真筆から文字を複製したもので文章が作られている。なぜか？　答えは簡単だ。恋文の作り手が呉成妃の手跡を持たないから——呉成妃ではないからだ」

真剣な面持《おもも》ちで聞いていた嵐快が重々しくうなずいた。

「恋文は偽筆で間違いないんだな？」

「はい。でも分からないことが一つ残っていて……。なぜ恋文には腐紙《ふし》が使われているのでしょう。他の紙でもよかったはずなのに」

「他の紙ではだめだったんだ。おそらく、その理由は……」

夕遼は一通目の恋文を燭台《しょくだい》の火で軽くあぶった。

たちまち紙面に塗られた季夏蠟《きかろう》が溶け出し、文字がにじみ——文字そのものがずれる。

「やはりな。双鉤塡墨した文字を一字ずつに切り分け、季夏蠟を一度塗りした紅梅紙《こうばいし》に一枚ずつ張りつけて文を構成している。しかし、そのままでは紙面に凹凸が残ってしまう」

「だから季夏蠟をさらに上から塗って、紙面の凹凸をならしたのですね！」

淑葉はぽんと手を叩いた。生紙に文字を貼って一度塗りで済ませなかったのは、十分に凹凸を隠せなかったせいだろう。二度塗りは一度塗りより紙質が厚くなるのでごまかしが効く。

「『今晩四更《しこう》、宦官《かんがん》の恰好《かっこう》で銀凰門《ぎんおうもん》に来てください。迎えの者が蛍琳宮《けいりんきゅう》までご案内します』」

嵐快は十二通目の恋文を広げて、後半の文章を読み上げた。

「『私は臥室《しんしつ》でお待ちしています。寝化粧《ねげしょう》をして、胸をときめかせながら……』犯人は偽の恋文で徐岳放《じょがくほう》を呼び出し、蛍琳宮に忍びこませて呉成妃の不貞《ふてい》を演出したんだな」

「銀凰門に来ていたという『迎えの者』とは誰なんだ？」

「蛍琳宮の侍女《じじょ》たちを尋問したが、当日、不寝番をしていた者は居眠りしていて覚えていないと言っているし、それ以外の侍女は自室で休んでいた。徐岳放は宦官に案内されたと話しているけど、宦官たちを尋問しても怪しい者は見つからなかったよ」

双鉤塡墨で文字の複製を作るには、呉成妃の書き物が必要だ。蛍琳宮から何者かがそれらを一時、持ち出していたことは間違いない。徐岳放の最初の恋文が燃やされずに盗まれたことも併せて考えれば、蛍琳宮内に首謀者《しゅぼうしゃ》の手下がいるとしか思えないが……。

「いずれにしても犯人の狙いは呉成妃ですわね」

淑葉は七通目の恋文を手に取って眺めた。

筆脈の通らないちぐはぐな筆遣いで徐岳放への恋情がつづられ、短詩が添えられている。

空庭《くうてい》　夜静かにして春恨《しゅんこん》長し
怨臥《えんが》　枕をそばだてて独り眠らず
月笑いて言う　雲鬢《うんびん》乱れ　残粧《ざんしょう》は枯蓮《これん》のごとしと

人気《ひとけ》のない内院《なかにわ》はひっそりと静まり返って、満たされない心は泣き濡れるばかり
もしかしたらあなたがお見えになるかもしれないと思えば、眠ることもできない
窓からのぞく月さえ私を嘲笑《あざわら》っています
結い髪が崩れ、涙で寝化粧が落ちた女は、枯れた蓮《はす》のようにみすぼらしいと

「この詩を詠《よ》んだのは誰なのかしら……」

詩中に描かれた女の苦しみを感じ取ってか、淑葉は柳眉《りゅうび》をひそめた。

数日後、呉成妃の軟禁《なんきん》が解かれた。獄舎に囚われていた徐岳放は釈放されたが、皇帝の許し

があるまで自邸で謹慎《きんしん》するよう命じられた。

日暮れ時、嵐快は久しぶりに蛍琳宮を訪ねた。

「しゅっじょぉぉぉー！」

嵐快が洞門《どうもん》をくぐると、殿舎のほうから威勢のいい声が飛んできた。

艶《あで》やかに着飾った呉成妃、呉彩燕《さいえん》が長裙《ちょうくん》の裾をたくし上げて全速力で走ってくる。

「彩燕！　走るんじゃない！　止まれ！」

思わず大声で命じた。彩燕はぴたっと立ち止まる。と思いきや、裳裾をむんずと踏んだ。

「わわっ、危なっ……よし……！　あ……うわっ」

何とか転ばずに踏みとどまろうとするが、体がぐらぐらして危なっかしい。嵐快は慌てて駆け寄って彼女を抱きとめた。華麗《かれい》な衣装から木蓮《もくれん》の香りがふわりと舞い上がる。

「まったく、君はいつになったら自分が身重だと自覚するんだい？　飛んだり跳ねたり走ったりしてはいけないと太医《たいい》にさんざん注意されたはず――」

「ふふ、ふふふふ……主上《しゆじよう》だ！　本物の主上だ！」

彩燕がぎゅうぎゅう抱きついてくる。以前よりもふっくらとした体が温かくて、嵐快は微笑をこぼした。彼女の背に腕を回して抱擁《ほうよう》を返す。

「心配していたんだけど、具合はどうだい？」

「絶好調ですよ！　だって主上が会いに来てくださったんですもん」

「めかしこんでいるのは俺のためかな」

「もちろん、あなたのためです。ほらこれ、主上が今朝届けてくださった襦裙《じゅくん》ですよ」

彩燕は自慢するように両手で長裙を広げてみせた。ひだを寄せた爽《さわ》やかな空色の裙には紫木蓮《しもくれん》が咲いている。胸のすぐ下で結んだ珊瑚朱《さんごしゅ》色の帯と相まって、華やかな装いだ。

「とても綺麗《きれい》だ。花が駆けてきたのかと思ったよ」

手放しで褒めると、彩燕は心底嬉しそうに白い歯を見せた。彼女の素直さは在りし日の方寧《ほうねい》妃《ひ》を思わせる。好ましさと同時に燃え続ける喪失感が胸を焼いた。

「会いたかったよ。君が恋しかった」

「私もです。主上の綺麗なお顔が恋しくて夜も眠れませんでした」

「恋しかったのは顔だけ？」

「体も恋しかったです。というか、体のほうがもっともっと恋しかったです」

彩燕は甘えるように桜桃のような唇を突き出した。

「主上の衣をひんむいてやりたい放題楽しむ夢ばかり見ていたんですよ」

「ずいぶん欲求不満のようだね」

「そりゃそうですよ！　懐妊《かいにん》が分かってからずーっと夜伽《よとぎ》させてもらえないんですもん。私が蛍琳宮で悶々《もんもん》としているときにどこぞの妃嬪《ひひん》が主上の体にあんなことやそんなことをしているのかと思うと、憎たらしくて憎たらしくて！　憂《う》さ晴らしにやけ食いして太りました」

憎らしげに口をねじ曲げて、膨らんだ腹部を撫《な》でさする。

「ふくよかになって、さらに愛らしくなったじゃないか。顔も真ん丸で可愛《かわい》いぞ」

「ええっ、顔真ん丸ですか⁉　嘘⁉」

彩燕が両手で自分の頰《ほお》をふにふにとつまむ。嵐快は笑って、彼女の両手を握った。

「今夜は久しぶりに二人きりで過ごそうか」

「はい！　ぜひともお願いします！　やったっ、主上と久々に同衾《どうきん》だっ！　おおー！」

「ああ、だめだよ。嬉しくても飛びはねてはいけない」

彩燕が雄叫《おたけ》びを上げて飛びはねようとするので、嵐快は彼女の肩をつかんで止めた。

「……恐れながら、主上」

傍《かたわ》らに控えている皇帝付きの宦官が上ずった声で口を挟んだ。

「本日は向賢妃様が夜伽をお務めになる予定でございます」

「予定を変更《しよう》せよ。今夜は呉成妃と過ごしたい」

「ですが、後宮の規則には、懐妊中の妃嬪は枕席に侍《はべ》ることまかりならずと……」

「夜伽をさせなければよいのだろう？　余は身重の呉成妃を気遣って、一晩添い寝をしてやりたいだけだ。それ以上のことはせぬ」

「ええーっ！　そんなぁー！」

彩燕が不満げに眉《まゆ》をひそめて、嵐快の両手をぎゅっと握った。

「君の大事な体に負担がかかってはいけないから我慢するよ」

「我慢なんてしないでください。私、頑丈にできてるからどんと来いですよ！」

嵐快は鼻息の荒い彩燕の小さな耳にそっと口を寄せ、低く囁《ささや》いた。

「この場では何もしないと言っておかないと宦官が引き下がらないだろ？」

彩燕の瞳がぱあぁっと輝く。わざとらしく眩暈《めまい》を起こしたふりをした。

「ああ……急に眩暈が……。すみません、主上。どんと来いなんて言いましたけど、やっぱりどんと来ないでください。体がだるくて夜伽は無理です」

「そうだろう？　だから添い寝するよ。君が眠るまで明日の献立《こんだて》でも読み上げようか」

「わあ、いいですね！　主上の声で献立を読み上げてもらうとおいしい夢を見るんです」

「夢の中ならいくら食べても太らないね」

可愛らしくほころんだ頰をつまんで笑い、嵐快は宦官に視線を投げた。

「向賢妃に伝えよ。余は呉成妃を可愛がるのに忙しいから一人で休めと」

御意《ぎょい》、と答えて宦官が下がる。

「さて、夕餉を蛍琳宮に届けるよう命じてある。待っている間、双六《すごろく》でもしようか」

殿舎へと続く小道を二人で並んで歩く。内院の紫木蓮はすっかり散り落ちていた。

「何か賭《か》けましょうよ。そうだな、私が勝ったら口づけしてください。主上が勝ったら」

最後まで言わせず、嵐快は彩燕を抱き寄せて唇を重ねた。

「賭けるまでもないだろう？　俺の唇は君のものだ」

幾人もの妃嬪たちに囁いてきた口当たりのいい台詞《せりふ》。最近、誰かにも言ったような気がするが、思い出せない。いつの日か、彩燕に言ったことも忘れるのだろうか。

「ふふ、忘れていました。主上の唇は私のものだってこと」

彩燕はほんのり色づいた頰にえくぼを刻んだ。どこか切なげに目を細めて。

(君がもう少し愚かだったら、寵妃《ちょうひ》でいられる間だけは幸せにひたれたのに)

呉彩燕は聡い女だ。嵐快がなぜ自分を寵愛《ちょうあい》するか、痛いほどよく理解している。

今夜は蛍琳宮で過ごすと言い出した理由さえ察しているのだろう。だからこそ、弾けるような笑顔がこんなにも悲しみに満ちているのだ。今にも泣き出しそうなほどに。

(芳園《ほうえん》の百花　一朶不尽《いちだふじん》の花にしかず……)

後宮ではゆめゆめ恋をしてはならない。

なぜなら、ここで生まれた恋は、必ず徒花《あだばな》になってしまうから。


「恵兆《けいちょう》王妃に仕事を頼みたい」

暁和殿に呼び出された淑葉は龍椅《いす》に腰かけた皇帝と向かい合っていた。

皇帝のそばに控えているのは素秀だ。素秀はもともと皇帝の子飼いの部下で、夕遼を監視するため恵兆王府に仕えている密偵なのだという。

班太后の間者《かんじゃ》から異母兄を守るために皇帝は夕遼の周辺を自分の配下で固めているらしいが、素秀を通して淑葉の言動も皇帝に筒《つつ》抜《ぬ》けになるのなら、王府でも気を抜かないほうがよい。

（……この間は、主上にからかわれてしまったし）

先日、とうとう夕遼と同衾《どうきん》することになった。寝支度《ねじたく》を調え、どきどきしながら牀榻《しんだい》で彼を待っていたが、ふと気がついたときには朝になっていた。夕遼は怒っていなかったし、笑って許してくれたが、皇帝に「兄上をいじめないでくれ」とからかわれて恥ずかしい思いをした。

「浅学非才の私がお役に立てますでしょうか」

「君なら満足のいく出来に仕上げてくれるだろう。呉成妃宛《あ》ての恋文を」

皇帝はゆっくりと茶杯《ゆのみ》を傾け、茶を味わった。

「こちらで文面は考えてある。君は恋文を作成してくれればいい」

「畏《かしこ》まりました。ご期待に沿えますよう、力を尽くします」

淑葉は恭《うやうや》しく拝礼した。微笑《ほほえ》ましい気持ちになり、緊張していた肩から力が抜ける。

「呉成妃へのご寵愛は深まるばかりですわね。蛍琳宮に毎晩お運びになっているのに、恋文までお送りになるなんて。素敵ですわ」

軟禁《なんきん》が解かれてからというもの、皇帝は蛍琳宮に足しげく通っている。偽の恋文のからくりは発表されなかったので、公《おおやけ》にはいまだ不貞《ふてい》疑惑は晴れていない。それでも皇帝が蛍琳宮に通いつめているから、妃嬪《ひひん》たちは呉成妃に注がれる寵愛の深さを思い知らされている。

「俺にとっての呉成妃は、兄上にとっての君のようなものだよ」

皇帝は微笑んで扇子《せんす》を開いた。書画院《しょがいん》が作製した扇子だ。画山水《がさんすい》が扇面を彩っている。

「だがあいにく、恋文の差出人は俺じゃないんだ」

「え？　主上でないなら、誰が……」

「素秀、あれを恵兆王妃に渡してくれ」

皇帝が命じると、素秀はやる気のなさそうな所作《しょさ》で三つ折りの紙を淑葉に渡した。最高級の藤紙《とうし》に記された躍動感のある墨跡《ぼくせき》は皇帝のもの。その内容を読んで、淑葉は目を見張った。

差出人の名前は書かれていないけれど、文面から察するにこれは……。

「徐岳放から呉成妃に宛てた恋文だ。臨書《りんしょ》ではなく、徐岳放の手跡《しゅせき》を双鉤塡墨《そうこうてんぼく》で複製して、真筆と見紛《みまが》う偽筆を作ってくれ。出来上がったものを蛍琳宮に送る」

「……主上は呉成妃をお疑いなのですか？」

徐岳放の邸《やしき》から見つかった呉成妃の恋文は十二通とも偽筆だと証明したはずなのに。

「妃嬪たちは何枚もの舌を持っていて、しばしば俺を騙《だま》す」

皇帝は龍椅の肘掛にもたれ、見るともなしに扇面の画山水を眺めた。

「そのうちの一枚を引き抜いてやるんだよ、義姉上」

それから半月後、後宮では皇子の三歳の誕生日を祝う宴《うたげ》が催《もよお》された。

宴席は湖に面した楼閣《ろうかく》にもうけられた。十二旒《りゅう》の冕冠《べんかん》をつけた皇帝を中心に据え、きらびやかな装いに身を包んだ妃嬪たちがずらりと席につくと、華やかさに圧倒される。

（……堂々としていなくちゃ。殿下に恥をかかせてはいけないわ）

宴が始まってからというもの、淑葉は落ち着かなかった。

天女のような妃嬪たちはもちろんのこと、列席している皇族たちの妻や娘も牡丹《ぼたん》か芍薬《しゃくやく》かというような美人ぞろい。自分が一番みすぼらしいのではとおどおどしてしまいそうになる。

「おまえが一番綺麗《きれい》だ」

隣に座す夕遼が耳元で囁《ささや》く。うつむき加減になっていた淑葉は顔を上げた。

猛々《たけだけ》しい龍の縫《ぬ》い取りが映える長衣に、袖口《そでぐち》と襟《えり》に金刺繍《きんししゅう》がほどこされた薄手の外衣《がいい》。

長い黒髪は結い上げて、皇兄の位を示す豪奢《ごうしゃ》な冠をつけている。

優れた書画のように整った容貌《ようぼう》は溜息がもれるほど優美で、瞬きする暇すら惜しく思えた。

「ずっとおまえに見惚《みと》れていた。今夜の装いは一段と麗《うるわ》しいな」

山海珍味が並べられた食卓の下で手を握られると、じんわりと頬《ほお》が熱くなる。

五彩の花卉《かき》文様に胡蝶《こちょう》が舞う美麗な襦裙《じゅくん》は、この日のために夕遼が用意してくれたものだ。

髪は琴鈴《きんれい》が十字髻《じゅうじけい》に結ってくれた。前髪を上げて額をさらし、顔の左右に大きな輪を作って耳がのぞくようにした十字髻はいささか古風で奥ゆかしく、衣装をいっそう引き立てている。

小粒の珊瑚《さんご》を連ねて垂らした歩揺《ほよう》や金の飾り櫛《ぐし》、結い髪にさした造花の鉄線蓮《てっせんれん》、耳朶《じだ》で揺れる翡翠《ひすい》の耳飾り……身につけているものは何もかも夕遼からの贈り物だ。

「殿下がくださった衣装や宝飾品ですもの。素晴らしいのは当然ですわ」

「素晴らしいのは衣装や宝飾品ではない。おまえだ、淑葉」

夕遼は食卓の下で握った手に指をからめてきた。

「花の精のようなおまえの隣にいると、自分がみすぼらしく思えてくる」

「まあ、なんてことをおっしゃるの。宴席の殿方《とのがた》の中で一番素敵なのはあなたですのに」

まったくその通りだ。宗室《そうしつ》の高《こう》一族には美男が多く、列席している皇族たちは年齢を問わず眉目秀麗《びもくしゅうれい》な男性ばかりだったが、淑葉が見惚れるのは慕わしい夫ただ一人だった。

「殿下……私、お願いしたいことがあるのです」

「何だ？　どんな願いでも聞いてやるぞ」

夕遼が耳元に口を寄せた。

「ただし、その代償としておまえの唇をいただくが」

「……ふ、二人きりの、ときになら……」

彼の唇を意識してしまうと鼓動が暴れ出す。たとえここで口づけされても拒《こば》めないだろう。

「恵兆王夫妻は互いしか目に入らぬようだな」

玉座から笑いまじりの声が降ってきた。皇帝が面白がるような目つきでこちらを見ている。

「王妃があまりに美しいので見惚れておりました」

夕遼は悪びれもせずに笑顔でそんなことを言ってのける。

「後宮の百花が装いをこらして集《つど》っているのに、恵兆王の目に映るのは愛妻だけか」

「羨《うらや》ましいわ。恵兆王に一心に愛されて、恵兆王妃はたいそう幸運な方ですわね」

皇帝の左手側に座している向賢妃がぽってりとした艶《つや》っぽい唇で微笑した。

向賢妃は有力貴族出身の妃で、程貴妃の取り巻きの一人だ。皇帝との間に公主を一人産んでおり、呉成妃が寵愛を一身に受けるようになるまでは、寵妃《ちょうひ》と呼ばれていた。

「夫の愛情を独り占め。女として最高の幸せを味わっていらっしゃるんだもの」

「……独り占めなんて、私にそんな魅力はございませんわ。殿下は大変情け深い御方ですから、私のようなつまらない女でさえ憐《あわ》れんでくださり、お目にかけてくださるのです」

淑葉が慎《つつ》ましく答えると、向賢妃は大げさに驚いてみせた。

「なんて謙虚な御方なのでしょう。どこかの尊大な寵妃様とは大違いですわ」

向賢妃があて擦るように袖で口元を隠して笑う。すると、妃嬪たちが騒ぎ出した。

「あら、そういえば呉成妃が来ていないわね？」

「いつもなら宴には嬉々として出席して最初から最後まで料理をがつがつ食べているのに」

「皇子様のお誕生日に顔も出さないなんて、どういうつもりかしら」

「程貴妃様が宴を仕切っていらっしゃるから、わざと欠席したのではなくて？」

妃嬪たちは口々に呉成妃を罵《ののし》る。和《なご》やかだった宴席の空気がぎすぎすし始めた。

「おやめなさい。主上《しゅじょう》の御前で見苦しいわよ」

程貴妃の柔らかい声音《こわね》が妃嬪たちのざわめきを貫いた。皇帝の右手側に座している程貴妃は、たおやかな容貌《ようぼう》に気品を漂わせた美女だ。ざっくばらんとした快活な呉成妃とは違い、花の王者である牡丹《ぼたん》のような風格をまとっており、宴の主役らしく堂々と椅子《いす》に腰かけていた。

「呉成妃は体調が悪いそうよ。欠席は残念だけれど、体のほうが大事だもの、仕方ないわね」

傍《かたわ》らにはいるのは、今上帝《きんじょうてい》の唯一の皇子だ。小さな皇子は母親に似て繊細な顔立ちをしており、きらきらしい龍紋の衣装を窮屈《きゅうくつ》そうに着こんで行儀《ぎょうぎ》よくしている。

「ですが、程貴妃様。仮病かもしれませんわ」

「そうですわ。仮病に決まっています。呉成妃は体を鍛えていて丈夫ですもの」

「ひどいことを言わないで。わたくしも経験があるから分かるけれど、身籠《みご》っていると体調を崩しやすくなるのよ。あなたたちも身籠るかもしれないのだから分かってあげて」

程貴妃が穏やかに微笑《ほほえ》みかけると、妃嬪たちは不満そうにしながらも黙った。

「今夜はやけに寛大だな、程貴妃。普段ならいやみの一つでも言うところだろう」

皇帝が酒杯をあおって程貴妃を見やった。程貴妃は柔和《にゅうわ》な笑みを返す。

「嫉妬《しっと》深い妻は夫を呆《あき》れさせるだけだと気づきました。いやみなんて申しません」

「ようやく殊勝《しゅしょう》なことを言うようになったな」

「愚かなわたくしをお許しくださいませ。主上《しゅじょう》をお慕いするあまり、醜《みにく》い女になっていました。呉成妃にも辛く当たってしまい……後悔しております。なれど、深く反省して心を入れかえました。今は、主上が大事になさっているものをともに愛《いと》おしみたい気持ちでいます」

「余《よ》が聞きたかったのはその言葉だ、程貴妃」

皇帝は玉座から立ち上がり、程貴妃に歩み寄った。

「おまえの美貌《びぼう》も才気も、いずれも後宮に並ぶものがないが、余が何よりも愛しく思うのは、自らを省《かえり》みたおまえの清らかな心ばえだ」

程貴妃の手を握り、皇帝付きの宦官《かんがん》を呼ぶ。

「瑞明宮《ずいめいきゅう》に伝えよ。今夜は程貴妃と過ごす。支度《したく》を整えておけ」

宴席がざわついた。皇帝が瑞明宮に泊まるのは、二年ぶりなのだ。

「わたくしのような年増《としま》の女より、もっと若く美しい妃嬪をお召しになってはいかがです？」

やんわりと断りながらも、程貴妃の声は浮かれて上ずっている。

「何が年増だ。十六で入宮したときと変わらぬ玉の肌をしているくせに」

皇帝が頰《ほお》を撫《な》でると、程貴妃は初恋にはしゃぐ乙女《おとめ》のように顔を赤らめた。

「わたくしを許していただいたことは嬉しいのですが、呉成妃のことが心配です。具合が悪い夜の独り寝は寂しいでしょう。主上がお運びになれば心が慰められると思うのですが」

「では、あとで一緒に見舞いに行こう。おまえが優しい姉になったことを報告しなければ」

皇帝に抱き寄せられて程貴妃がうなずいたとき、飛翠大長公主がぽんと手を叩いた。

「なんて喜ばしいことかしら。夫婦のわだかまりが解けたわ。皆で祝福しましょう」

飛翠大長公主が朗《ほが》らかに言い放つと、宴席はめでたい言葉であふれた。

淑葉は酒に酔ったことを口実に中座した。星明かりに照らされる小道を夕遼と並んで歩く。

「さっき言っていた『お願い』というのは何だ？」

「あの……もしよろしければ、殿下の真筆《しんぴつ》をいただけないでしょうか」

夕遼が任国から戻って数ヶ月経つのに、いまだに彼の筆跡を見たことがない。

彼がどんなふうに文字を書くのか見たくてたまらなくて、ねだってしまった。

「……いつかこの日が来ると覚悟してはいたが……」

夕遼は渋面《じゅうめん》になり、額に手を当てた。

「私に真筆をお見せになるのが、そんなにおいやなのですか……？」

「そういうことじゃない。ただ……俺は自分で言うのも何だが、ひどい悪筆なんだ」

以前、話しただろうと言われてきょとんとする。どうやら香蝶《こうちょう》から紅糸石《こうしせき》の硯《すずり》を取り返すために露華宮《ろかきゅう》へ行ったときのことらしい。あのとき確かに、夕遼は「俺は度し難いほどの悪筆」だと言った。香蝶を欺《あざむ》く方便だと思っていたのだけれど……。

「でも、噂《うわさ》では、殿下は達筆でいらっしゃるとうかがっております」

「重要な文書は素秀に代筆させているからな。さもないと俺の直筆は読めた代物《しろもの》じゃないんだ」

夕遼は悪戯《いたずら》が見つかった子どもみたいにばつが悪そうにしている。

「俺の真筆を見ると幻滅するぞ。見ないことを推奨《すいしょう》する」

「殿下に逆らうのは本意ではありませんが、ますます見たくなりましたわ」

短く返答に詰まり、夕遼はしぶしぶうなずいた。

「分かった。その代わり、俺の願いも聞いてくれないか」

「何でしょうか」

夕遼は立ち止まった。淑葉の両頬を掌《てのひら》で包んで、瞳をのぞきこんでくる。

「おまえの花嫁姿を見たい。婚儀のときは恵兆国にいたから、花嫁衣装を着たおまえを見られなかっただろう？　二度目になるが、着てみせてくれ」

「ええ、かまいませんが……。そういえば私も花婿姿の殿下を拝見しておりませんわ」

見たいと思った。自分のために花婿衣装をまとった彼を。

「じゃあ二人だけの婚儀を挙げるというのはどうだ？　お互いの晴れ姿を見られるし」

「まあ、それはよいですわね。いつにしましょうか」

二人の都合が合いそうな日を言い合って、二人だけの婚儀の日にちを決めた。

「楽しみですわ」

胸が躍り、足取りも軽くなる。今夜、誰よりも幸せなのは自分だと確信していた。


「……呉成妃がいない？」

皇帝は出迎えた蛍琳宮の侍女《じじょ》に聞き返した。程氏《ていし》は夫の数歩後ろに控えている。

「つい先頃、静永殿《せいえいでん》へお出かけになりましたわ」

「静永殿？　いったい何の用件で？　あそこには無人で、何もないぞ」

「何のご用件だったのかは……。急いでお出ましになりましたので」

歯切れ悪く答えた侍女が程氏の手先だということを、皇帝は知らない。

「急に楊順妃が懐かしくなったのではないでしょうか。呉成妃と楊順妃は本当の姉妹のように仲睦《なかむつ》まじくしていましたので、物寂しい夜に故人を偲《しの》びたくなったのでしょう」

程氏は憐《あわ》みを声ににじませ、心にもないことを口にした。

「そうかもしれないな。じゃあ、静永殿に行こう」

皇帝のあとをしずしずとついていきながら、程氏は笑い出したくなるのを必死で堪《こら》えた。

（さすがの主上も、今夜のことで呉成妃に愛想をつかすでしょう）

先日、懲《こ》りもせずに謹慎《きんしん》中の徐岳放《じょがくほう》が呉成妃宛《あ》てに恋文を送ってきた。蛍琳宮にもぐりこませている密偵の侍女が、呉成妃に見せる前にそれを程氏のところに持ってきたのだ。

恋文はいたく黴臭《かびくさ》い紙につづられていた。徐岳放は今回の件で書簡を書くことを禁じられ、紙と筆を取り上げられた。そのために紙も墨《すみ》も悪質なものしか使えなかったのだ。

文面には「皇子の誕生日の宴《うたげ》が催《もよお》される夜、女官の恰好《かっこう》で後宮に忍びこむから、静永殿で会おう」と書かれていた。徐岳放は捕えられて厳しく尋問されたにもかかわらず、呉成妃への邪《よこしま》な恋情を諦めていなかった。愚かな男を嘲笑《あざわら》いつつ、利用させてもらうことにした。

徐岳放が静永殿に行くなら、呉成妃を静永殿に呼び出して鉢合《はちあ》わせさせればいい。

そして現場を皇帝に見せるのだ。呉成妃に夢中になっている皇帝も、愛する寵妃《ちょうひ》が私通の疑いのあった男と二人きりでいるところを見れば、いい加減に目を覚ますだろう。

すでに密偵の侍女に命じて、呉成妃を静永殿に連れていかせた。

皇帝が呼んでいると嘘をついて連れ出したのだ。

ちょうどそこに女官に変装した男が現れたと、宴席でひそかに報告を受けた。

「そろそろ呉成妃のお見舞いにまいりませんか」と皇帝を促したのはそのためだ。

(憎たらしい呉成妃もいよいよおしまいね)

本来なら、前回の不貞《ふてい》疑惑で片付いていたのだ。呉成妃が燃やすように言った一通目の徐岳放の恋文を手に入れたとき、呉成妃を陥《おとしい》れる計略を思いついた。呉成妃の代わりに徐岳放と恋文のやり取りをし、それを証拠に呉成妃の不貞《ふてい》をでっちあげようと。

書画院《しょがいん》で鑑定されても偽書だと見抜かれないよう、腕利《き》きの書工を雇って作らせた偽の呉成妃の恋文は完璧《かんぺき》な出来映えだった。十二通目の恋文で徐岳放を呼び出し、宦官の変装をした侍女に案内させて蛍琳宮へ忍びこませた。腹立たしいのは、夜這《よば》いのお膳立《ぜんだ》てまでしてやったのに、当の徐岳放は呉成妃に蹴《け》り飛ばされて、思いを遂《と》げるどころではなかったことだ。

そのせいだろうか、皇帝は恋文という証拠があったにもかかわらず呉成妃を許した。のみならず連日、蛍琳宮に通い詰めて、添い寝と称して呉成妃と夜を過ごしている。

『今夜は私が夜伽《よとぎ》をする予定でしたのに、呉成妃が横取りしたのですよ！』

向賢妃が怒りで顔を真っ赤にして瑞明宮に駆けこんできたのは一月ほど前のこと。

それからというもの、呉成妃は以前にも増して寵愛《ちょうあい》されている。

何度殺してやりたいと思ったか分からない。憎たらしくてたまらないが、暗殺は現実的ではない。呉成妃には呉家という後ろ盾があり、飛翠大長公主が後見している。手下を一人もぐりこませるのにも苦労したのだ。うかつに動いて失敗すればこちらに疑いが及んでしまう。

手を出しあぐねて歯ぎしりしていたところに来た、愚かしい徐岳放からの十三通目の恋文。まさに千載一遇《せんざいいちぐう》の好機。再び呉成妃を陥れるべく計画を練《ね》った。

それが今夜、芽をふく。

（とっくに徐岳放が思いを遂げているでしょうね）

今度は抵抗されないよう、密偵の侍女が静永殿で呉成妃に眠り薬を嗅《か》がせて眠らせた。

病的な恋情を抱いてやってくる徐岳放は、眠る呉成妃を見て欲望に駆られるだろう。

「何だ、誰もいないじゃないか」

静永殿に着くなり、皇帝はがっかりしたふうに言った。殿舎には明かり一つ灯っていない。

「もしかしたら、呉成妃が房《へや》の中で倒れているかもしれませんわ」

「具合が悪いと言っていたからな……。中を調べてこい」

皇帝の命令で宦官が殿舎に入っていく。宦官はすぐに戻ってきて報告した。

「室内は無人です。呉成妃様はいらっしゃいません」

「そんなはずないわ。よく調べてちょうだい」

宦官は再び調べに行ったが、結果は同じだった。程氏は自分の目で確かめるべく、殿舎内の房を一つ一つ見ていった。薄暗い房はがらんどうで、人が隠れる場所もない。

（……呉成妃を連れて逃げたのかしら）

それならそれでかまわない。呉成妃さえいなくなってくれればいいのだ。

「主上《しゅじょう》、母屋《おもや》の裏で不審な者を見つけました」

程氏が房から出たとき、小柄な若い宦官が男のように体格のいい女官と長身の宦官を内院《なかにわ》に連れてきた。どちらも大柄だ。下を向いていて顔は見えない。皇帝は二人を見て笑った。

「さては逢引《あいびき》していたな？　女官と宦官が慰め合うのはよくあることだ。放っておけ」

皇帝が一笑にふして立ち去ろうとする。程氏は内院に駆け降りて呼び止めた。

「女官のほうは……がっしりしていて、男のように見えますわ」

「がっしりした体格の女官だっているだろう」

「いいえ、その者は男に違いありません。女官の扮装をしているのです」

「女の服を着て宦官と密会する男がいるというのか。ばかばかしい」

皇帝は呉成妃と入れ違いになったのだろうと言い、静永殿を出ようとする。

「主上！　呉成妃様が見つかりました！」

またしても母屋の裏側から宦官が駆けてきた。青ざめて肩で息をしている。

「母屋の裏手側にいらっしゃいました。そ、その……申し上げにくいのですが……」

「どうした？　呉成妃に何かあったのか⁉」

「……い、衣服が、乱れていらっしゃいます」

皇帝は駆け出した。程氏も追いかける。母屋の裏手側には若い宦官がしゃがみこんでいた。傍らに女が横たわっている。地面に広がった紫木蓮《しもくれん》が咲く空色の裙《くん》。それが皇帝から呉成妃への贈り物だと程氏は知っている。幾日か前も呉成妃は朝礼で見せびらかしていた。

「呉成妃、いったい何があったんだ⁉」

皇帝は呉成妃を抱き起こした。結い髪が無残に崩れていた。襟元《えりもと》が乱れて、帯が解けかけている。意識がないのか、ぐったりしていて皇帝が話しかけても何も言わない。

(さっきの男よ！　あいつが徐岳放なのよ！)

程氏は黙っていた。他の誰かがあの二人組を疑うと思ったのだ。ところが、予想に反して誰も二人組のことに言及しない。彼らの存在を瞬時に忘れてしまったかのようだった。

皇帝は黙りこんだ。呉成妃を抱きかかえて静永殿を出ていこうとする。

（……こんなはずじゃないわ。こんなはずでは……！）

この事件を機に呉成妃は寵愛を失うだろうか？　逆のことが起こりそうだ。

皇帝は傷ついた呉成妃を憐《あわ》れみ、いっそう寵愛するだろう。

それでは何もかも元の木阿弥《もくあみ》ではないか。

「主上、さっきの男ですわ！　女官に化けていたあの男が呉成妃を穢《けが》したのです！」

我慢できず、程氏は声を荒らげた。あの大柄な女官が徐岳放だとここで暴かなければ。

「ばかなことを言うな。あれは女だぞ」

「いいえ、女ではないのです！　体を見れば分かりますわ！」

程氏は大柄な女官につかみかかった。白粉《おしろい》を厚く塗って化粧《けしよう》をしているが、顔や体の骨格は男のもの。胸板は平らで、ふくらみがない。

「やはりこの者は男ですわ！　白状しなさい、徐岳放！　おまえは呉成妃とここで――」

「徐岳放だと？」

呉成妃を抱きかかえたまま、皇帝が振り返った。

「なぜその男が徐岳放なんだ？」

「なぜって……ご覧になれば分かるでしょう！　この男は呉成妃と密通していて……」

「申し訳ありませんが、程貴妃様。臣めは徐岳放ではございません」

うっとうしそうに言って、女装姿の男は程氏につかまれたせいで乱れた襟を整えた。

「……え……？　そんな……じゃあ、おまえは……」

「私の副官です、程貴妃」

女装姿の男の隣にいる長身の宦官《かんがん》が口を開いた。いや、彼は宦官ではなく――。

「恵兆王、殿下……」

あえかな星明かりの下で皇兄の顔を見て、程氏は足が石になったかのように立ち尽くした。

「……なぜ、あなた方が……呉成妃は、どうして……」

「呉成妃は別の場所にいる。体を厭《いと》わねばならないときに雑事で煩《わずら》わせたくないからな」

皇帝は呉成妃を地面におろした。ぐったりしていたはずの呉成妃はしっかりと両足で立つ。

「……恵兆王妃」

それは呉成妃の衣装を着た恵兆王妃だった。

「さて、もう一度尋ねようか。なぜ素秀を徐岳放と勘違いした？」

皇帝がゆったりとした足取りで近づいてくる。程氏は視線を泳がせて後ずさった。

「だんまりか。じゃあ当ててやろう。これを読んだからだな」

皇帝は一枚の紙を広げてみせた。蛍琳宮にあるはずの徐岳放からの恋文……。

「なぜ余が持っているのかと言いたげだな。憂安《ゆうあん》が蛍琳宮から持ち出したんだ。あいつはなかなか優秀だぞ。蛍琳宮のとある侍女《じじょ》がこれを持って瑞明宮に行くのも確認した」

徐岳放の恋文を提灯《ちょうちん》の火で軽く炙《あぶ》る。たちまち表面の蠟《ろう》が溶け出し、徐岳放の骨ばった手跡《しゅせき》がにじんで、文字そのもの位置がずれた。

「余もおまえと同じ手口を使った。腐紙《ふし》の臭いで気づかれぬよう香料を使うことを忘れずに」

程氏は黙っていた。この分だと蛍琳宮にもぐりこませていた侍女も捕まっている。拷問《ごうもん》されれば洗いざらいしゃべってしまう。言い逃れようとあがいても無駄だ。

「愚かなことをしたな、程貴妃。まったく残念だ」

皇帝は偽の恋文を宦官に手渡し、程氏を見下ろした。温かみのない冷ややかな眼差し。憤《いきどお》っているのではなく、呆《あき》れているのでもなく、ただ単に興味がないという目つき。

(あなたは……いつだってこんなふうにしかわたくしを見ない)

蝶よ花よと何不自由なく育てられた程氏は、一族の期待を一身に背負って意気揚々《ようよう》と入宮した。自分なら絶対に寵愛をほしいままにできると自信を持っていた。

事実、皇帝は程氏の美貌《びぼう》を褒め称《たた》え、甘い言葉を囁《ささや》いてくれた。

それがまやかしだと気づいたのは、いつだっただろうか。

『おまえは班太后に似ているな』

最後に夜伽《よとぎ》をしたのは二年前。あの夜、皇帝は独り言のようにつぶやいた。

当時は褒められたのだと舞い上がった。だがのちに自分の勘違いだと思い知らされた。なぜなら皇帝はその夜以来、程氏の臥室《しんしつ》に入らなくなったから。

程氏とて努力しなかったわけではない。皇帝に愛されるため、美貌《びぼう》を磨き、皇子の教育に熱を入れ、まめまめしく皇太后に仕え、妃嬪《ひひん》たちを厳格に統率した。身籠《みご》った妃嬪に無理を強《し》いたこともあったけれど、後宮の規則を守るためには致し方ないことだった。

立派な妃だと褒められたかった。たとえ臥室では求められなくても、皇貴妃になり、いずれは皇后になって皇帝を支えたかった。

しかし、いくら努力しても、夫には疎《うと》まれ続けた。

程氏をとらえる冷たく濁った目。いっそ憎まれたほうがいい。怒鳴られて殴《なぐ》られたほうがいい。役に立たない手駒を見るような眼差しで、見下ろされるよりは。

「誤解なさらないで。わたくしは主上《しゅじょう》恋しさにこのようなことをしたのではありません」

──皇帝は読んだはずだ。程氏が作った、呉成妃の恋文の偽物を。

「呉成妃が皇子を産んだらわたくしの位が脅《おびや》かされるから、あの女を排除したかったのです」

──気づいてくれなかったのだろうか。

「わたくしを冷宮《れいぐう》に入れるとおっしゃるのでしょう？　どうぞ、抗《あらが》いはしませんわ」

──徐岳放に宛《あ》てて詠《よ》んだふうを装った短詩はすべて、皇帝に宛てたものだと。

「冷宮に入ればかえって楽になりますわ。何もかも失えば奪われる心配はなくなりますもの。清々しました。これからはもう呉成妃がどうなろうと知ったことではありません」

せめて矜持《きょうじ》だけは守ろう。愛されなくても、求められなくても、矜持だけは手放すまい。

決して皇帝に泣きすがったりしない。あなたが恋しかったのだとは死んでも言わない。毎晩、訪《おとな》いを待っていたのだとは、泣き伏していたのだとは、殺されても口に出すものか。

「程貴妃、涙を拭け」

皇帝が手巾《しゅきん》を差し出した。程氏が受け取らずにいると、目元を拭ってくれる。優しく手巾を押し当てられ、胸が熱くなった。まるで愛されているみたいだ。まるで……。

「冷宮には入れない。その代わり今後は程昭華《しょうか》を名乗れ。呉成妃を脅かした罰だ」

昭華は九嬪《きゅうひん》の第三位。十二妃ですらない。それでも冷宮行きよりははるかにましだ。

「……わたくしは呉成妃を害そうとしたのに……降格だけで許してくださるのですか」

甘い処分だ。下手《へた》をしたら呉成妃は貞操を穢され、子を喪《うしな》っていたかもしれないのに。

「許すとも。おまえは皇子を産んでくれたし、最上位の妃として務めを果たしてきた」

涙がどっとあふれた。ずっと聞きたかった労《ねぎら》いの言葉が心を包んでくれる。

「ただし、皇子の養育はおまえに任せられない。叔母上《おばうえ》に頼むつもりだ」

突然、頭から冷水を浴びせられたように動けなくなった。

「叔母上には子育ての経験もおありだし、皇子がとても懐いている。何も心配はいらないぞ。おまえは昭華の宮で、貴妃の務めから解放されて心静かに暮らせ」

息をのんだ。それは事実上の幽閉《ゆうへい》ではないのか。

「……皇子はまだ幼く、母親と引き離すのは……」

「その母親が罪人というのでは、皇子が憐《あわ》れだ。知っているだろう？　恵兆王も母親の罪を背負わされて苦労していた。余とおまえの皇子に同じ思いをさせたくない」

微笑《ほほえ》む皇帝の目を見て、程氏は殴られたような衝撃を受けた。

「……あなたは、始めからそのおつもりで……」

十三通目の徐岳放の恋文を作ったのは程氏の罪を暴くためではない。程氏から皇子を取り上げ、飛翠大長公主に皇子の後見をさせて、増長する程家の力を削《そ》ぐためだったのだ。

「始めから？　ああ、その通りだよ。始めからこうするつもりだったんだ」

皇帝が口調を崩した。美しい顔に笑みを刻む。

「呉成妃は一通目の恋文を処分するよう侍女に命じた。その侍女というのが君の手下だったわけだけど、君が徐岳放の一通目の恋文を見る前にそれを見た者が三人いたんだ」

「嵐快《らんかい》、よせ。そこまで言う必要はない」

恵兆王が皇帝の肩をつかんだ。皇帝は意に介さず、歌うように続ける。

「一人は呉成妃、一人は君の手下。そして俺だよ。呉成妃は真っ先に恋文を俺に見せたんだ」

呆然《ぼうぜん》とした。酩酊《めいてい》したように眩暈《めまい》がして、足元がふらつく。

「じゃあ……わたくしは……始めから……」

「餌《えさ》に食らいついてくれてありがとう。これでしばらくは目障《めざわ》りな程家を黙らせられるよ」

皇帝が明るく笑う。程氏は力なくその場にくずおれた。
——月笑いて言う　雲鬢《うんびん》乱れ　残粧《ざんしょう》は枯蓮《これん》のごとしと
暗がりに浮かび上がる夫の姿を振り仰《あお》いで、はらはらと涙を流した。
(わたくしを嘲笑《あざわら》っていたのは、月ではなく……あなただったのですね)

「やりすぎだぞ、嵐快。程貴妃が憐《あわ》れだと思わないのか」

宦官《かんがん》たちが程貴妃を輿《こし》に乗せて連れていった後、夕遼は異母弟の肩を小突いた。

「ああ、憐れだね。俺を慕って懸命に良妻を演じようとしていたのに無駄骨だったとは」

「だったら、もう少し言い方というものが」

「どんな言い方をしても同じことだ。後宮では皇帝に愛されたいと願いを抱いた時点で不幸になるんだよ。愛も恋もここには存在してはいけない。残念ながらそれが現実だ」

嵐快はがらんどうの殿舎を振り仰《あお》いだ。空《から》っぽの房《へや》。静まり返った内院《なかにわ》。しばらくすればまた別の妃嬪がここに住むのだろう。幾人もの女たちが悲哀を味わってきた瀟洒《しょうしゃ》な牢獄《ろうごく》に。

「俺を恨めばいいんだ。嫌って、憎んで、罵《ののし》ってくれればいい。愛したり恋したりする代わりに。それでおあいこなんだよ。俺は彼女たちを愛してあげられないんだから」

暗がりをまとった異母弟の横顔は寒々しく、かける言葉もなかった。

（……嵐快は皇位と引きかえに多くのものを失った）

皇位につかなかったことを恨んだことはない。今の地位に満足しているし、野心などない。

だが、弟の空虚な声音《こわね》を聞いていると、重責を肩代わりしてやりたかったとさえ思う。

「呉成妃は嘘がお上手ですね……」

隣にいる淑葉がぼそっとつぶやいた。

「一通目の恋文を主上に見せていたなんて、おくびにも出さなかったのに」

「まったくだ。おかげでこちらは偽書を偽書だと証明するのに苦労させられた」

「黙っていて悪かったよ。まさか程貴妃が双鉤《そうこう》なんとかっていうやり方で複製してくるとは思わなかったんだ。書に長《た》けた者に書き写させるくらいだと踏んでいたからさ」

「それにしても、あの仕掛けはかなりよくできていましたわね」

淑葉はごそごそと紙を取り出して開いた。程貴妃が作らせた偽の呉成妃の恋文だ。

「どこの書工が作ったのかしら。これだけ高い双鉤塡墨《てんぼく》の技術を持っているなら、いろんな書を完璧《かんぺき》に複製できるのでしょうね。羨《うらや》ましいわ」

「おい淑葉。それは証拠品だぞ。勝手に持ち出すな」

「あっ……ごめんなさい。素晴らしい出来映えだから、つい欲しくなって……」

淑葉から偽の恋文を取り上げ、外衣《がいい》を脱いで乱れた衣服の上にかけてやる。

「その恰好《かっこう》は目に毒だ。一芝居打つためとはいえ、やりすぎだったな」

乱暴されたかのように見せるため、髻《もとどり》を思いっきり崩している。襟元《えりもと》も開いているし、帯は解けかけている。夕遼は淑葉の襟元を整え、帯を結び直してやった。

「殿下はどのような衣装も着こなしてしまわれるのですね」

淑葉が恥じらうようにおずおずと見上げてくる。夕遼は笑って彼女を抱き寄せた。

「宦官姿が似合っていると言われても嬉しくないな」

「……お怒りを買ってしまいましたか？」

「ああ、逆鱗《げきりん》に触れたぞ。今夜は覚悟しておけ。たっぷり懲《こ》らしめてやる」

淑葉は花開くように頰《ほお》を染めた。

「まず手始めに可愛《かわい》い唇で謝罪してもらおうか？」

「……先に着替えないと。地面に横たわっていたので呉成妃の衣装を汚してしまいましたわ。早く露華宮に戻って土を落とさなくては」

「分かった。じゃあ、一度だけにしよう」

「殿下、だめです……」

弱々しい抵抗を封じこめて口づけする。ひとたび触れてしまえば一度では済まなくなる。

「……あのー、殿下に王妃様。いつまでここにいるつもりなんですか？」

殿舎の石段に腰かけた素秀が煙管《きせる》をくわえて紫煙《しえん》をくゆらせていた。女装姿で足を投げ出しているものだから、見るも無残なことになっているが本人は気にしていなさそうだ。

「主上《しゅじょう》、帰っちゃいましたよ。臣も帰りたいんですけど、なんか肌寒くなってきたし」

「帰りたければ勝手に帰れ」

「そういうわけにはいかないんですよ。一応あなたの密偵なんですから。あーあ、ほんといやだよ、この仕事。辞めようかなあ。怠《なま》け者にでもなろうかなあ」

「なろうかなあじゃなくてすでに怠け者だろうが」

「失礼な。ちゃんと働いていますよ。殿下と王妃様のあれやこれやを監視していますよ。しかしまあ、お二人ともよく飽きませんね。毎日毎日いちゃいちゃいちゃいちゃいちゃ……」

「毎日じゃないぞ。丸一日会えない日もあったし」

そんな日は悶々《もんもん》としている。どこぞの官吏《かんり》だか宦官だかが淑葉に目をつけないかと心配で。

「……素秀殿のおっしゃる通り肌寒くなってきましたし、私たちも帰りましょう」

淑葉が真っ赤な顔をして夕遼から離れた。仕方ないので帰ることにする。

「殿下……愛したり恋したりする代わりに恨めばいいと主上はおっしゃっていましたが」

洞門《どうもん》をくぐるとき、淑葉は夕遼の袖《そで》を握ってきた。

「私はあなたを決して恨みません。何があろうと……あなたの御心がどう変わろうと」

夕遼は彼女の手を握った。暗い道は危ないから手をつないで歩いたほうがいい。

「俺は恨むぞ。恨んで恨んで恨み倒してやる。だから心変わりするなよ」

「しません！　するはずないでしょう。私はあなたのことをこんなにも、こんなにも……」

好きなのに、と風音にかき消されるような声音でつぶやく。

「聞こえないな？　何と言ったんだ？　大きな声で言ってくれ。後宮中に響くような声で」

「……もう、本当は聞こえていらっしゃるのでしょう！」

怒ったらしく、淑葉が拳で胸を叩いてきた。夕遼は笑い、彼女の耳元に口を寄せる。

「好きだぞ、淑葉。おまえが望むなら千回でも万回でも言うが、どうする？」

「……一度で十分ですわ」


「本当に素敵！　とってもお美しいですわ、王妃様」

深紅の花嫁衣装に身を包んだ淑葉を前にして、琴鈴は涙ぐんだ。

今日は夕遼と約束した二人だけの婚礼の日。鳳凰紋《ほうおうもん》が織《お》り出された華麗《かれい》な花嫁衣装は何枚も衣を重ねるため、着付けが大変だったが、琴鈴が手際よく着せてくれた。髪も香油で整えて結い上げ、無数の粒真珠《つぶしんじゅ》や粒珊瑚《つぶさんご》を連ねて垂らした金の鳳冠《ほうかん》をかぶっている。

「前回の婚礼よりもずっとずっとお綺麗《きれい》ですわ」

「ありがとう、琴鈴。あなたがお化粧《けしょう》の腕を磨いたせいね」

「何とぼけたことをおっしゃっているんですか！　王妃様がお綺麗におなりだからですよ」

そうかしら、と淑葉は鏡をのぞきこむ。婚礼の艶《あで》やかな化粧のせいだろうか。自分では何が変わったのか分からない。不思議に思いつつ、拝礼のために家廟《かびょう》へ行くと夕遼が待っていた。

夕遼は絢爛《けんらん》な紅の花婿衣装を着ている。珠玉をちりばめた冠が黒髪に映え、飛龍と鳳凰が描かれた金扇を開いて持つ立ち姿は、眩暈《めまい》がするほど美麗《びれい》で声も出ない。

「……淑葉……」

豪華に飾りつけられた祭壇の前で夕遼は啞然《あぜん》としていた。瑠璃《るり》の瞳を見開き、たった今眠りから目覚めたかのような声音で妻の名を呼び、黙ってしまう。

どれくらいそうしていたのだろう。互いに見つめ合ったまま立ちすくんでいた。

「……その、私……殿下に喜んでいただけるような花嫁になっていますか」

「喜んでいただけるも何も……見惚《みと》れていた」

夕遼は思い出したように瞬きして、金扇を閉じた。

「気の利《き》いたことを言いたいが……。うまい言い回しが出てこないな」

視線を落とす。さながら足元に目当ての言葉が落ちているかのように。

「綺麗だ……。他に的確な表現があるのだろうが……本当に綺麗だ」

彼が顔を上げて見つめてくるので、今度は淑葉が視線を落とした。

「……私も見惚れてしまいました。殿下が凜々《りり》しくていらっしゃるから……」

夕遼が近づいてくる。一歩距離が縮まるごとに鼓動がうるさくなった。

「うつむかないで、もっとよく見せてくれ」

頬に手を添えられて顔を上向かされる。淑葉の背後にある両開きの扉は開け放たれていて、すがすがしい日の光が入りこんでくる。花婿の瞳は日差しを受けてきらめいていた。

「おまえは一度目の婚礼でもそんなに美しかったのか？」

夕遼は憎らしげに眉間《みけん》に皺《しわ》を寄せた。

「嵐快が寄越した代理花婿はおまえの艶姿《あですがた》を見たんだよな」

「え、ええ、ご覧になりましたけど、つまらなそうなお顔をなさっていましたし、さして似合っていなかったのかもしれません」

「そんなはずはない。おまえはきっとまばゆいばかりに……いや、この話はやめよう。代理花婿とやらを務めたやつを殴《なぐ》りにいきたくなる」

「殿下の花婿姿を見た女は、侍女《じじょ》を除けば私が初めてですよね？」

「ああ、そうだ。おまえが最初で最後だ」

愛《いと》しげな囁《ささや》きに胸が躍った。目元が歪み、知らず知らずのうちに口角が上がる。

「笑ったな」

「……そうですか？」

自分で両頬を触ってみた。柔らかな頬が笑みの形に膨らんでいる。

「殿下の妻になれたことが嬉しいからでしょう」

自信を持ってそう言える。幸せな気持ちで胸がいっぱいだった。

「ところで、殿下。例のものは持ってきてくださいましたか」

「……例のもの？　何のことかな」

あからさまに目をそらす。夕遼は嘘をつくのが下手《へた》だ。

「とぼけないでください。今日、殿下の真筆《しんぴつ》をくださるとおっしゃったでしょう」

「言ったか？」

「おっしゃいました。昨夜のことですよ。もうお忘れになったのですか？」

淑葉が詰め寄ると、夕遼は一歩後ずさった。

「……おまえも物好きだな。俺の手跡《しゆせき》など欲しがるとは」

「殿下の手跡だからこそ欲しいのですわ。さあ、早く見せてください」

強く迫ると、夕遼はいかにも気が進まないと言いたげに懐《ふところ》から折り畳《たた》んだ紙を出した。

淑葉はわくわくしながら受け取る。どきどきしすぎているので、深呼吸してからそっと開いた。紙面に咲いた墨跡《ぼくせき》が目に飛びこんでくるなり、固まってしまう。

「……これは、何と書いてあるのかしら」

やたらと線質の太い手跡だ。筆勢は大らかでゆったりとしているが、字画がところどころつぶれており、字形が不格好に崩れている。字義が分からずに読み取れない。

「だから言っただろう。ひどい悪筆だと」

夕遼が居心地悪そうにそっぽを向いた。拗《す》ねているみたいな表情が面白くて、淑葉は噴き出した。いったん笑い出すと止まらない。ころころと声を立てて笑った。

「淑葉、おまえ……」

夕遼が驚いて目を見開くので、いっそうおかしくなった。笑いすぎて腹が痛くなり、腹部を押さえる。悲しみが原因ではない涙がこぼれ、指先で目元を拭った。

「ごめんなさい。こんなに笑ったのは久しぶりで」

何とか呼吸を整えて花婿を見上げる。

「悪筆だとおっしゃるけれど、私はあなたの手跡が好きですわ」

「……そうか？」

「はい。とっても個性的で面白くて、一度見たら忘れられない書きぶりです」

夕遼は驚きが残る面差《おもざ》しでふっと笑った。

「もっと早く見せればよかったよ。おまえが笑ってくれるなら」

笑みの名残《なごり》がある頬をくすぐるように撫《な》でられ、淑葉はくすくすと笑う。

「何とお書きになったのか解読するので、まだ答えはおっしゃらないでくださいね」

「呉成妃の偽の恋文より難しいぞ」

「頑張りますわ」

頬を撫でてくれる手に自分の手をそえた。重なるぬくもりが心を温かにする。

「ありがとうございます。殿下の真筆は私の大切な宝物になりますわ」

決して流麗《りゅうれい》ではなく、不格好であちこち崩れていて初見では字義も取れないけれど、夕遼が淑葉のためだけに書いてくれたもの。この世に二つとない宝物だ。

「おまえからの贈り物はないのか？」

「あっ……用意していませんわ。どうしましょう。何をお望みですか？」

「俺が望むものなど、決まっているだろう」

優しく抱き寄せられる。顔を近づけられると、視界が甘くかげった。

「おまえの口づけだ」

あとがき

こんにちは。はるおかりのです。

前回から少し間が空きましたが、また書かせていただけて嬉しく思っています。

本作は大きく分けると、三つのお話で構成しています。一話、二話、三話というふうに分けてもよかったのですが、全部つながっているので、あえて一話ずつに分けていません。

後宮ものが好きです。後宮といえば、美しい妃たちが大勢いて、贅沢《ぜいたく》できらびやかで華やかなイメージですけど、かなりドロドロする場所でもありますよね。

『後宮詞華伝』にもそういう面は多少あります。が、基本的には、ヒロインとヒーローが後宮の揉《も》め事そっちのけでいちゃいちゃしているという話です。

書をテーマにしたので、作中に漢詩風の詩を入れています。あくまで「風」ではありますが、ストーリーに合わせて一つ一つ考えるのは骨が折れました。

ヒロインの淑葉《しゅくよう》は感情が面《おもて》に出ず、表情に乏《とぼ》しい子です。

始めのほうはどんなシーンでも反応が薄くてちょっと書きにくかったですね。蛙《かえる》が出てきた辺りから、だんだん表情が変化するようになってきて書きやすくなりましたが。

ヒーローの夕遼《せきりょう》は淑葉の手跡《しゅせき》を見て好きになったという変わった人です。手跡だけ見て結婚しようと思い立つ辺り（しかも香蝶《こうちょう》が書いたものだと間違えていたし）、少しばかり……いや、だいぶうかつな人のように感じます。求婚する前にチェックするべき項目が他に山ほどあるだろうと……。結果的にはうまくいきましたし、まあいいでしょう。

後宮にはさまざまな形の恋があるということを書きたかったので、脇キャラについてもそれなりに書きこみました。楊順妃《ようじゅんひ》と憂安《ゆうあん》、方寧妃《ほうねいひ》と嵐快《らんかい》、呉成妃《ごせいひ》と皇帝、程貴妃《ていきひ》と皇帝――どれも幸せいっぱいとはいきません。というか、主人公夫妻以外、見事に悲恋ばかりですね。

それもまた後宮ものの面白みでしょうか。

ちょこちょこ顔を出していた飛翠大長公主《ひすいだいちょうこうしゅ》にも異民族に嫁《とつ》ぐ前の悲しい恋の物語がありますが、本作にはまったく関係ないので出しませんでした。

他にも、嵐快は方寧妃と再会したらやけぼっくいに火だろうなぁとか、呉成妃と皇帝の関係にこれから変化があるのかなぁとか、程貴妃が産んだ皇子は今回の件で父親を恨んだりするのかなぁとか、いろいろ思うところはありますが、なんだかどれも幸せな方向にいきそうにないですね。皇宮でどんなことが起ころうと、淑葉と夕遼は構わず仲良くしているだろうなあということがせめてもの救いです。

それにしても、皇帝の妃というのは大変だと思います。後宮に入っても皇帝の目にとまることなく老いていったり、寵妃《ちょうひ》になったものの飽きられて忘れられたり、皇帝に嫌われて遠ざけられたり、嫉妬《しっと》されて殺されたり、陰謀《いんぼう》に巻きこまれて罪人になったり……。

一方で皇帝もなかなか大変ですよね。中国史の周《しゅう》代にはすべての妃が夜伽《よとぎ》できるように順番が決まっていたそうですが、それを真面目《まじめ》に守っていたら皇帝の体がボロボロになるだろうなと心配になります。

凱《がい》帝国の後宮制度は、中国史の金《きん》王朝と明《みん》王朝の後宮を参考にして作りました。

それぞれの時代の後宮の位階を眺めていると結構面白いです。

蘭陵王《らんりょうおう》で知られている北斉《ほくせい》の後宮では、妃嬪《ひひん》の位階の名称がものすごく細かく決められていて、いずれも綺麗《きれい》な名前がついています。北斉と対立していた北周《ほくしゅう》では同時の五人の皇后が立ったことがあったりします。もちろん、けしからんこととされているのですけれども。

凱王朝の宗室《そうしつ》・高《こう》一族の高は、北斉の宗室である高氏からとりました。

北斉の高氏は、まさに暴君メーカーです。暴君、暴君、暴君、暴君……とほぼ暴君しか出なかったようで、歴代皇帝はろくでもないことばかりしております。血なまぐさいエピソードだらけなのでここには書きませんが、ご興味がおありの方は調べてみてください。

ちなみに凱王朝の高一族は、北斉の宗室から名前を拝借《はいしゃく》しただけですので、そこまで暴君を生み出してはいませんよ。……たぶん。

イラストは由利子《ゆりこ》先生に担当していただきました。久しぶりに由利子先生の繊細《せんさい》で美しいイラストが見られるということで、わくわくしながら本文を書きました。

美麗《びれい》すぎるカバーには見惚れずにいられません。髪飾りや衣装がうっとりするほど華やかで、細部までじっくり眺めています。淑葉の凛《りん》とした眼差《まなざ》しも印象的ですね。夕遼に扇子《せんす》を持たせてくださいというお願いも叶えていただけて、とても嬉しいです。

脇キャラもイメージ通りでした。呉成妃は溌剌《はつらつ》としているし、飛翠大長公主は綺麗だし、嵐快は美形だし、言うことなしです。ギリギリのスケジュールの中、素敵なイラストで作品を盛り上げてくださり、本当にありがとうございました。

担当様にはご迷惑をおかけしてしまいました。……すみません。打ち合わせの際に細かいところまで助言していただいたおかげで作品が形になりました。ありがとうございました。

ところで、相変わらず可愛《かわい》らしい担当様の筆跡には勝手に癒《い》やされています。

最後になりましたが、ここまでお付き合いくださった読者の皆様に心から感謝いたします。

思いっきり楽しんで書かせていただいた作品ですので、読者の皆様にも楽しんでいただければいいな……と切に願っています。

はるおかりの

※この作品はフィクションです。実在の人物・団体・事件などにはいっさい関係ありません。

はるおか・りの
７月２日生まれ。熊本県出身。蟹座。ＡＢ型。『三千寵愛在一身』で、2010年度ロマン大賞受賞。コバルト文庫に『三千寵愛在一身』シリーズ、『A collection of love stories』シリーズ、禁断の花嫁三部作がある。趣味は懸賞に応募すること、チラシ集め、祖母と電話で話すこと。わけもなくよく転ぶので、階段が怖い。

後宮詞華伝

笑わぬ花嫁の筆は謎を語りき

COBALT-SERIES

2015年11月10日　第１刷発行
2020年12月15日　第７刷発行

★定価はカバーに表示してあります

著　者　はるおかりの
発行者　北　畠　輝　幸
発行所　株式会社　集　英　社
〒101－8050
東京都千代田区一ツ橋２—５—10
電話　【編集部】03-3230-6268
【読者係】03-3230-6080
【販売部】03-3230-6393（書店専用）

印刷所　株式会社美松堂
中央精版印刷株式会社

ISBN978-4-08-601879-1　C0193

コバルト文庫
好評発売中
禁断の花嫁
シリーズ
はるおかりの
イラスト／
田中 琳
皇弟《こうてい》は黒き花嫁に跪《ひざまず》く
美しい修道女ソフィカはある日、リダーノフ大公女の身代わりとして、皇弟ルヴァートの婚約者のふりをするよう命じられて…？
公爵家の花嫁は禁断の恋歌《アリア》をうたう
皇太子ヨハンと会う日まで城に隠されている公爵家の美姫ユティーリア。だが、宿敵シュナーチェル家の放蕩息子と出会って…？
失恋姫の花嫁計画！！ 甘い毒薬の作り方
ヴォーツェン帝国皇妹エルレンシアは、ディートリヒに49回目の告白をするも撃沈。次なる策は、男装をして想い人の城へ潜入！？